不安的缪斯

主编　徐可

徐可，江苏如皋人，中国作家协会全委会委员，鲁迅文学院常务副院长，编审，作家，评论家，启功研究会理事。徐可致力于散文创作实践和理论研究、启功研究，倡导真情写作，致力于弘扬中华美学精神。著译有《仁者启功》《背着故乡去远行》《三更有梦书当枕》等作品二十余部。曾获中国新闻奖、丰子恺散文奖、中国报人散文奖、百花文学奖、汪曾祺散文奖、冰心散文奖等。

作者　李舫

中国人民大学文艺理论博士，《人民日报》（海外版）副总编辑，中国作协全委会委员，中国国家版本馆专家委员会委员，国家文化名家暨"四个一批"人才。曾获鲁迅文学奖、汪曾祺散文奖、中国报人散文奖等，多次获得中国新闻奖。代表作品《大风歌》《春秋时代的春与秋》《千古斯文道场》《能不忆江南》《江春入旧年》《山山记水程》等，代表著作《纸上乾坤》、《在响雷中炸响》、《魔鬼的契约》、《大春秋》、《中国十二时辰》、《见证——中国改革开放四十年四十人》（编著）、《共和国年轮》（编著）、"丝绸之路名家文库"（编著，共28卷）等。

名家文化散文系列

徐可 主编

李舫 著

不安的缪斯

时代出版传媒股份有限公司
安徽文艺出版社

图书在版编目（CIP）数据

不安的缪斯/徐可主编；李舫著. —合肥：安徽文艺出版社，2023.9
（名家文化散文系列）
ISBN 978-7-5396-7592-3

Ⅰ.①不… Ⅱ.①徐… ②李… Ⅲ.①散文集－中国－当代 Ⅳ.①I267

中国版本图书馆CIP数据核字(2022)第215086号

出 版 人：姚 巍		总 统 筹：汪爱武	
责任编辑：张星航		装帧设计：观止堂_未氓	

出版发行：安徽文艺出版社　www.awpub.com
地　　址：合肥市翡翠路1118号　邮政编码：230071
营 销 部：(0551)63533889
印　　制：安徽新华印刷股份有限公司　(0551)65859551

开本：880×1230　1/32　印张：9.5　字数：200千字
版次：2023年9月第1版
印次：2023年9月第1次印刷
定价：45.00元

（如发现印装质量问题，影响阅读，请与出版社联系调换）
版权所有，侵权必究

赓续中国文章之审美传统
——"名家文化散文系列"总序

"盖文章,经国之大业,不朽之盛事。"

一千八百多年前,曹丕在《典论·论文》中,首次对文章的价值给予了前所未有的评价,其实也是对文章的传统、文章的功能作出了高度凝练的概括。文章非小事,它关乎国家治乱,关乎国运兴衰,不可等闲视之,正所谓"文章千古事,得失寸心知"。

中国散文,萌芽于甲骨卜辞,滥觞于商周铭文,成熟于先秦诸子,鼎盛于汉代《史记》,丰沛于唐宋八家,革新于五四先贤。一路浩浩汤汤,奔涌向前,从记事到记言,从文言到白话,从短篇到巨制,从简约到繁复,不断丰富发展,不断摸索创新,至今已蔚为大观,成为中国文学之重要一脉。在长达数千年的发展史上,中国文章形成了自己独特的审美传统,那是东方文化特有的美学风格。中国文章讲求天人合一,美善统一;讲求蕴藉含蓄,意在言外;讲求托物比兴,寄情于物;讲求情与物融,思与境谐;讲求言简意赅,凝练节制;讲求形神兼备,意境深远……强调知、情、意、行相统一,追求真善美融会贯通的人生情致和审美旨趣,注重提升人的精神境界、道德情操、人格修养。这样的审美追求,为我们造就了灿若星河的散文大家,他们是中国传统文化的主力军;为我们留下了浩如烟海的散文名篇,它们是中国传统文化宝库中的精华。前人的散文作品,或者汪洋恣肆,雄辩谨严;或者犀利峭刻,慷慨多气;或者文采华赡,情深意重;或者清新明丽,温柔婉约……真可谓百花齐放,异彩纷呈。不同派别,不同风格,不同时尚,不同格调,在不同时代各领风骚。比如,庄子的奇思妙想,自在无度,如有鬼神之助;孟子的雄辩滔滔,气势无碍,正气浩然;苏轼的空灵高远,行云流水,挥洒自如;还有王勃的优美灵秀,韩愈的厚重庄严,张岱的清新通脱……都高悬在中华民族的文化星空,成为中华散文的经典之作。

五四新文化运动中,以鲁迅、周作人、林语堂、朱自清等为代表的一批作家,吸收西方散文随笔的优长,对中国传统散文进行了大胆的改造,形成了现代散文,在中国散文史上形成了又一座高峰。当下散文,承接深厚传统,大胆探索创新,花木葳蕤,枝繁叶茂,花红柳绿,姹紫嫣红,生气勃勃,空前繁荣,名家辈出,佳作纷呈。特别是一批颇有实力的中年作家,已经成为散文创作的主力军,他们既有深厚的学识底蕴,又有开阔的视野格局,他们的作品很好地呈现了中国文章的神韵。然而,与前人伟大的成就相比,人们期望中的新的高峰还远远没有出现。

有鉴于此,我们立意编选一套"名家文化散文系列"丛书,既是对当下散文创作的一次小小检阅,亦是提倡一种正大明亮的文学观、散文观,更是对中国文章审美传统的一种召唤。我们期望弘扬中华美学精神,重塑中国散文的古典美。散文要有学、有识、有情,方能达到深远如哲学之天地,高华如艺术之境界。

我们呼吁重建中国文章的审美传统,绝不是要死守某种陈旧的、落后的、僵化的文学观,而是要在学习传统、继承传统的基础上守正创新。我们提倡守正创新,根本在于守正,目的在于创新。我们尊重不同风格、不同题材、不同手法,拒绝题材、风格、手法的单一化、同质化。我们仰望高山巍峨,也俯瞰小桥流水;我们赞叹大漠塞北,也沉醉杏花江南;我们欣赏黄钟大吕,也喜爱秋蝉时鸣。散文创作中的百花齐放才能满足人们多样化的审美追求。

这是一套开放的文库,我们欢迎也期待更多优秀的散文作家的加入。

二〇二三年八月六日,北京芍药居

代序

死生契阔，与子成说

今天的我，再也无缘相逢2200年前的那场大雪。

而今天的我，似乎比2200年前更看得清那场雪。雪花就在我的身侧，铺天盖地，倾情挥霍残冬的凛冽，我听到它们沉重的脉搏、沉重的呼吸、沉重的脚步，而我的心，像接过一副重担一样，接过它们的欢喜与疼痛。

这是我遥远的故乡，呼伦贝尔。

两千年因缘未断，此生却素未谋面，这是我的呼伦贝尔。岁月倥偬，时光轮转，我的心却与我的故乡渐行渐远。去乡多年，最怕听到的是王维的那首诗：君自故乡来，应知故乡事。来日绮窗前，寒梅着花未？时间，就像卑微的西西弗斯，每个凌晨推巨石上山，每临山顶随巨石滚落，周而复始，不知所终。

很多时候，遥望天边飘逸的云朵，遥望时间空洞里的未来，我都幻想自己就是一个穿着树皮、钻木取火的扎赉诺尔人，与另一个手执木棍、惕然鹤立的扎赉诺尔人，相呴以湿，相濡以沫，日出而作，日入而息。

很多时候，俯身大地之上，从荒原深处传来的远古的雷声在头顶轰然作响，倾听凛冽的寒风吹拂着雪花的飒飒细语，倾听过冬的獾子、麋鹿、野兔、狐狸在坚硬的泥土之下的无尽呢喃，我想象着自己站在古老草原的敖包旁放眼远眺，想象着自己跟随强大的匈奴部落征服东部、统一北方，从此逐水草而居，以狩猎为生。

很多时候，跋山涉水，优游卒岁，我驾车驶过了大大小小乡村的心脏，徒步走过了充溢着泥土芳香的田野，心情一直处于欢愉之中。可是，想到再也不会钻木取火、再也不会俯听雷声、再也找不到遥远的故乡时，我的心里便充满了哀伤。

很多时候，我等待着，等待着2200年前的那场大雪将我尽情覆盖，等待着我的扎赉诺尔人找到我，抚摸着我的胎记，对我说，看！这就是我走失的亲人。我是一个流落人世间的孩子，不知冷暖，不知困乏，不知家在哪里，我迷失在这个世界上，如同困兽在丛林般的世界里徘徊。我就这样，等待着那个人裹挟着雪花找到我。他没来的时候，我的一部分还没有复活；有一天他走了，我的另一部分也开始死去。

更多的时候，我却是在一世又一世的世俗中辗转，一次又一次在这个喧嚣的世界里轮回。两千多年来，为着不同的目的，我东奔西走、南征北战,在饥饿中厮杀,在厮杀中奔逃,在奔逃中绝望,在绝望中坚守。在风调雨顺、风情万种的时日里,我曾短暂地扎下根来,并无数次幻想周围的平静就是我永远的家。

然而,我错了。

每一次,怀着失望和怅惘,匆匆挥别我曾经无限向往并一度驻留的驿站时,那种巨大的恐惧就会像阴影一般笼罩下来,压迫着我原本并不坚强的神经,压迫并阻挠着我越来越犹疑的脚步。从北向南、由东到西,一次又一次,我试图让我的脚步变得从容一点、再从容一点,沉着一些、更沉着一些,然而,我愈来愈宿命般地发现,面对着这个无限异化的世界,我的任何努力都是徒劳的。每一次,徘徊于五彩缤纷的霓虹灯的光影里,徜徉在鳞次栉比的摩天大楼间,跻身于形形色色沉默而麻木的面孔中,扑怀的寒意便席卷而来,那种赫然有序的冰冷的感觉无时无刻不环绕着我,心底总有些隐隐的牵痛。

直到有一天,一个偶然的机会,一切重新开始。

想必有一些东西冥冥之中自有安排,让我们在最狂妄的时候学会宽容,在最悲观的时候懂得淡泊,在最绝望的时候懂得希望,在最骄傲的时候洞悉任何用优雅的道貌岸然来反抗放荡与堕落的行为同样廉价,在最寒冷的时候找到温暖的胸膛。

仲夏的草原,天高气爽。天空晴朗得让人心醉,草原的风在耳畔猎猎作响,野雏菊铺满了山坡。阳光明亮、澄净、神秘,将远方重重叠叠的山巅炼化为一个又一个金光耀眼的轮廓。从地面喷涌上来的热浪,让这些金色的轮廓微微起伏。我们摇下车窗,在风驰电掣的速度中感受风的力量。风很硬,空灵而有力,清新中有些微的苦涩,把我们的衣衫吹得鼓荡起来。云却很平静,一朵一朵点缀在蓝天上,松松蓬蓬,像一大片一大片弹散的棉花。远山连绵起伏,像一大队扎缚得当的少年武士,更像一大队桀骜不驯的奔马,一代天骄成吉思汗驰骋厮杀的呐喊声犹在耳边回荡。

恺撒大帝曾经呐喊:"我来了!我看见了!我胜利了!"

我来了,我看见了,我胜利了,这就是呼伦贝尔。

呼伦贝尔的名字起源于美丽的呼伦湖和贝尔湖,数千年乃至数万年来,呼伦贝尔以其丰饶的自然资源孕育了中国北方诸多的游牧民族,从而被称为中国北方游牧民族成长的历史摇篮。东胡、匈奴、鲜卑、室韦、突厥、回纥、契丹、女真、蒙古等十几个游牧部族,或在此厉兵秣马,或在此转徙、征战、割据。

两千年如流水般远逝,不胜唏嘘多于无限惊喜,河水带走了两岸,流光氤氲了旧年,在这里,量词暴露了它的局促,形容词变得无力。如烟的往事、天籁般的青葱岁月,让我在喧嚣和躁动的世界里,懂得驻足远望,懂得凝神静听。

骑着马,我在山间穿行、在风中驰骋。山的余势束成一道小溪,溪水奔流,波光潋滟,好似藏在草丛中的一面面形状各异的小镜子。鸟音踏水而来,宛如浮雕,温润如玉,湛然无思。云朵在辽阔寂静的大地上投下巨大的阴影,低矮的沙蒿星星点点地分布,将阳光的影子固执地盘踞在自己的脚下;一队队洁白的羊群悠然漫步,在沙蒿间穿行,远远地,仿佛天地间冷冷对峙的棋局,白方步步紧逼,黑方壁垒森严——在这一刹那,在这充满神奇的寂静之中,谁能说这片刻不是永恒?谁能不领悟这巨大的空间中所蕴含的深厚的时间?所有的悲伤和困惑,就像一抹染色的轻烟,一撮破碎的残云,悠悠地飘远,淡淡地飘散。

不走进呼伦贝尔,就永远读不懂我们自幼已经烂熟于心的"天苍苍,野茫茫,风吹草低见牛羊"那苍凉雄浑的意境,体味不出飘荡在草原上空悠扬缠绵的歌声中的蓬勃葱郁之气,明白不了蒙古族人刚毅、淡泊、豪爽、粗粝的性格何以得生,更无法理解这个逐水草而居的草原民族无视万丈红尘的自信与从容。

呼伦贝尔,没有一个地方能够像这里一样,抚慰一个个颠沛流离的身躯;呼伦贝尔,没有一个地方能够像这里一样,疗愈一颗颗千疮百孔的心;呼伦贝尔,没有一个地方能够像这里一样,修葺一簇簇支离破碎的梦想;呼伦贝尔,没有一个地方能够像这里一样,让人流连忘返,魂牵梦绕。

夜空下,星星冷漠而忧伤,远山朦胧而柔和,千万萤火明明灭灭,万千思绪起起伏伏。我的呼伦贝尔,此生此世,我该怎样与你相逢?又该怎样与你挥别?光阴的底子黯淡下去,岁月的蚕须缠上来,勒得我发痛。草原深处的灯光细弱而具有穿透力,月色如水,穿窗而过,映照我的欢欣和悲恸,映照我的无眠。

很多时候,时间是不能用尺来衡量的,命运亦如是。生命中的繁荣与衰败、平淡和离奇、大悲与大喜,短短的思念、薄薄的留恋又怎能承载得起?

牧民们风餐露宿、兀兀穷年,在荒凉的沙漠中创造出奇迹。之前在冻土上播种下的固沙植物踏即的种子已及人高,具有湮没土地的气势,开满葡萄串般惹人怜爱的紫花,灰鹊在草丛间飞起飞落,踏碎缕缕残阳,其壮美溢于言表。踏访辽文化遗址,感念契丹民族悠远、浑厚的性格;在那达慕大会摔跤手嘹亮的出征歌中,在赛马场嗒嗒的马蹄声中,体味到了蒙古族人民积健为雄、化浑茫为平淡的民族气魄,以及他们在豪放与淡泊的外表下所蕴藏的坚定的操守和卓越的见识;在松软的沙土深处掘出许多小鼠,看到它们那惯于在黑夜中行走的眼睛在遭遇光明时的惊慌失措;跟踪过在草场上悠然漫步的绵羊,感动于汽车已抵到它们尾巴,它们仍胜似闲庭信步的坦然自若;目击了制作羊肉的全过程,震动于那些久荷高雅的人类在面对弱小生命时的杀气腾腾,以及弱小生命在面对血刃时的无可奈何……每一次的震撼都无法形容。

被时光雕刻的草原,如同海底失落的光,而我,则是在海底失掉尾鳍、焦急等待变成人类的小人鱼。也许,我的命运就是在某个清晨,化作泡沫,浮上海面,在咸涩的海水和泪水中挥别我永远的挚爱。

夜已阑珊,草原寂静如洗。风稍稍过树,月苍苍照台。这条曾疯狂肆虐、斩岸湮溪的河水,此时温驯、孱弱、沉默,似乎仅赢地寸表。萤火虫飞停在水面的腐叶上,远远地漂来,打了个转,继续前进,照亮了好长的一段水路。宿鸟呜咽着,低低地掠过。夜晚在我们的脚步声中轰然作响,令我沸腾的思绪陡然生凉。岁月无敌,天曷言哉?天曷言哉?就在那一刻,不期然地,我找到了我童年的那颗星,好低,好沉,像一盏明亮的油灯,触手可及。我奇怪为什么几十年来我一直找不到它。想到那些流逝的岁月,那些流逝的音容笑貌,我的心里充满了寂寂的哀伤。岁月是一条流淌的河,不论在哪个转角掀起波澜,在哪个转角平静安谧,都不容忽视。

历史的不公常常以个人痛苦的形式出现,好在历史的负重和生命的强大的力量是无可估量的。对于人类来说,仅有这份力量已经足够。批判的锋芒、反讽的情绪、圆滑的心态、浮躁的信念、犹疑不安的呐喊，固然能使人痛快一阵子，但作为牢固而成熟的维系社会前进的精神纽带，却远远不够。

那些晴朗的午后、那些不眠的深夜，许多东西慢慢温暖着我在寒冬中业已冻僵的灵魂，让我发现在我的心底，不泯的回忆仍在以异质的形态与岁月苦苦对峙。一刹那的拥抱，一刹那的分飞；瀼瀼的朝露，皱皱的水波；都市繁密的脚印，群山裸露的脉络；残灯耿然的夜晚，筚路蓝缕的行程……许多时候，完美恰恰在于破碎。感知生命的捷径，不在于面对面的彻悟，更在于背后的引得。

时间将使时间得以生存，岁月却因岁月而灰飞烟灭。

难道不是吗？

远离故乡的日子里，故乡，是我们生命的圣地，也是我们推石的动力。而今，走在故乡浩荡的变革中，我们却时时绝望地发现，那些被喧嚣遮蔽的废墟、被繁花粉饰的凌乱，以及被肆意破坏的传承密码，它们切断了我们还乡的心路，让我们在迷失中一路狂奔。记忆中的故乡，是不灭的灯塔；现实中的故乡，却是已沉没于黑暗水域的岛屿。

启明星渐渐地升起来，这就是陪伴了我 2000 多年的那颗星，它曾经伴随我，一次又一次照亮在黑暗中匍匐前行的道路。我知道，是到了我应该回去的时候了。

感谢那些如启明星般带我寻路的朋友。是他们,陪伴我找到心灵的故乡,每于黑暗时刻,每于彷徨时分,便如神助般出世,举助我,从沉沦中浮上岸来。

纵使化作泡沫,我也心甘情愿。

呼伦贝尔——

死生契阔,与子成说。执子之手,与子偕老。

目 录

赓续中国文章之审美传统
　　——"名家历史文化散文系列"总序（徐可）　／001
死生契阔，与子成说（代序）　／001

上卷

在火中生莲
　　——韩愈在潮州　／003
长相思，忆长安
　　——写在长安建都 1400 年之际　／017
江春入旧年
　　——嵇康与广陵　／034
春秋时代的春与秋　／053

南岳一声雷
  ——王夫之与船山精神 / 068
千秋一扬雄 / 087
一蓑烟雨任平生
  ——十个关键词里的苏东坡 / 108

下卷

弗里达：不安的缪斯 / 159
"蓝骑士"
  ——康定斯基在公元1917年 / 174
良知，导航生命的灯塔
  ——司各特与苏格兰 / 198
"我神智健全，我就是圣灵"
  ——记文森特·凡·高 / 211
贾柯梅蒂：青铜魔法师 / 235
那色彩仿佛正在呐喊
  ——爱德华·蒙克和他的美学逻辑 / 254
我的睡眠是长夜的清醒
  ——塞万提斯和他的《堂吉诃德》 / 267

上 卷

在火中生莲
——韩愈在潮州

唐元和十四年(819年),韩愈被贬任潮州刺史。

潮州属岭南道,濒南海,《旧唐书》记载其"以潮流往复,因以为名"。《永乐大典·风俗形胜》:"潮州府隶于广,实闽越地,其语言嗜欲,与福建之下四府颇类,广、惠、梅、循操土音以与语,则大半不能译,惟惠之海丰与潮为近,语音不殊,至潮、梅之间,其声习俗又与梅阳之人等。"潮州自古就是荒凉偏僻的"蛮烟瘴地",是惩罚罪臣的流放之所,唐代亦然。不少名公巨卿如常衮、韩愈、李德裕、杨嗣复、李宗闵等都曾经被远贬潮州。

潮州一任不到八个月,韩愈以极大的热情,投身到一系列为民谋利的工作中。他驱除鳄鱼,奖劝农桑,兴办教育,大修水利,遴选人才,传播中原先进文明,从而使当时的蛮荒之地潮州发生了翻天覆地的变化。潮州百姓永远记住了韩愈,潮州的山水、路堤、亭台,很多都为纪念韩愈而命名,后人因此赞道:"不虚南谪八千里,赢得江山都姓韩。"

居尘学道,火中生莲;德润古今,道济天下。这恰是今天来谈韩愈的意义所在。无论为文为官,无论是进是退、是荣是辱,只要能力之内,必应"民"字当先。爱民如子,视民如伤,为官一任,造福一方——做到这十六个字,才能得到人民发乎内心的拥戴,一生功业才会在百姓的口口相传中永世流芳。

——题记

文章随代起,烟瘴几时开。

不有韩夫子,人心尚草莱。

康熙二十三年(1684年)的一天,两广总督吴兴祚一路向东,从广州来到潮州的韩文公祠。

远山如骏马奔腾而来,海天一色中的石阶高耸云表。岁月凋零,人心不老。吴兴祚感慨万分,题诗勒石。

这一年是1684年。此后300余年,因为这首诗,吴兴祚与他倾慕不已的文公韩愈一道,被镌刻在中国南疆的文化碑林中。

以这一刻为终点,时光向回倒退865年,即公元819年,元和十四年,短暂的"元和中兴"已经攀到了顶峰。唐宪宗励精图治,国家政治由动荡渐渐回归正轨。这一年,是值得书写的一年:李愬讨伐平定淮西节度使吴元济;横海节度使程权奏请入朝为官；申州、光州全部投降；朝廷收复沧、景二州；幽州刘总上表请归顺；成德镇上表自新，献德州、棣州；刘悟杀节度使李师道降唐；成德王承宗、卢龙刘总相继自请离镇入朝……藩镇割据的局面暂告结束。

端的是轰轰烈烈、扬眉吐气的一年。这一年，还有一件很小很小的事，小到同这一年的任何一件事相比，似乎都可以忽略不计。然而，恰恰是这件小事，改变了中国文化的命运。

史料记载："十四年正月，宪宗遣宦官赴法门寺迎佛骨至长安，留宫中供奉三日，然后送各个寺院供奉。长安王公百姓瞻视施舍，唯恐不及。"刑部侍郎韩愈却不以为然，他不合时宜地上表切谏，慷慨陈词，直言将佛骨送到寺院里让百姓供养，毫无意义且劳民伤财。在中国数千年、数万计的"表"中，这份秉笔直言、震古烁今的《论佛骨表》，是中国文化史中足以彪炳史册的大文章，也是中国政治史上文人因言获罪的耻辱一页。

由是韩愈贬谪潮州。韩愈于潮州的八个月，是他抱病守城、失意彷徨的八个月，却是潮州日新月异、脱胎换骨的八个月，从此儒风开岭峤，香火遍瀛洲。

一

元和十四年元月十四日，1200多年前一个阴冷晦暗的冬日，韩愈蹒跚着走出长安，以戴罪之身一路向东、向南，再向东、向南。

潮州属岭南道，濒南海，《旧唐书》记载其"以潮流往复，因以为名"。潮州自古就是荒凉偏僻的"蛮烟瘴地"，是惩罚罪臣的流放之所，唐代亦然。不少名公巨卿如常衮、韩愈、李德裕、杨嗣复、李宗闵等都曾经被远贬潮州。

一封朝奏九重天，夕贬潮州路八千。
欲为圣明除弊事，肯将衰朽惜残年。
云横秦岭家何在？雪拥蓝关马不前。
知汝远来应有意，好收吾骨瘴江边。

在途中，韩愈写下了这首千古流芳的诗篇。15年前，他因上书论旱，得罪佞臣，被贬阳山，也是隆冬时节，也曾途经蓝关。悲恸之情，何其相似？这是韩愈第二次被贬黜岭南，这一年，他拖着52岁的"朽"躯，以为自己将就此葬身荒夷，永无重归京师之日,无限唏嘘地托付子侄替自己埋骨收尸。

被贬潮州,是韩愈一生中最大的政治挫折。在被押送出京后不久,韩愈的家眷亦被斥逐离京。就在陕西商县层峰驿,他那年仅十二岁的女儿竟病死在路上。不难理解,何以韩愈关于潮州的诗文中,惊愕、颠簸、险滩、潮汐、雷电、飓风……鬼影般反复出现:"飓风鳄鱼,患祸不测。州南近界,涨海连天。毒雾瘴氛,日夕发作"(《潮州刺史谢上表》),"恶溪瘴毒聚,雷电常汹汹。鳄鱼大于船,牙眼怖杀侬。州南数十里,有海无天地。飓风有时作,掀簸真差事"(《泷吏》)。

仕途的蹭蹬、女儿的夭折、家庭的不幸、命运的乖蹇;因孤忠而罹罪的锥心之恨,因丧女而愧疚的切肤之痛;对宦海的愁惧,对京师的眷恋……悲、愤、痛、忧,一齐降临到韩愈头上。这是最孤寂的征程,在漫无边际的冬日,世界向它的跋涉者展示着广袤的荒凉。

赴潮之时,宪宗盛怒之下,命韩愈"即刻上道,不容停留"。韩愈甚至来不及与京师的朋友辞行。潮州与京师长安语言不通,"远地无可语者",他只好将家眷寄放在千余里外的韶州,相伴而行的,只有他叮嘱"好收吾骨瘴江边"的侄孙韩湘。

他的朋友未曾忘记他。贾岛捎来《寄韩潮州愈》:"此心曾与木兰舟,直到天南潮水头。隔岭篇章来华岳,出关书信过泷流。峰悬驿路残云断,海浸城根老树秋。一夕瘴烟风卷尽,月明初上浪西楼。"性情古怪的刘叉也赋诗《勿执古寄韩潮州》云:"寸心生万路,今古梦若丝。逐逐行不尽,茫茫休者谁。来恨不可遏,去悔何足追?"但是,一句谊切苔岑的"海浸城根老树秋",一句肝胆相照的"逐逐行不尽",又怎能道尽韩愈的悲苦和孤寂?

梦觉灯生晕,宵残雨送凉。
如何连晓语,一半是思乡。

15年前,韩愈被贬阳山时,曾写下《宿龙宫滩》。

夜幕四合,万籁俱寂,韩愈怀念京师,思念亲人,他未曾想到,15年前的诗句,似乎谶语一般卜示着他无法逃脱的未来。

二

然而,这又怎样?

浩浩复汤汤,滩声抑更扬。奔流疑激电,惊浪似浮霜——这才是韩愈!

身多疾病思田里,邑有流亡愧俸钱——这恰是韩愈的忧思与隐忍,与百姓的忧愁悲苦相比,个人的坎坷又算得了什么?四月二十五日,韩愈辗转三月余,终于抵达潮州,行程八千里,费时近百天。但是,他甫一抵潮,即理州事,芒鞋竹杖草笠蓑衣,与官吏相见,询问百姓疾苦。

元和十四年的潮州,风不调,雨不顺,灾患频仍,稼穑艰难。先是六月盛夏的"淫雨将为人灾",韩愈祭雨祈晴。淫雨既霁,稻粟尽熟的深秋,又遭遇绵绵阴雨,致使"稻既穗矣,而雨不得熟以获也;蚕起且眠矣,而雨不得老以簇也。岁月尽矣,稻不可复种,而蚕不可以复育也;农夫桑妇,将无以应赋税、继衣食也"。过量的雨水使韩愈焦虑不已,他为自己无力救灾而深感愧疚,"非神之不爱人,刺史失所职也。百姓何罪,使至极也!……刺史不仁,可坐以罪;惟彼无辜,惠以福也",炽诚竣切,跃然纸上。

此后不久,韩愈还主持了一场别开生面的祭祀鳄鱼的活动。潮州鳄鱼的残暴酷烈,韩愈途经粤北昌乐泷时即有耳闻。但鳄害之严重,在到达潮州之后,他才真正了解,"初,愈至潮阳,既视事,询吏民疾苦,皆曰:'郡西湫水有鳄鱼……食民畜产将尽,以是民贫'"。鳄鱼之患,实则比猛虎、长蛇、封豕之害有过之而无不及。

为了解除民瘼,救百姓于水火之中,韩愈断然采取了措施:"居数日,愈往视之,令判官秦济炮一豚一羊,投之湫水,呪之……"这就是"爱人驯物,施治化于八千里外"的祭鳄行动。

为此，韩愈写了《祭鳄鱼文》，文字矫捷凌厉、雄健激昂。一篇檄文，数次围剿，常年困扰百姓的鳄鱼被驱逐，韩愈迅速赢得了百姓的信任。

唐代流行的潜规则是，朝廷大员被贬为地方官佐，一般都不过问当地政务。韩愈的弟子皇甫湜在《韩文公神道碑》中写道："大官谪为州县，簿不治务。先生临之，若以资迁。"鳄害如此严重，前任官员或无动于衷，或束手无策，任其肆虐泛滥。韩愈却不甘老迈，恭谨谦逊，恪尽职守。《韩昌黎文集》中，共收有五篇"祭神文"，韩愈之砥砺勤勉，可见一斑。

韩愈在潮州还有修堤凿渠之举。《海阳县志·堤防》引陈珏《修堤策》曰，北堤"筑自唐韩文公"。潮州磷溪镇有一道水渠叫金沙溪，当地传说是韩愈命人开凿的。清澈的渠水，至今仍在滋润着两岸的田畴。碧堤芳草，遏拒洪流；银渠稻海，扬波叠翠。潺潺的水声，奔涌的水流，千百年来，似乎在不断地诉说着韩愈当年奖劝农桑的功绩。

三

韩愈初抵潮州，即作《潮州刺史谢上表》。刘大櫆点校《韩昌黎文集》，评其"通篇硬语相接，雄迈无敌"。其实，居庙堂之高则忧其民,处江湖之远则忧其君——这恰是韩愈的忠贞与坦诚。偏居一隅的韩愈,勤于王室,忠于职守,不敢以州小地僻而忽之,不敢以体弱多病而怠之,其呼天、呼地、呼父母之连天悲号,皆为忠悌者之举,尽是贤达者之为。

《韩昌黎文集》还收录了《应所在典贴良人男女等状》一文。这是元和十五年(820年)十一月,韩愈从袁州调回长安任国子监祭酒时写下的,叙述他在袁州时放免男女奴婢731人,故历来史志均将释奴一事系于他任袁州刺史之时。

其实早在潮州时,韩愈已经注意到岭南"没良为奴"的陋习。唐代杜佑在《通典》中写道:"五岭之南,人杂夷獠,不知礼义,以富为雄……是以汉室常罢弃之。大抵南方遐阻,人强吏懦,豪富兼并,役属贫弱,俘掠不忌,古今是同。"有唐一代,尽管较之前代已有明显的进步,奴隶问题在不同的阶段仍有不同程度的反复。当时的一个潜规则是"帅海南者,京师权要多托买南人为奴婢",代买奴婢成为被流放官员向京师当权者献媚取宠的捷径。在这样的社会氛围中,获罪远贬的韩愈,何尝不希望京师当权者施以援手,以便早日回朝?可是他并没有以此谋取进身之阶,而是施以德政与人道,大举赎放奴婢——这恰是韩愈的刚正廉明。

韩愈不是潮州乡学的创办者,但对潮州文化教育有不可磨灭的功绩。韩愈认为,国家治理须"以德礼为先,而辅之以政刑"，用德礼即推行儒家的"仁义"之道，"未有不由学校师弟子者"。为了办好潮州乡校，"刺史出己俸百千，以为举本，收其赢余，以供学生厨馔"。

百千之数，其值几何？唐代币制混乱，很难做出标准。李翱著《李文公集》载："元和末年，一斗米合五十钱，故百千可折合米两百石，数目不可谓少。"如此算来，百千相当于韩愈八个多月的俸金。也就是说，韩愈把治潮八个月的俸金，全数捐给了学校。

韩愈对潮州文化的贡献，还在于他大胆起用当地人才，推荐地方隽彦赵德主持州学。相传赵德是唐大历十三年（778年）进士，早于韩愈大历十四年（779年）登第。唐代登进士第者还要通过吏部主持的"博学鸿词"科考试，合格方能授官。但赵德未能顺利通过此考试，所以韩愈刺潮时，他还是一个"婆娑海水南，簸弄明月珠"的庶民。但是，赵德"心平而行高，两通诗与书"的品行学识，终于被韩愈发现，他对赵德的评价是"沉雅专静，颇通经，有文章，能知先王之道，论说且排异端而宗孔氏，可以为师矣"，于是毅然举荐他"摄海阳县尉，为衙推官，专勾当州学，督生徒，兴恺悌之风"。起用当地人才主持州学，这是一项意义重大、影响深远的决策。

树一代之新风，斯有万世之太平。苏轼因此在《潮州韩文公庙碑》中感喟不已:"始潮人未知学,公命进士赵德为之师,自是潮之士皆笃于文行,延及齐民,至于今,号称易治。"

四

元和十四年,这艰辛的一年终于浩荡地行至岁末。

韩愈接到圣旨,"于其年十月二十五日准例量移袁州"。次年,韩愈以袁州刺史身份,重蒙圣宠,"为朝散大夫、守国子监祭酒,复赐金紫"。此后一年,韩愈的官职经历了五次变动:由国子监祭酒转兵部侍郎、由兵部侍郎转吏部侍郎、由吏部侍郎转京兆尹兼御史大夫、由京兆尹兼御史大夫转兵部侍郎、由兵部侍郎再转吏部侍郎。

莫道官忙身老大,
即无年少逐春心。
凭君先到江头看,
柳色如今深未深?

他欢喜地写道。韩愈一生为文工整、为诗严谨,难得有这样浪漫的心境、飘逸的诗句。接连不断的迁徙、接踵而至的任命蚀空了韩愈的身体,他哪里还有闲心闲暇去欣赏江边的柳色?壮年时的韩愈便自嘲,"吾年未四十,而视茫茫,而发苍苍,而齿牙动摇";及至中年,"苍苍者或化而为白矣,动摇者或脱而落矣"。可是,灾难又怎能击垮他的乐观和刚毅?怎能改变他舍身报国的使命与决心?任潮州刺史不足八月,农、工、学、商等皆视韩愈为"不祧之祖""溪石何曾恶?江山喜姓韩"。任袁州知府七个月,韩愈"治袁州如潮"。任国子监祭酒八个月,"韩公来为祭酒,国子监不寂寞矣"。任兵部侍郎一年有余,韩愈宣抚镇州,平定内乱,"旋吟佳句还鞭马""风霜满面无人识"。任吏部侍郎不足一年,韩愈周旋于各种政治集团之中,仍"涉艰危,树功业"。任京兆尹兼御史大夫半年余,哀矜百姓,京城"盗贼止,遇旱,米价不敢上""禁军老奸,宿恶不摄,尽缚送狱,京理恪然"。这就是韩愈——修身、齐家、治国、平天下,一生抱负,尽付家国。

长庆四年(824年),韩愈病重,卒于长安。知道自己势将远行,韩愈召群朋曰:"吾不药,今将病死矣。汝详视吾手足肢体,无诳人云韩愈癫死也。"质本洁来还洁去,莫教污淖陷沟渠。这就是韩愈——一生光明磊落,不愿染半点尘埃。韩愈死后被追赠为礼部尚书,谥号为"文",后世始称其为韩文公。

以元和十四年为起点,时光向后翻273年——这是公元1092年,另一个失意文人苏东坡在不远处的扬州独自徘徊,气贯长虹的《潮州韩文公庙碑》横空出世。绝世的才情,慷慨的悲歌,雄壮的回响,两代文豪凌越近三百年在潮州"相会"。"文起八代之衰,而道济天下之溺,忠犯人主之怒,而勇夺三军之帅",苏东坡凛然发问:韩愈一介布衣,何以"匹夫而为百世师,一言而为天下法"?何以"参天地、关盛衰,浩然而独存"?

答案其实很简单——人无所不至,唯天不容伪。

有了韩愈的视民如伤,才有了百姓的风调雨顺;有了韩愈的横扫异端,才有了百姓的笃信文行;有了韩愈的知学传道,才有了百姓的耕读传家;有了韩愈的忠诚耿直、浩然正气,才有了百姓的德润古今、道行天下;有了韩愈的乐于天下、忧于天下,才有了百姓的安身立命、安居乐业;有了韩愈的精诚所至,才有了百姓的金石为开。韩愈没有把自己刻在潮州的石碑上,却留在了百姓的口碑里。

天地不言,万物生焉。潮州百姓感戴韩愈在潮州的所作所为,将此地江山冠以韩愈之名:韩江、韩山、韩堤、韩文公祠、景韩亭、昌黎路、祭鳄台、侍郎亭……草木如有知,能不忆韩郎?自古乐民之乐者,民亦乐其乐;忧民之忧者,民亦忧其忧。信夫,诚哉!

谁也未曾料想,一个卑微行者捧出的虔诚心肠,在此后的1200年,紧贴着大地,散播成中华民族的气度和风骨:

沿着这道浩浩汤汤的历史文脉,走来了白居易、李商隐、柳宗元、刘禹锡、杜牧,走来了范仲淹、黄庭坚、欧阳修、文天祥、杨万里、归有光、顾炎武、朱彝尊、黄宗羲、林则徐……这是中华民族千百年来的文化理想,也是中华民族千百年来的家国诗篇。

沿着这道枝繁叶茂的历史文脉,与韩愈一起沉吟低回的,是"些小吾曹州县吏,一枝一叶总关情"的忧患,是"从来治国者,宁不忘渔樵"的叮咛,是"稳暖皆如我,天下无寒人"的祝愿,是"我亦曾糜太仓粟,夜闻邪许泪滂沱"的相许相知,是"苟利国家生死以,岂因祸福避趋之"的披肝沥胆,是"但令四海歌升平,我在甘州贫亦乐"的祈求和冀望。

沿着这道光明朗照的历史文脉,曾经生长过灾难、战争、荒蛮、杀戮,重要的是,还繁衍着富庶、光辉、璀璨、梦想。

元和十四年,韩愈于潮州还曾亲手栽植橡木。而今,这些橡木已蓊郁成林,环绕于韩文公祠,状如华盖,遮天蔽日。此树含苞不易,着花更难,时或春夏之交偶放一枝,灿若火莲,肃穆端庄,异常美丽。

长相思,忆长安

——写在长安建都1400年之际

距今1400年的公元618年,唐朝建都长安。随着"丝绸之路"的日益繁荣,中外经济文化交流空前频繁,长安城繁华一时,堪称世界第一大都会。这时的长安,是世界的中心,是中国精神的文化符号。

千百年来,长安一直为人们津津乐道,魂牵梦萦。长相思,忆长安,忆唐诗故里,忆盛唐气象。

——题记

绛帻鸡人报晓筹,

尚衣方进翠云裘。

九天阊阖开宫殿,

万国衣冠拜冕旒。

日色才临仙掌动,

香烟欲傍衮龙浮。

朝罢须裁五色诏,

佩声归到凤池头。

——王维《和贾舍人早朝大明宫之作》

一

数不清的诗词歌赋、数不清的纪事本末，从数不清的侧面记载了开元十七年（729年）的那场盛宴。

这是开元十七年八月五日，唐玄宗李隆基为自己生日举行了盛大的庆贺活动，并诏令四方，以每年八月五日为千秋节。

夏末秋初的长安，刚刚从淋漓溽暑中走来，像丰韵的少妇，更像成熟的智者，美得雍容华贵，美得不可方物。红尘紫陌，斜阳暮草，朝元阁峻临秦岭，羯鼓楼高俯渭河，难得的天高云淡、满城的普天同庆。在沟壑纵横的黄土高原上，这座城堪称是一个奇迹——它有红墙、碧瓦、金吾卫，也有霓裳、胭脂、堕马髻；它有宫阙九重，廊腰缦回，也有渊渟岳峙，马咽车阗；它有宫苑依傍着山明，也有夜弦追逐着朝歌。

这是大唐的长安，也是长安的大唐。一个充满自信的大唐王朝，一个万种风流的大唐皇都。

1000余年后，20世纪70年代的某一天，日本作家池田大作见到英国历史学家汤因比，两位风云人物抵膝畅谈。池田大作问道:"假如给你一次机会,你愿意生活在中国这5000年漫长历史中的哪个朝代?"汤因比毫不犹豫地回答:"要是出现这种可能性的话,我会选择唐代。"池田大作哈哈大笑:"那么,你首选的居住之地,必定是长安了!"

"九天阊阖开宫殿,万国衣冠拜冕旒。"被后世誉为"诗佛"的王维在一首奉和中书舍人贾至的诗中,无比自豪地写道。凭借着过人的音乐天赋和一手好书画,王维15岁时就已名动长安。《唐国史补》记载了这样一段故事:一次,一个人弄到一幅奏乐图,但不知题名为何。王维见后答曰:"这是《霓裳羽衣曲》的第三叠第一拍。"此人请来乐师演奏,果然分毫不差。开元十七年,王维28岁,他还不知道,2年之后,他就要状元及第。此时,他自豪于自己置身的伟大恢宏的时代,唱出无比真挚热忱的歌谣。

这一年,"诗仙"李白同样28岁了。5年前,23岁的李白满怀抱负,离开故乡江油,踏上远游的征途。他由德阳至成都、眉州,然后舟楫东行,下至渝州。次年,李白出蜀,"仗剑去国,辞亲远游"。再次年,李白春往会稽,秋病卧扬州,冬游汝州,抵达安陆。途经陈州时与李邕相遇,结识孟浩然。越明年,全国63州水灾,17州霜旱,吐蕃屡次入侵,唐玄宗诏令"民间有文武之高才者,可到朝廷自荐",天下慨然应者云集。

开元十六年(728年)早春,李白走到了江夏,在这里,他与孟浩然欣然相逢,开怀畅饮。此时的李白,摩拳擦掌,踌躇满志,他将要发出"天生我材必有用,千金散尽还复来"的长啸。开元十七年,李白终于来到了江汉平原北部的安陆。这里离他向往的长安还很远很远,然而,西北望长安,不夜城的音讯比鸿雁飞得还快——暗闻歌吹声,知是长安路。对于李白来说,暗夜之旅不啻一条光明大路。

又一年过去了,李白终于从安陆长途跋涉来到心中的圣地——长安。他欢呼雀跃,欣喜若狂,腹中已经酝酿着"幸陪鸾辇出鸿都,身骑飞龙天马驹。王公大人借颜色,金璋紫绶来相趋"这样的诗句。可惜,此时的长安,车水马龙,人才浩荡,政治、经济、文学、艺术、农桑、军事、人口、外交……世界各地的能人才子皆聚于此,与造化争锋。小小一个李白,还只是一个无名之辈。

这一年,京兆望族的纨绔子弟杜甫不满17岁,还在写着"庭前八月梨枣熟,一日上树能千回"的顽皮诗句。14岁的岑参刚刚经历丧父之痛,正准备举家从晋州移居嵩阳。作为关中望姓之首韦家的重要接班人,豪纵不羁的少年韦应物才满8岁,他同样不知道,7年之后,他将以三卫郎身份作为唐玄宗的近侍,趾高气扬地出入宫闱,扈从游幸。

再过40余年,古文运动倡导者、被苏东坡评价为"文起八代之衰,而道济天下之溺"的韩愈,共同倡导新乐府运动的白居易与元稹,被欧阳修赞为"投以空旷地,纵横放天才"的柳宗元……才会接踵而至。李贺、杜牧、温庭筠、李商隐、皮日休、陆龟蒙、刘禹锡……这些将要在中国文学长河中熠熠发光的名字,还都是漫天飘洒的尘埃。然而,在未来的两个多世纪里,他们将不约而同地聚集在同一个城市——长安。

二

长安周边,八水环绕。泾水、渭水、灞水、浐水、沣水、滈水、潏水和涝水相互依傍,形成密布的水道。

时光,如黉夜的水波,诡谲又鬼魅。

开元十七年,这是大唐王朝近300年中平凡而又不平凡的一年,是注定被时光湮没又注定被时光铭刻的一年。

这一年,距天才佛学家、思想家、翻译家、旅行家、外交家玄奘法师驾鹤西去已逾65载。这位出身于书香世家的行者历经19年,行程5万里,在印度学经交流,并带回来经论657部,开创了一条从中国经西域、波斯到印度全境的文化之路。玄奘回到长安,又潜心翻译经书近20年,留下1000多卷佛经译本和《大唐西域记》一书,使得源于印度的佛教在大唐发扬光大。如今,中国佛教八大宗派中的六个祖庭都在长安。玄奘不安于现状,历经千辛万苦去寻求真理、追求卓越,从而不断超越自我的精神,是那个时代的写照,也是大唐王朝走向辉煌的动力之源。

这一年,唐玄宗加封66岁的宋璟为尚书右丞相,授开府仪同三司,晋爵广平郡公。此时,天才政治家姚崇已驾鹤西去,文武双全的张说、忠耿尽职的张九龄即将登场。开元元年(713年),姚崇密奏"十事要说",此后力排众议灭蝗救荒,他将为政之道归结为简单的四个字"崇实充实",襄助唐玄宗打开开元初期的艰难局面。姚崇、宋璟、张说、张九龄作为有唐一代四位名相,他们各尽其才,忘身殉难,终于辅佐唐玄宗成就盛世伟业。

这一年,大唐王朝的天才书法家张旭早就过了知天命之年。史料典籍无从显示这一年的张旭是否在唐玄宗的盛宴嘉宾名单里,然而,"草圣"的名号早已传遍长安的大街小巷——醉辄草书,点画之间,旁若无人,挥毫落纸如云烟,以头濡墨而书之,天下呼为"张颠"。这个姓张的天才加疯子,满街狂叫、狂走、狂书,醒后狂赞自己的作品。不在这个海纳百川的时代,焉有这样的俊杰脱颖而出?不说今日,纵是当时,人们只要得到张旭的片纸只字,都视若珍品,奔走相告,世袭珍藏。张旭逝后,杜甫入蜀曾见其遗墨,万分伤感巨星之陨落,挥毫写下:"斯人已云亡,草圣秘难得。及兹烦见示,满目一凄恻。"

这一年,大唐王朝的天才音乐家李龟年已过而立之年。在这场盛宴中,他是唐玄宗当之无愧的座上客。作为宫廷御用的乐工,李龟年常在贵族豪门歌唱。唐玄宗时,李龟年、李彭年、李鹤年兄弟三人都有文艺天分,李彭年善舞,李龟年、李鹤年则善歌,李龟年还擅吹觱篥,擅奏羯鼓,擅长作曲。他们创作的《渭川曲》是那个时代的绝唱,在数千年音乐史中也堪称绝响。

这一年,大唐王朝的天才军事家王忠嗣还不满23岁。数年前,唐玄宗将在"武阶之战"中牺牲的烈士王海宾的幼子接入宫中抚养,收为义子,赐名忠嗣。此时,当年的孩童已成长为勇猛刚毅、富于谋略的猛将。寡言少语的王忠嗣一定不会知道,这场盛宴的翌年,唐玄宗便将重担交付于他,派他出任兵马使,随河西节度使萧嵩出征。初出茅庐,王忠嗣便锋芒毕露,以三百轻骑偷袭吐蕃,斩敌数千。此后20余年,王忠嗣北出雁门关讨伐契丹,大败突厥叶护部落,大破吐蕃决战青海湖,一时间勇猛无双,威震边疆。正是缘于无数个忠心耿耿、征战边陲、不惜抛洒一腔热血的王忠嗣,才有了大唐王朝的安定崛起,有了中华民族的赓续绵延。

无数的天才会聚到唐都长安。他们往来穿梭,尽情讴歌这座伟大的城市,礼赞这个伟大的时代。岑参写道,"花迎剑佩星初落,柳拂旌旗露未干";刘禹锡说,"莫道两京非远别,春明门外即天涯";骆宾王则挥毫,"三条九陌丽城隈,万户千门平旦开。复道斜通鸧鹊观,交衢直指凤凰台"。

这时的长安,是世界的中心,是中国精神的文化符号。开放的胸怀、开明的风尚、包容的气度,纵使今天的美国纽约、日本东京、英国伦敦、法国巴黎,都无法与之比肩。全盛时期的长安,正如唐代诗人时常吟咏的"长安城中百万家",总人口超过了一百万,是无可争议的国际第一大都会,其中各国侨民、外国居民超过五万人,仅仅是流寓在长安的西域各国使者就有4000余人。哥伦比亚大学历史学教授卡林顿·古德里奇在《中国人民简史》中感慨:"长安不仅是一个传教的地方,并且是一座有世界性格的都城,内中叙利亚人、阿拉伯人、波斯人、达旦人、朝鲜人、日本人、安南人和其他种族与信仰不同的人都能在此和平共处,这与当时欧洲因人种及宗教而发生凶狠的争端相较,成为一个鲜明的对照。"

的确,长安是"一座有世界性格的都城",它不是一个人的长安,却是每一个人的长安,它是中国的长安,更是世界的长安——君王、美人、使者、名士、商贾、游侠、僧侣、王侯、将相。满城金甲的征战武士,夜夜笙歌的勾栏瓦肆,日暮云沙的边塞烽火,皎洁月色里的万户捣衣声……长安的记忆何尝不是中国的国家记忆？夜半不敢眠，忽然追忆起——秦川人家的炊烟，是怎样遥袅？异域凛冽的酒香，是怎样醉人？江湖侠客的芙蓉剑，应该何时出鞘？西市胡姬的紫罗裙，又是何等妖娆？

这是真正的盛世气象。

百花齐放，姹紫嫣红。在政治上，整顿武周以来的弊政，择贤臣为良相，整饬腐败吏治，建立完善的考察制度，精简官僚，裁减冗官；在经济上，推崇节俭，加强义仓制度，通过括户等手段缓解土地兼并导致的逃户弊端；在军事上，改府兵制为募兵制，兴复马政，对外收复了辽西营州、河西九曲之地，并再次降服契丹、奚、室韦、靺鞨等民族，吞并大小勃律并且攻灭突骑施，降服复国的后突厥。

在唐玄宗李隆基的带领下，大唐王朝休养生息，春种秋藏，正在沉稳地走向它的巅峰。毫无疑问，开元盛世——这是中国历史最傲岸挺拔的时刻，是中国社会最繁华鼎盛的时期，是中国古代文明最光辉璀璨的时代。

三

让我们将时间的指针再向回拨动111年。公元618年6月18日，唐朝建都长安。

这一天,恰逢端午,满眼所见,皆是情不自禁的歌舞与欢语。

时光宛若一条柔软的丝线,隔着1400年的风尘,隔着遥远的山河与旧梦,我们在这一端的遥望,便会牵动那一端的驻守,牵动那一刻的长安、那一端的大唐。沉淀在岁月深处的辉煌、荣耀、骄傲和尊严,清晰地浮出水面,又被曝晒于干涸的河床上。

> 秦川雄帝宅,函谷壮皇居。
> 绮殿千寻起,离宫百雉馀。
> 连甍遥接汉,飞观迥凌虚。
> 云日隐层阙,风烟出绮疏。

唐太宗李世民的一首《帝京篇》,以其君临天下的豪迈气魄,写意挥洒的笔触,描摹了唐代都城长安的盛景。

长安是中国古代数个朝代的建都之地,而大唐长安更是作为中国历史最鼎盛时期的都城,曾经以东方最大最繁华都市的身份,尽享全世界的荣耀,美誉数千年。

实际上,大唐长安是在隋大兴城基础之上兴建而成的。

杨坚建立隋朝后,因沿袭下来的汉城城区狭小,无法适应新建的大隋王朝之需,而且"水皆咸卤,不甚宜人",于是在582年6月18日这一天,下令宇文恺在原汉城的东南侧修建新城。宇文凯参考了北魏洛阳和北齐邺都的建筑布局，只用了1年多时间，新的隋大兴城便竣工了。

谁料想，短暂隋王朝历30余年而亡。武德元年（618年），唐国公李渊于晋阳起兵，逼迫隋恭帝禅位，建立唐朝。他对集隋唐两代建筑的都城进一步扩建，将大兴城改为长安城。

唐都长安基本保留了旧城的布局，但后来在郭城、街坊、道路及东西两市进行了改造和扩建，以适应这个东方大帝国政治、经济、文化各方面的需要。整个长安城坐北向南，布局极为规整，正南正北，左右对称。正如白居易所写："千百家似围棋局，十二街如种菜畦。"

外郭城中包括皇城和宫城。唐代延续了汉代"左祖右社"的制度，即祖庙在宫殿左侧（东），社稷在宫殿右侧（西）。城内分为110个坊，东西共14条大街，南北共11条大街。城中以朱雀大街为界，将长安城分为东西两半。街西辖55坊，归长安县管；街东辖55坊，归万年县管。朱雀大街宽达150米，南北走向，宽广平坦。这是大唐帝国都城的博大气势。

唐长安的主要宫殿是太极宫、大明宫和兴庆宫。前两宫在城内北侧。太极宫在长安正中偏北，皇城之内，沿用了隋代的大兴宫。太极宫是唐高宗、唐太宗当年理政之处，"贞观之治"的很多诏令都出自太极宫，这里也有不少唐太宗和魏征君臣之间进谏和纳谏的故事,后来高宗时将理政之所移至大明宫。

大明宫建于贞观八年(634年),在城北的龙首原上,地势较高,"北据高原,南望爽垲"。大明宫的正门是丹凤门,门前是宽达176米的丹凤门大街。丹凤门正北方向是大明宫的中轴线,由南向北依次建有含元殿、宣政殿、紫宸殿、蓬莱殿、含凉殿、玄武殿。丹凤门和含元殿、紫宸殿建在龙首原最高点,高大雄伟。遥望1400年前的长安,这些规制严谨的建筑、含义隽永的名字,展示了唐王朝的威严和强大。

大明宫中由龙首渠引水入内,修太液池。这样不但解决了宫内吃水问题,也大大改善了园林环境。后来高宗皇帝令增修麟德殿,在大明宫北部偏西,另建有殿和观、亭、楼,诸如拾翠殿、跑马楼、斗鸡台等设施30余处,供自己和后宫享乐。

长安城共有12座城门,即东面的延兴门、春明门、通化门,南面的启夏门、明德门、安化门,西面的开远门、金光门、延平门,北面的玄武门、方林门、光化门。其中,明德门为南面正门。

杜甫在诗中吟道:"秦中自古帝王州。"唐朝是一个辉煌的时代,长安是一座伟大的城市。再没有一座城能像大唐的长安那般让人心驰神往。唐都长安不仅在当时创造了巨大的物质财富,而且积淀了自信自豪、开明开放、创新创优、卓越超越、求实务实的精神财富。

这是古代中国历史上真正文化自信的时代。

四

公元717年，19岁的日本贵族士子阿倍仲麻吕以遣唐留学生的身份来到长安，进入当时的国立大学——国子监太学学习。

阿倍仲麻吕聪明勤奋，成绩优异，太学毕业后参加科举考试，一举就考中了进士。之后他一直在唐朝做官，73岁在长安去世。他生前最高官职是光禄大夫兼御史中丞，是国家最高监察机构中权力仅次于御史大夫的高官。

像阿倍仲麻吕这样在唐朝做官的外国人数以百计。唐玄宗创造的大唐极盛之世，国力强盛，中外交往异常频繁，高丽、新罗、百济（均在朝鲜半岛）、日本、林邑（今越南）、泥婆罗（今尼泊尔）、骠国（今缅甸）、赤土（今泰国）、真腊（今柬埔寨）、室利佛逝（今印尼苏门答腊）、诃陵（今印尼爪哇）、天竺（今印度、巴基斯坦、孟加拉）、狮子国（今斯里兰卡）、大食（今阿拉伯）、波斯（今伊朗）等国都与唐朝有广泛的经济文化交流。长安城内的外国人曾超过10万人，留学生最多的时候有8000多人。朝廷允许外国人及其他民族的人在长安居住、结婚，也极大地促进了民族融合、文化交流。

当时的唐都长安，有东市、西市两个繁荣的市场，东市主要从事国内贸易，西市主要从事国际贸易。西市占地1600多亩，有220多个行业、4万多家固定商铺，聚集了世界各地的客商，从酒店到药店，从食店到粮店，可谓名副其实的"自由贸易区"，不能不承认，早在1000多年前，长安人就已经过上了"买全球、卖全球"的生活。

西市不仅是商贸的平台，也是创业的舞台。唐代中期的窦义，从西市起步，务实经营，不断创新，从种树、卖树的小生意，发展到"商业地产开发"，不仅成为长安首富，还把商铺"窦家店"开到了遥远的罗马城。

尤其值得一提的是，随着"丝绸之路"的日益发展，中外经济文化交流空前频繁，长安城经济繁荣一时。作为当之无愧的世界的政治中心、经济中心、时尚中心、商贸中心，长安的中国读本早已经成为世界读本了。

由长安出发的"丝绸之路"把世界的东方与西方联系了起来；航海事业蓬勃发展，三条水路可以直达日本，还有从广州、泉州等地越南海到东南亚、西亚及埃及和东非的海上交通。通过绵延万里的"丝绸之路"而来的西域、西亚乃至欧洲、非洲的客商或官员，来自日本、朝鲜半岛的客商及留学生、留学僧们，在长安的大街上三五成群，悠闲漫步。当时像阿倍仲麻吕这样在朝廷做官的外国人比比皆是,正是大唐对外开放、包容的态度,引得万邦来朝。据记载,当时与唐朝交往的国家有70多个,外国贵族委派子弟到长安的太学学习中国文化,不少僧人在唐长安的寺院里学习佛学。

  世界各地的游客以造访长安为荣耀。爱尔兰记者、摄影师、人类学家基恩在《北亚和东亚》中描述说,长安是维系鞑靼斯坦、西藏和四川与中原的要地,向甘肃运送陶器和瓷器、棉花、丝绸、茶叶以及小麦,接受兰州的烟草、豆油、毛皮、药材与麝香,宝石也通过这里输送到西藏与蒙古。

  大唐长安,不仅是世界上第一个人口超过一百万的国际化大都市,而且城市面积超过80万平方公里,相当于6个巴格达、7个拜占庭、7个古罗马。有唐一朝不仅经济发达,而且文化繁荣,影响力遍及世界,直到今天余音依然绕梁不绝,海外华人聚集区仍被称为"唐人街",中国传统服饰仍被称为"唐装"。

五

  开元十七年那场盛宴,端的是绣衣朱履,觥筹交错,开琼筵以坐花,飞羽觞而醉月。然而,酒香未散,弦歌未尽,华灯依旧,岁月却已经走过了20余个春秋。

承平日久，国家无事，唐玄宗沉溺宫闱，渐生懈怠之心，公元742年，将年号由开元改为天宝。公元天宝十四载（755年）十一月，手握重兵的胡人安禄山趁朝廷政治腐败、军事空虚之机发动叛乱；次年十二月，攻入洛阳，唐玄宗率众仓皇出奔。

历史上将这场长达8年的叛乱称为"安史之乱"。这次叛乱，让大唐王朝元气大伤，一蹶不振，为其衰落埋下了伏笔，尽管贞观之治、开元盛世之后还有过元和中兴、会昌中兴、大中之治等短暂的复苏，大唐却始终未能回到曾经的巅峰。

其兴也勃焉，其亡也忽焉。

繁华的长安，于晚年的唐玄宗而言，不仅是遥远的往昔，更是不可追悼的故乡。一代中兴之主，终生未归长安。此前，唐玄宗领养的义子王忠嗣数次上书奏言安禄山将大乱天下，唐玄宗始终置之不理。对于大唐的危机，唐玄宗没有丝毫察觉，听闻王忠嗣之言，却暴跳如雷，对其严加审讯，意欲处以极刑。昏聩若此，怎不危机四伏？忠言逆耳，岂止忠嗣一人？

大唐建都长安，到今天已经整整1400年。寂寥扬子居畔的桂花芬芳犹然在侧，金阶白玉堂前的青松仍是昔时模样，时光却似流水，一去不复返了。永远的荣耀，变成了深长的忧叹。

长安，依旧繁华如梦。但是，这里不再是唐玄宗的长安，也不再是李白的长安了。抽刀断水水更流，举杯消愁愁更愁，豪放不羁的诗仙终于厌倦了长安的生活,远走他乡,仗剑遍游天下。多年以后,李白一反其诗词的豪迈飘逸,用汉乐府歌辞的寄寓手法,写下了缱绻悱恻的《长相思》:

长相思,在长安。

络纬秋啼金井阑,微霜凄凄簟色寒。

孤灯不明思欲绝,卷帷望月空长叹。

美人如花隔云端!

上有青冥之长天,下有渌水之波澜。

天长路远魂飞苦,梦魂不到关山难。

长相思,摧心肝!

江春入旧年
——嵇康与广陵

　　嵇康,字叔夜,谯国铚人也。其先姓奚,会稽上虞人,以避怨,徙焉。铚有嵇山,家于其侧,因而命氏。兄喜,有当世才,历太仆、宗正。康早孤,有奇才,远迈不群。身长七尺八寸,美词气,有风仪,而土木形骸,不自藻饰,人以为龙章凤姿,天质自然。恬静寡欲,含垢匿瑕,宽简有大量。

——《晋书·嵇康传》

一

　　从这场酒席中散去,微醺的中散大夫抚嵇康匆匆赶去另一场酒会。

　　在竹林间舒展广袖,狂舞长啸,清峻的嵇康想象自己是一只孤绝、清瘦的飞鸟,在寂寥的高空中不知疲倦地翱翔,俯瞰浩瀚的林海,俯瞰浩瀚的南中国。

　　夜的精魂不停地缠绵,不倦地周旋。

时而飞,时而停,时而高蹈轻扬,时而缱绻低回,中散大夫抚琴自问:是否还记得曾经嬉戏的洛西、曾经夜宿的月华亭?是否还记得绵密无寝长夜漫漫、起坐抚弦遂成新曲?雅乐新成,纷披灿烂,戈矛纵横,惊天动地,嵇康谓之《广陵散》。

时光,如水波般流动。天池辽阔谁相待,日日虚乘九万风——端的是似水流年啊!

这是中国文化最浪漫深情的一刻,也是中国历史最波诡云谲的一页。嵇康像一只孑然独立的大鸟,与乌云一道在电闪雷鸣中穿梭。他龙章凤姿,不自藻饰;他悲愤幽咽,慨然不屈;他昂首嘶鸣,浩气当空;他弹琴咏诗,自足于怀——雷电为他的翅膀镶嵌了一道璀璨的金边,他踏着阵阵松涛,宛若深山中狂飙的雄鹰。

嵇康,公元224年出生于魏国谯郡铚县,先祖本姓奚,会稽上虞人,为避世怨,迁徙于嵇山,置家于其侧,因而以"嵇"命为姓氏。嵇康年少才高,重思想,善谈理,懂音律,能属文,高情远趣,率然玄远。正始末年,嵇康居山阳,"所与神交者惟陈留阮籍、河内山涛,豫其流者河内向秀、沛国刘伶、籍兄子咸、琅琊王戎,遂为竹林之游",肆意酣畅,共倡玄学新风,主张"越名教而任自然""审贵贱而通物情",世谓"竹林七贤"。

据史书记载,嵇康曾经在洛阳西边游玩,晚上夜宿华阳亭,引琴弹奏。夜半时分,突然有客人拜访,自称是古人,他与嵇康一同谈论音律,辞致清辩,于是索琴而弹,声调美妙伦比,他将这首乐曲传授给嵇康,并让嵇康起誓绝不传给他人,他亦不言其姓字。

这就是传说中的《广陵散》。

嵇康所作的《广陵散》,又名《广陵止息》,古时亦名《聂政刺韩傀曲》。嵇康以善弹此曲著称,听者如闻天籁。公元263年,嵇康为司马昭所害。刑场上,三千太学生向朝廷请愿,请求赦免嵇康,并要拜嵇康为师,司马昭不允。临刑前,嵇康无一丝伤感,从容不迫地索琴弹奏,天籁般的曲调飘扬在刑场上空。嵇康弹罢,慨然叹惋:"世间从此再无《广陵散》!"

叹罢,从容引颈就戮。嵇康时年仅四十岁。《晋书》记载:

> 康将刑东市,太学生三千人请以为师,弗许。康顾视日影,索琴弹之,曰:"昔袁孝尼尝从吾学《广陵散》,吾每靳固之。《广陵散》于今绝矣!"

海内之士,莫不痛之。晋文帝司马昭不久亦醒悟,然而悔之晚矣。

痛失的岂止嵇康,更有广陵清音。天籁只能天上得,哪堪人间共此声?

每读到此处,便无端地想起文天祥那首七律:

> 生前已见夜叉面,
>
> 死去只因菩萨心。
>
> 万里风沙知己尽,
>
> 谁人会得广陵音?

二十八个字,痛彻心扉。

秦始皇焚书坑儒,焚琴煮鹤。琴,"秦灭六国,至汉不兴"。时至魏晋,琴、曲皆失,《广陵散》再无知音。

二

这是一场酣畅淋漓的欢聚,这是一个放浪不羁的时代。

忧时悯乱、骏放沉挚的阮籍,外柔内刚、淳深渊默的山涛,容貌丑陋、敦默寡言的刘伶,任性不羁、妙达八音的阮咸,清悟识远、狷介忠直的向秀,识鉴过人、谲诈多端的王戎,以及——永远不会缺席的嵇康。他们嗜酒如命,酣饮时烂醉如泥,清醒时装疯伴狂。

这是一幅怎样汪洋恣肆的画卷？这是一种怎样心有灵犀的景象？春风荡漾，柳丝拂面，众人围坐在一起，面对面痛饮。阮籍习武艺，能长啸，善弹琴，好为青白眼。遇见所谓"唯法是修，唯礼是克"的礼法之士，阮籍必以白眼对之。阮籍的母亲去世后，嵇康的哥哥嵇喜来致哀，因为嵇喜是在朝为官的礼法之士，于是阮籍也不管守丧期间应有的礼节，给了嵇喜一个大大的白眼。后来，嵇康带着酒、琴而来，阮籍马上便由白眼转为青眼。阮咸更是不拘小节，大瓮盛酒，与猪同饮。嵇康与向秀饮罢，便在家门前的柳树下打铁自娱，嵇康掌锤，向秀鼓风，二人旁若无人，自得其乐。刘伶每饮必醉，常乘坐鹿车，携一壶酒，使人荷锸而随之，左右顾盼，其妻劝止，刘伶大笑道："死又何惧？死便埋我！"

这是一场怎样没有休止的酒宴？这是一群怎样没有嫌隙的挚友？他们虽有满腹才华，空有满腔壮志，却错生在一个毫无光亮的时代。曹魏后期，政局混乱，曹芳、曹髦既荒淫无度，又昏庸无能，司马懿、司马师父子掌握朝政，废曹芳、弑曹髦，大肆诛杀异己。他们所看见的，是恐怖的屠杀、虚伪的礼法。他们不满司马氏的所作所为，更不愿依附司马氏。他们崇尚老庄的自然无为，蔑弃礼法规则。他们是嵇康真正的知音，是他的听众、他的读者，无论微醺，还是酩酊。

有学者将这个时代称为"世说新语"时代。我们不妨用四个词来概括那个时代:玄幻,谋篡,战乱,黑暗。也不妨用四个词来概括那个时代他们的心绪:哀伤,苦闷,恐惧,绝望。

这是何等地玄幻、谋篡、战乱、黑暗?这是何等地哀伤、苦闷、恐惧、绝望?走出竹林,便是无尽的长夜,放下酒盏,便是亘古的空虚。他们紧紧地贴服着大地,紧紧地簇拥在一起,像凛冽寒风中残存的雏鸟——覆巢之下,其能幸哉?

万里风沙知己尽,谁人会得广陵音?

嵇康一生放荡作文,桀骜为人。他的诗歌存世仅五十余首,后世却评价极高,赞叹其诗不为《风》《雅》所羁,直写胸中之语。他的文论存世六七万字之多,句句隽永,字字珠玑。读嵇康的《琴赋》,眼前不时闪回这位执着于精神自由、终日与琴为友的士子形象:

余少好音声,长而玩之。以为物有盛衰,而此无变;滋味有厌,而此不倦。可以导养神气,宣和情志。处穷独而不闷者,莫近于音声也。是故复之而不足,则吟咏以肆志;吟咏之不足,则寄言以广意。然八音之器,歌舞之象,历世才士,并为之赋颂。其体制风流,莫不相袭。称其才干,则以危苦为上;赋其声音,则以悲哀为主;美其感化,则以垂涕为贵。丽则丽矣,然未尽其理也。推其所由,似原不解音声;览其旨趣,亦未达礼乐之情也。

嵇康以为:"众器之中,琴德最优。"而操琴之德,何尝不是为人之德?在《琴赋》文末的"乱"段,嵇康咏叹琴的和悦之德,无法探其深广;体味琴的清明之体,无法知其旷远;感慨琴的高邈之美,无法遇其企及;倾听琴的优良之质,无法得其驾驭;惋惜琴的至性至情,堪称群乐之首,可惜知音者渺邈。而这些,何尝不是以琴寓世、以琴喻人?

愔愔琴德,不可测兮;体清心远,邈难极兮;良质美手,遇今世兮;纷纶翕响,冠众艺兮;识音者希,孰能珍兮;能尽雅琴,唯至人兮!

嵇康文章,多为论说,所著诸文论六七万言,皆为世所玩咏。他曾作《声无哀乐论》,针对儒家的"治世之音安以乐,亡国之音哀以思",旗帜鲜明地加以辩驳:音乐是客观存在的音响,哀乐是人们的精神被触动后产生的感情,两者并无因果关系,亦即"心之与声,明为二物"。"心"和"声",明明就是两种东西,压根就没有什么关系。

夫天地合德,万物贵生,寒暑代往,五行以成。故章为五色,发为五音;音声之作,其犹臭味在于天地之间。其善与不善,虽遭遇浊乱,其体自若而不变也。岂以爱憎易操、哀乐改度哉?及宫商集比,声音克谐,此人心至愿,情欲之所锺。故人知情不可恣,欲不可极故,因其所用,每为之节,使哀不至伤,乐不至淫,斯其大较也。

嵇康为文,多借景抒情,托物言志。在《琴赋》中,他讲述琴的材质的生长环境、在能工巧匠收入中的制作,随之写到琴音的优美典雅,变幻无穷,盛赞琴的高尚和平、纯洁正直的品格。不论是琴音、琴思、琴德,还是叙事、写景、抒情,嵇康之文如同其人,笔势放纵,汪洋恣肆,辞采绚烂,让人无法不击节赞叹。

正是在这篇赋中,嵇康曾将以自己喜好的古琴曲目排出顺序。他认为,首先无可争议的是《广陵散》,接下来是《止息》《东武》《太山》《飞龙》《鹿鸣》《鹍鸡》《游弦》,他认为这几首古曲变换为不同的演奏方式,如果声色自然流畅、清楚美妙,都能消除烦躁情绪。后代变换的俗谣俗曲,当数汉末蔡邕创制的《蔡氏五弄》。接下来还有《王昭》《楚妃》《千里别鹤》。最后还有一时权宜之作,杂进俗曲,也有一些值得浏览的琴曲。所以,所谓曲高和寡者,"然非旷远者不能与之嬉游,非夫渊静者不能与之闲止,非夫放达者不能与之无恡,非夫至精者不能与之析理也"。

嵇康的道德文章影响深远,清代何焯感喟:"叔夜千古人,此赋亦千古文。读此赋,如闻鸾凤之音于云霄缥缈之际。"

三

嵇康,身长八尺,容止出众。

这样一位翩翩公子,加之满腹诗书,可谓气宇轩昂、玉树临风,简直是那个黯淡时代的华彩篇章。举目皆是战祸、离索、弥乱、凋敝、血腥、恐惧……可是,有什么能掩盖得住心中鼓荡的丰盈与骄傲?嵇康曾娶曹操曾孙女为妻,官拜曹魏中散大夫,从此与曹魏有了生死之缘分。也恰是因为他与曹魏的不离不弃,种下了他终于为钟会所构陷、为司马昭所杀害的祸根。

说到嵇康桀骜不驯的性格、坎坷多舛的命运,不能不提"竹林七贤"中的山涛,以及嵇康写给山涛的《与山巨源绝交书》。

山涛在由选曹郎调任大将军从事中郎时,欲荐举嵇康代其原职。没想到,嵇康听到消息,勃然大怒,不仅在信中断然拒绝山涛的引荐,而且傲慢地申明自己赋性疏懒,不堪礼法约束,不可加以勉强,发誓从此与山涛断绝往来。

在这封长信中,嵇康开篇毫不客气地说自己性格直爽,心胸狭窄,对很多事情绝不姑息("直性狭中,多所不堪");性情懒漫,筋骨迟钝,肌肉松弛,头发和脸经常一月或半月不洗,如不感到特别发闷发痒绝不愿意洗浴("性复疏懒,筋驽肉缓,头面常一月十五日不洗,不大闷痒,不能沐也")。好在朋友们都能够忍受自己孤傲简慢的性情,背离礼法的行为,"侪类见宽,不攻其过"。

此后,嵇康以"七不堪"力陈拒绝山涛的理由:

人伦有礼,朝廷有法,自惟至熟,有必不堪者七,甚不可者二:卧喜晚起,而当关呼之不置,一不堪也。抱琴行吟,弋钓草野,而吏卒守之,不得妄动,二不堪也。危坐一时,痹不得摇,性复多虱,把搔无已,而当裹以章服,揖拜上官,三不堪也。素不便书,又不喜作书,而人间多事,堆案盈机,不相酬答,则犯教伤义,欲自勉强,则不能久,四不堪也。不喜吊丧,而人道以此为重,已为未见恕者所怨,至欲见中伤者;虽瞿然自责,然性不可化,欲降心顺俗,则诡故不情,亦终不能获无咎无誉如此,五不堪也。不喜俗人,而当与之共事,或宾客盈坐,鸣声聒耳,嚣尘臭处,千变百伎,在人目前,六不堪也。心不耐烦,而官事鞅掌,机务缠其心,世故烦其虑,七不堪也。

嵇康在这封信的末尾义愤填膺地写道:"若趣欲共登王途,期于相致,时为欢益,一旦迫之,必发狂疾。自非重怨,不至于此也。"也就是说,我与你并无深仇大恨,何苦为难我让我去做官呢?

山涛是"竹林七贤"中最年长的一位,也堪称"竹林七贤"的伯乐。他的神气风度,震撼了"竹林"。同为"竹林七贤"的王戎对他的评论是:"如璞玉浑金,人皆钦其宝,莫知名其器。"也就是说,他给人一种质素深广的印象。大器度,正是其时名士之一种风度。虽然山涛与嵇康情意甚笃,但是人生志趣未必相同,就在嵇康越来越放任自然之时,山涛却越来越彰显其入仕之心、治世之才、运筹之策、选人之能。他走的是另一条道路。

山涛不是一个没有见识的人,他谨慎小心地接近权力,却又小心翼翼地回避权力。毫无疑问,纵然狂放如嵇康者,在道德品行上也是了解自己的朋友、信任自己的朋友的。他后来因得罪司马氏而被治罪,临死前对儿子嵇绍说的最后一句话便是:"有巨源在,你便不会孤独无靠了。"

在曹氏与司马氏权力争夺的关键时刻,山涛看出事变在即,"遂隐身不交世务"。这之前他做的是曹爽的官,而曹爽将败,故隐退避嫌。但当大局已定,司马氏掌权的局面已经形成时,他便出来。山涛与司马氏是很近的姻亲，靠着这层关系，他去见司马师。司马师知道他的用意与抱负，便对他说："吕望欲仕邪？"于是，"命司隶举秀才，除郎中，转骠骑将军王昶从事郎中。久之，拜赵相，迁尚书吏部郎"。此后，嵇康与山涛在政治上分道扬镳，山涛一帆风顺，货与帝王家，征程万里无隔阻，嵇康绝尘而去，血染断头台，不做俗世一尘埃。

嵇康曾有《与山巨源绝交书》一文，后人因此对山涛颇多鄙夷。嵇康是非分明，刚直峻急。而山涛则举事有度，量体裁衣，凡事不逾矩、不违俗。譬如他也饮酒，但有一定限度，至八斗而止，与其他人的狂饮至于大醉不同。山涛生活俭朴，为时论所崇仰。他在嵇康被杀后20年，举荐嵇康的儿子嵇绍为秘书丞，他告诉嵇绍说："为君思之久矣，天地四时，犹有消息，而况人乎！"可见，20余年，他从未忘却旧友。

嵇康为司马昭所杀，犹如一个暗夜炸开的信号，"竹林七贤"自此分崩离析，有人走向心怀汤火、足履薄冰的震颤，有人走向潇洒挥放、逶迤远行的傲然，有人走向穆如清风、冰清玉洁的旷达，有人走向质朴素真、恬淡自然的无为，有人走向哲思飞扬、才情盈溢的飘逸，有人走向有道言兴、无道默容的明哲保身。向秀悲恸不已，他写下千古绝唱《思旧赋》，怀念与老友同游山林的岁月：

将命适于远京兮,遂旋反而北徂。
济黄河以泛舟兮,经山阳之旧居。
瞻旷野之萧条兮,息余驾乎城隅。
践二子之遗迹兮,历穷巷之空庐。
叹黍离之愍周兮,悲麦秀于殷墟。
惟古昔以怀今兮,心徘徊以踌躇。
栋宇存而弗毁兮,形神逝其焉如。
昔李斯之受罪兮,叹黄犬而长吟。
悼嵇生之永辞兮,顾日影而弹琴。
托运遇于领会兮,寄余命于寸阴。
听鸣笛之慷慨兮,妙声绝而复寻。
停驾言其将迈兮,遂援翰而写心。

在这篇赋的序中,向秀追思与老友过往游宴欢饮的点点滴滴,慨然叹息:"嵇博综技艺,于丝竹特妙。临当就命,顾视日影,索琴而弹之。余逝将西迈,经其旧庐。于时日薄虞渊,寒冰凄然。邻人有吹笛者,发音寥亮。"

斯人已去,足音跫然。

四

"聂政"曲何以名"广陵"?

韩皋曾经给出一个颇为可信的理由:"扬州者,广陵故地,魏氏之季,毋丘俭辈皆都督扬州,为司马懿父子所杀。叔夜(嵇康)悲愤之怀,写之于琴,以名其曲、言魏之忠臣散殄於广陵也。盖避当时之祸,乃托於鬼神耳。"时运不济,遂以广陵言志。

谁能想到,今日温婉可亲的扬州,竟然是昔日嵇康抚琴言志的广陵故地?

虞渊未薄乎日暮,《广陵》不绝于人间。

这是晚春的扬州,烟花三月的广陵雾雨还未飘远,时间却已行进至1700年后的今天,清新的空气便开始讲述与昨天的记忆迥然不同的故事。林钟宫音,其意深远,音取宏厚,指取古劲,广陵余音绕梁,至今犹在耳畔,一支新曲俨然作成。

江水北去,淮河南来。

这是一年里最欢腾、最茁壮的日子。大地上冰封的一切早已苏醒,暗夜里沉寂的一切正在绽放。被雾雨笼罩的广陵,繁花似锦,万马奔腾,举目皆是浓墨重彩的山水画卷。

风无边、水无界。

公元前486年,吴王夫差开邗沟,筑邗城,沟通江淮,成就了后世"烟花三月下扬州"。水,催生了扬州的数度繁华,也孕育了扬州的悠久文明。站在江都水利枢纽的高台上,荡胸顿生层云。过去的岁月气势磅礴,如水波般一泻千里,雄伟壮观,恍若嵇康的广陵绝响。

扬州盐商富甲天下,留下了美轮美奂的园林、婀娜多姿的景致、穷奢极欲的宅邸。清代戏曲家李斗在其笔记集《扬州画舫录》中曾写道:"杭州以湖山胜,苏州以市肆胜,扬州以园亭胜,三者鼎峙,不分轩轾。"而今,这些园林、亭台、宅邸,已成为扬州璀璨多姿的文化景观。当年的广陵,走过无数风雷激荡的岁月,在万千气象、日新月异的今天,正在由古老的遗存蝉蜕为羽化的新生。

古城里,举步皆是脊角高翘的屋顶、风韵痴绝的门楼,直露中有迂回,舒缓处有起伏;古巷曲折蜿蜒,巷子里的茶楼和酒肆藏而不露,每每寻到,便是无边的惊喜,让人回味无穷。瘦西湖上,五亭桥造型秀美,富丽堂皇,如同湖的一束玉带。传说这是清扬州两淮盐运使为了迎接乾隆南巡,特请能工巧匠设计建造的。桥上雕栏玉砌,彩绘藻井;桥下四翼分列,十五个卷洞彼此相通。每当皓月当空,各洞衔月,金色荡漾,众月争辉,倒挂湖中,不可捉摸。"青山隐隐水迢迢,秋尽江南草未凋。二十四桥明月夜,玉人何处教吹箫?"杜牧的诗句恍若与月色一道铺满银色的水面。

五

这是中国历史一段波谲云诡的时期。

三国两晋南北朝——史家惯于从建安元年(196年)开始计算,到隋开皇九年(589年)隋文帝统一中国为止,前后共约400年。

漫长的四个世纪,无疑是中华民族家国分裂、政治动荡、战火频仍、割据政权林立的时代。这期间,发生较大规模的战争500余次,先后建立35个大大小小的政权,只有西晋实现过短短的37年的统一,其余皆处于分裂状态,可谓"城头变幻大王旗"。秦汉以来的物质积淀被糟蹋殆尽,董卓之乱、八王之乱、侯景之乱……天灾人祸,生灵涂炭,国家满目疮痍,人民流离失所。

然而,若论在中国历史上的风采独具、文采焕然,无出魏晋南北朝其右。一方面,社会生活空前动荡与纷乱;一方面,是文学创作空前的发展与繁荣。这是士人思想最活跃、精神最自由、个性最张扬、行为最放纵的时代,这是一个具有艺术气质的时代。

这是一个"世说新语"时代。在这样一个时代，天下规则散尽，斯文扫地。在这样一个时代，不难理解，何以武好法术，文慕通达；何以天下之士，不循前轨。

遗憾的是，旷世之才如嵇康，也只能以自己的方式在这个时代的夹缝中求生。

"爱有大而必失，恶有甚而必得；智惠不能去其恶，威力不能全其爱。故前识所不用心，而圣人罕言焉。若乃系情累于外物，留曲念于闺房，亦贤俊之所宜废乎？"这是陆机在《吊魏武帝文》中写到曹操临终吩咐后事时的描述，惋惜一代明主的远行，笔笔顿挫，气势畅达。这还是"日月之行，若出其中；星汉灿烂，若出其里"壮怀千里的曹操吗？这还是"山不厌高，海不厌深；周公吐哺，天下归心"运筹帷幄的曹操吗？这还是"老骥伏枥，志在千里；烈士暮年，壮心不已"永不言败的曹操吗？这是与嵇康有着千丝万缕牵挂的曹魏，是一个大时代拉开华幕的序曲。然而，落花流水终去也，英雄暮年，恰如一个时代的谢幕，端的是有着说不尽的凄伤和沧桑。

昔我往矣，杨柳依依。今我来思，雨雪霏霏。

让我们重新回到1700年前的历史现场，清点烽烟凉尽的烟火，收殓岁月老去的残骸。这是景元二年（261年），嵇康作《与山巨源绝交书》，2年后，他为司马氏所杀。有心者也许会留意，会在青灯下黄卷中翻到曾经被我们忽视的片段,以及这些片段中的丝丝缕缕——半个世纪之前,曹丕在《典论·论文》中写下了"盖文章,经国之大业,不朽之盛事"的千古绝唱,在《与王朗书》中写道:"生有七尺之形,死唯一棺之土。"王粲在《登楼赋》中写下了"人情同于怀土兮,岂穷达而异心"。半个世纪后,在匈奴的进逼中,洛阳失守,建兴四年(316年)西晋灭亡。这场战争中,匈奴长驱直下,很快便控制了几乎整个中原,长达100多年的大动乱、大灾难、大纷争就这样开始了,中华民族进入漫漫寒夜。史官干宝在《晋纪总论》中写道:"国政迭移于乱人,禁兵外散于四方,方岳无钧石之镇,关门无结草之固。"最终"脱耒为兵,裂裳为旗,非战国之器也;自下逆上,非邻国之势也。然而成败异效,扰天下如驱群羊,举二都如拾遗芥,将相王侯连头受戮,乞为奴仆,而犹不获,后嫔妃主,虏辱于戎卒,岂不哀哉"。国家顺乎天命方可兴盛,顺乎民意方可和谐,以礼仪教化百姓方可建立纲常,国家基础宽厚方难以颠覆,正如树木根深叶茂则难以拔掉,政教有条有理则国家不乱,法纪牢靠周密则社会安定。如此者,方为治国之策、立国之本。

前后不过百年,世事更迭如斯。随风云变幻的是,利益的血腥和政治的无情。不变的是,士子千百年来一脉相承的家国情绪、道义文章——莫谓书生空议论,头颅掷处血斑斑。

"夜中不能寐,起坐弹鸣琴。薄帷鉴明月,清风吹我襟。孤鸿号外野,翔鸟鸣北林。徘徊将何见?忧思独伤心。"这是阮籍的《咏怀诗》。其孤绝旷逸,寓意深远,所书所写何尝不是嵇康?不难想象,某个黑暗寂静得没有边际的长夜,嵇康、阮籍夜阑酒醒,忧畏难去,在耿介与求生间矛盾,在旷达与良知中互争,嵇康的悲凉郁结莫可告喻。这些悲凉郁结莫不充溢于他的字里行间,穿越无数个日日夜夜,至今仍散发着彻骨的寒凉。

霜被野草,岁暮已至。

端的,是该散了——

春秋时代的春与秋

> 孔子问礼于老子,是一段生趣盎然的历史悬案。这不仅是中国文化史上两个巨人的对话、中国思想史上两位智者的相遇,更是两个流派、两种思想的碰撞和激发。战乱频仍、诸侯割据的春秋年代,老子和孔子的会面别有深意。在两千五百年后的今天来看,亦颇具启示。
>
> ——题记

几千年前的某一天,两位衣袂飘飘的智者翩然相遇。时间,不详;地点,不详;观众,不详。但是,他们短暂的对话,却留下一段妙趣横生的传世佳话。

其中的一位,温而厉,恭而安,儒雅敦厚,威而不猛。另一位,年略长,耳垂肩,深藏若虚,含而不露。这也许是他们的第二次会面,但并不重要,重要的是,此后2500余年的岁月中,我们将渐渐知晓这场对话对世界历史、对人类文明的伟大意义。

一

他们,一个是孔子,一个是老子。

"孔子适周,将问礼于老子。"司马迁在《史记》中写道。孔子是2500年来儒家的始祖,老子是2500年来道学的滥觞。司马迁对两人有过明确考证,"孔子生鲁昌平乡陬邑"(《史记·孔子世家》),"老子者,楚苦县厉乡曲仁里人也"(《史记·老子韩非列传》)。这一天,年幼些的孔子去向年长的老子求教。

贵族世家的孔子生于鲁襄公二十二年(前551年),尽管他被后世尊奉为"天纵之圣""天之木铎",但身世并不光彩,"其先宋人也,曰孔防叔。防叔生伯夏,伯夏生叔梁纥。纥与颜氏女野合而生孔子,祷于尼丘得孔子"。孔子"生而亏漏",首上"圩顶",所以他的母亲为他取名曰丘。与孔子相比,平民出身的老子身世颇为含混,除弥漫坊间的奇闻逸事外,只知道他"姓李氏,名耳,字聃,周守藏室之史也",某一日,骑青牛西出函谷关,从此一去不复返。

2500年来,人们对他们的会面颇多好奇,也颇多猜测和演绎。《礼记·曾子问》考据孔子17岁时问礼于老子,即鲁昭公七年(前535年),地点在鲁国的巷党,这是他们的第一次会面。

"孔子曰:昔者吾从老聃助葬于巷党,及堩,日有食之,老聃曰:'丘!止柩就道右,止哭以听变。'既明反,而后行,曰'礼也'。"《史记》载,他们的第二次相见是在17年之后的春秋昭公二十四年(前518年),地点在周都洛邑(今洛阳),孔子适周,这一年他已经34岁。第三次,孔子年过半百,即周敬王二十二年(前498年),地点在一个叫沛的地方。《庄子·天运》曰:"孔子行年五十有一而不闻道,乃南之沛见老聃。"第四次在鹿邑,具体时间不详,只有《吕氏春秋·当染》有简单的记载:"孔子学于老聃、孟苏、夔靖叔。"历史不可妄测,但有时间、有地点、有人物,这样的记载虽然未必接近真实,却足见后人的善意与期待。

孔子对老子一向有着极大的好奇。我们不妨想象这样的场景——两位孤独的智者缓缓而行,他们的神情疲倦而诡异,赫然卓立,没人理解他们的激奋心情,更没人理解他们的孤独和愁苦心情。

孔子的弟子曾点有"暮春者,春服既成,冠者五六人,童子六七人,浴乎沂,风乎舞雩,咏而归"的志向,颇得孔子的赞许。这是一幅春秋末期世态人情的风俗画,生命的充实和欢乐盎然风中。阳光明媚,春意欢愉,人们沐浴、歌唱、远眺,无忧无虑,身心自由,我们似乎从中感受到了春的和煦、歌的嘹亮、诗的馥郁。

老子也徘徊在这春末的暖阳中,他看到的却是不同的景象:

"唯之与阿,相去几何?美之与恶,相去若何?"在他的耳边,是呼喊声、应诺声、斥责声,世事喧嚣纷扰,世人兴高采烈,就像要参加盛大宴席,又如春日登台览胜,良善邪恶、美丽狰狞,又有什么分别?谁又能够分辨?

> 人之所畏,不可不畏。荒兮,其未央哉!众人熙熙,如享太牢,如春登台。我独泊兮,其未兆;沌沌兮,如婴儿之未孩;儽儽兮,若无所归。众人皆有余,而我独若遗。我愚人之心也哉!俗人昭昭,我独昏昏。俗人察察,我独闷闷。澹兮,其若海;飂兮,若无止。众人皆有以,而我独顽且鄙。我独异于人,而贵食母。

如此忧伤而又抒情的语气,在老子散文般的文字中,并不少见。在茫茫人海中,老子反复抒写自己"独异于人"的孤独与惆怅,在"小我"与"大众"之间种种难以融合的差异中,老子在反思、在犹豫、在踟蹰,在审视众生、在拷问自己。这孤独和惆怅曾吸引过年幼的孔子,而这一次,他想问的是,孤独和惆怅背后的机杼。

历史的天空,就在这一刻定格。

一个温良敦厚,其文光明朗照,和煦如春;一个智慧狡黠,其文潇洒峻峭,秋般飘逸。他们是春秋时代的春与秋。2500年前的这一刻,他们的这一次相遇。司马迁以如椽巨笔记录了这历史的一刻:

孔子适周,将问礼于老子。老子曰:"子所言者,其人与骨皆已朽矣,独其言在耳。且君子得其时则驾,不得其时则蓬累而行。吾闻之,良贾深藏若虚,君子盛德,容貌若愚。去子之骄气与多欲,态色与淫志,是皆无益于子之身。吾所以告子,若是而已。"

妙趣横生的描画,读来令人浮想联翩。

老子直言不讳。他认为孔子所说的礼,倡导它的人和骨头都已经腐烂了,只有其言论还在。况且君子时运来了就驾着车出去做官,生不逢时,就像蓬草一样随风飘转。老子听说,善于经商的人把货物隐藏起来,好像什么东西也没有,君子具有高尚的品德,他的容貌谦虚得像愚钝的人。他建议孔子,抛弃他的骄气和过多的欲望,抛弃做作的情态神色和过大的志向,这些对孔子、对世人,都是没有好处的。

寥寥数语,意味隽永。这不仅是中国文化史上两个巨人的对话、中国思想史上两位智者的相遇,更是两个流派、两种思想的碰撞和激发。战乱频仍、诸侯割据的春秋年代,老子和孔子的会面别有深意。

孔子问礼于老子,是一段生趣盎然的历史悬案。时光远去,短暂的四次会面,诸多细节已不可考,其对话却涉及道家和儒家思想的核心内容。毋庸置疑,孔子的思想就是在数次向老子讨教中逐步形成和成熟的,与此同时,孔子的提问也敦促老子的反思。司马迁评价老子之学和孔子之学的异同,历数后世道学与儒学对他者眼界、胸怀的贬斥,怅然若失:"世之学老子者则绌儒学,儒学亦绌老子。'道不同不相为谋',岂谓是邪?"

二

这次问礼对于孔子,是晴天霹雳,更是醍醐灌顶。

孔子辞别老子,沉吟良久,对弟子们感慨:"鸟,吾知其能飞;鱼,吾知其能游;兽,吾知其能走。走者可以为罔,游者可以为纶,飞者可以为矰。至于龙,吾不能知,其乘风云而上天。吾今日见老子,其犹龙邪!"

鸟能飞,鱼能游,兽能跑。会跑的可以织网捕获,会游的可制成丝线去钓,会飞的可以用箭去射。而龙,御风飞天,何其迅疾。回味着与老子的对话,孔子说:"我今天见到的老子,大概就是龙吧!"

1600年后,宋代理学大家朱熹引用前人的话来表达他对这位坦荡求真、不惧坎坷的君子的崇敬之情:"天不生仲尼,万古如长夜。"

老子与孔子性格迥异。老子致虚守静、知雄守雌,孔子信而好古、直道而行。然而,老子作为周守藏室之史,孔子作为摄相事的鲁国大司寇,两者自然都有辅教天子行政的职责,救亡图存的使命将他们联系在一起。

《春秋左氏传》评价,春秋时代是一个"礼崩乐坏"的时代。翻开春秋时期的社会历史,不难看到其中充斥的血污和战乱。诸侯国君的私欲膨胀引发了各国间的兼并战争,诸侯国内那些权臣之间的争斗攻杀更是异常激烈,"君不君、臣不臣、父不父、子不子"成了那个时代的最大特点,"《春秋》之中,弑君三十六,亡国五十二,诸侯奔走不得保其社稷者不可胜数"(《史记·太史公自序》),以致"世衰道微,邪说暴行有作。臣弑其君者有之,子弑其父者有之,孔子惧,作《春秋》"(《孟子·滕文公下》)。诸侯割据,礼教崩殂,周天子的权威逐渐坠落,世袭、世卿、世禄的礼乐制度渐次瓦解,各国诸侯假"仁义"之名竞相争霸,卿大夫之间互相倾轧。值此之时,老子的避世、孔子的救世,不可谓不哀不恸也。

老子之高标自持、高蹈轻扬,确是世俗之人、尘俗之世难以想象,更难以理解的。老子研究道德学问,只求隐匿声迹,不求闻达于世。他傲然地对孔子说,周礼是像朽骨一样过时而无用的东西。老子在否定周礼的同时,其实更是在阐释自己的思想,这种观念与孔子的理念大不相同,所以孔子才会以能"乘风云而上天"的"龙"来比喻老子,他内心对老子的敬仰和钦佩,溢于言表。

当然,同样作为一代宗师,孔子也不会因为一次谈话而轻易改变自己的立场和志向。与其相呴以湿,相濡以沫,不如相忘于江湖。孔子依然故我,宵衣旰食,席不暇暖,赶起牛车,带领他的弟子出发了。他们周游列国,宣传自己的主张,纵使困难重重,也要"知其不可为而为之"。

及去周,老子送之,曰:"吾闻富贵者送人以财,仁者送人以言。吾虽不能富贵,而窃仁者之号,请送子以言乎:凡当今之士,聪明深察而近于死者,好讥议人者也;博辩闳达而危其身者,好发人之恶者也。无以有己为人子者,无以恶己为人臣者。"孔子曰:"敬奉教。"自周返鲁,道弥尊矣,远方弟子之进,盖三千焉。

这是春秋时代怎样的一幅画卷?黑格尔说过:"一个民族有一群仰望星空的人,他们才有希望。"2500年前漆黑的长夜里,两位仰望星空的智者,刚刚结束一场人类历史上的伟大对话,旋即坚定地奔向各自的未来——一个怀抱"至智"的讥诮,"绝圣弃智""绝仁弃义""绝巧弃利";一个满腹"至善"的温良,惶惶不可终日,"累累若丧家之狗"。在那个风起云涌、命如草芥的时代,他们孜孜矻矻,奔突以求,终于用冷峻包藏了宽柔,从渺小拓展着宏阔,由卑微抵达至伟岸,正是因为有他们的秉烛探幽,才有了中国文化的纵横捭阖、博大精深。

在中国2000多年的思想潮流中,道家思想有效地成为儒家思想的最大反动,儒家思想有效地成为道家思想的重要补充。

中国历史文化在秦汉以前,尽管百家诸陈,但儒、墨、道三家基本涵盖了当时的文化精神。唐、宋之后,释家繁荣,儒、释、道三家相互交锋、相互融合,笼罩了中国历史文化1000余年。南怀瑾说:"纵观中国历史每一个朝代,在其鼎盛之时,都有一个共同的秘密,即'内用黄老,外示儒术',不论汉、唐,还是宋、元、明、清。中国传统文化的核心思想,其实是黄(黄帝)老(老子)之学。"老子哲学和孔子哲学的存世价值可见一斑。

老子与孔子的这一次会面,尽管短暂,却完满地完成了中国文化内部的第一次碰撞、升华。

老子与孔子所处之时代,西周衰微久矣,东周亦如强弩之末。有周一朝,由文、武奠基,成、康繁盛,史称刑措不用者四十年,是周朝的黄金时期。昭、穆以后,国势渐衰。后来,厉王被逐,幽王被杀,平王东迁,进入春秋时代。春秋时代王室衰微,诸侯兼并,夷狄交侵,社会处于动荡不安之中。不难理解,老子的哀民之恸,孔子的仁者爱人,都是对这个时代的悼挽与反拨。

春秋诸子,大凡言人道之时,必亦言天道。其实,老子和孔子学说最重要的一点,是他们处在中国历史最分崩离析的年代,对中国社会现实和未来发展所进行的积极、认真、深刻的思考。他们的努力,让中国社会行至低谷之时,中国文化没有随之衰微。

事实表明,在中国2000多年来的发展中,对中国社会起到最直接推动作用的还是儒家、道家两家学派,他们试图在总结历史经验教训的基础上,找到一条适合国家发展、具有现实意义的治国之道,尽管他们的理论体系、社会影响大不相同,但是两者的相互交流、相互交融、相互交锋,最终推动了中国的进步。

三

假设时间是一条线性轴,我们从今天这个端点回溯,不难发现一个奇怪的现象——公元前800年至公元前200年这个时间段内,还处于童年时期的人类文明,已经完成了思想的第一次重大突破。

古代希腊、古代中国、古代印度、古代以色列等地域，不约而同地产生了伟大的思想家——在古希腊，有苏格拉底、柏拉图、亚里士多德；在以色列，有犹太教的先知；在古印度，有释迦牟尼；在中国，有老子与孔子。尽管他们处于不同的文明之中，他们提出的思想原则塑造了不同的文化传统，推动着智慧、思想和哲学精神完成了从低谷到高峰的飞跃，这些智慧、思想和哲学精神一直影响着今天的人类生活。

100多年前，德国海德堡有一位年轻的医生，他对当时流行的研究方法很不满意。终于有一天，这位医生抛弃了厌倦已久、陈旧刻板的日常工作，由心理学转向哲学，并且扩展到精神病学，从此成为大名鼎鼎的哲学家，他就是雅斯贝尔斯。

在1949年出版的《历史的起源和目标》中，雅斯贝尔斯提出了一个重大的命题："轴心时代"。他将影响了人类文明走向的公元前800年至公元前200年定义为"轴心时代"，甚至断言，"轴心时代"发生的地区是在北纬30度上下，亦即北纬25度至35度区间。

值得重视的是，同在此时段，同在此区间，虽然中国、印度、中东和希腊之间千山万水，重重阻隔，但它们在"轴心时代"的文化有很多相通的地方。雅斯贝尔斯称这几个古代文明之间的相通为"终极关怀的觉醒"。

这是一件有趣的事。尽管地域分散、信息隔绝，但在四个文明的起源地，人们不约而同地选择了用理智和道德的方式来面对世界。理智和道德的心灵需求催生了宗教，从而实现了对原始文化的超越和突破，最后形成今天西方、印度、中国、伊斯兰不同的文化形态，它们像春笋一样，鲜活、蓬勃、拔节向上，生生不息。然而，与此同时，那些没有实现突破的古代文明，如巴比伦文化、埃及文化，虽然规模宏大，但最终难以摆脱消失的命运，成为文化的化石。

在雅斯贝尔斯提到的古代文明中，有两位中国文化巨人，一位是孔子，一位是老子。孔子专注文化典籍的整理与传承，老子侧重文化体系的创新和发展。一部《论语》，11705 字，一部《道德经》，5284 字，两部经典，统共 16989 字，按今天的报纸排版，不过两个版面容量。然而，两者所代表的相互交锋又相互融合的价值取向，激荡着中国文化延绵不绝、无限繁茂的多元和多样。

孔子与老子，不仅是春秋时代的春与秋，更是文明形态的生与长、守与藏。

他们的哲学思想对中国文化的巨大影响，与春秋末年自由、开放、包容、丰富的思想氛围不可分割，也与他们之间平等包容的切磋、砥砺不可分割。孔子带领弟子周游列国十四年，晚年修订六经，孔子之后的孟子、荀子、董仲舒、程颐、朱熹、陆九渊、王守仁……继承他的旗帜,将儒学思想发扬光大。老子一生独来独往,在老子之后的韩非子、淮南子进一步阐释了他的思想体系,庄子更是将他的思想推向一个高峰。老子的无为、不言、不始、不有、不恃、不居,不仅是春秋战国纷乱局面的一种暂时的应对,其对后世更有着无穷的影响。在这里,大道是精神,也是生活。

孔子、老子相继卒于春秋之末、战国之初。几乎就在这个时刻,在遥远的恒河岸边,乔达摩·悉达多刚刚涅槃,即将开启佛教的众妙之门;在更加遥远的雅典城邦,苏格拉底将要诞生,即将开启希腊哲学的崭新纪元。几乎就在这个时刻,承续春秋的战国大幕即将拉开,为求生存,各诸侯国继续变法和改革,吴起、商鞅变革图强,张仪、苏秦纵横捭阖,廉颇、李牧沙场争锋,信陵君、平原君各方斡旋、招贤天下……大秦帝国即将訇然而至,中央集权的中国统一萌芽即将形成。

老子哲学和孔子哲学都将哲学问题扩大到人类思考和生存的宏大范畴,甚至由人生扩展为整个宇宙。他们开创了一种辩证思维方式,一种哲学研究范式,一种身处喧嚣而又能凝神静听的能力,一种身处繁杂而自在悠远的智慧,这不仅是个人与自我相处的一种能力,更是人类与社会相处的一种能力。

有意思的是,与东方文化秉持的守礼、中庸、拘谨的儒教情怀不同,老子在西方的传播要盛于孔子。林语堂在《老子的智慧》中写道:"西方读者认为,孔子属于'仁'的典型人物,道家圣者——老子则是'聪慧、渊博、才智'的代表。"老子曾云:"上士闻道,勤而行之。中士闻道,若存若亡。下士闻道,大笑之。不笑不足以为道。"林语堂在做这句话的注释时写道:"相信大半西方读者第一次研读老子的书时,第一个反应便是大笑吧!我敢这么说,并非对诸位有何不敬之意,因为我本身就是如此。"

大笑,恰是进入老子哲学迷宫的一把密钥,也是进入中国文化的一条暗道。

就在孔子带领弟子们兀兀穷年,在城邦之间奔走宣告、比武论招之时,老子却茕茕孑立,踽踽独行,以心中的胆气与剑气,打通了江湖武林的所有通关秘道。

恰如林语堂所言,"那些上智的学者,便由讥笑老子、研究老子,而成为今日的哲学先驱,同时,老子还成了他们终身的朋友"。事实上,"在孔子的名声远播西方之前,西方少数的批评家和学者,早已研究过老子,并对他推崇备至"。在恭谦良善、持节守中的儒教之外,老子以其凝敛、含藏、内收的智慧,完善了高傲的西方对神秘中国的全部兴趣和完整想象。

近现代西方哲学家、思想家在老子哲学和孔子哲学中受到启发,找到灵感。英国科学家李约瑟一生研究中国,对中国文化情有独钟。在他看来,中国文化就像一棵参天大树,而这棵参天大树的根在道家。联合国教科文组织做过统计,在世界文化名著中,译成外国文字出版发行量最大的是《圣经》,其次是《老子》。之所以有这样令人惊愕的翻译量、印刷量、阅读量,根本原因在于,它包含着对人类精神世界恒常的思辨和警醒。

孔子是国际的,老子是世界的。

夫唯弗居,是以不去。信哉!

南岳一声雷
——王夫之与船山精神

2019年,是伟大的思想家、哲学家王夫之400周年诞辰。王夫之,世称"船山先生",是中国朴素唯物主义思想的集大成者,与黄宗羲、顾炎武并称为明末清初的三大思想家。王船山是中国精神的剪影,也是中国文化的名片。王船山主张"知而不行,犹无知也""君子之道,力行而已",治学当为国计民生之用,反对治经的烦琐零碎和空疏无物。

近代以来,王夫之的学术思想对后辈学人影响极大,今天对我们治国理政尤其具有现实意义。如何认识船山先生、把握船山思想?在实现中华民族伟大复兴的壮丽征程中,如何对船山思想进行创造性转化和创新性发展?这些问题,尤其值得我们深思。

——题记

一

衡阳县金兰乡高节里,距离湘西草堂四公里,有一座孤独了千万年的山——大罗山。此山荒凉凋敝,良禽过而不栖,山头巨石阴沉黄褐,其状如船,当地人叫它"石船山"。虎形山梁上,与孤山做伴的,还有一座孤独的坟茔。坟茔两边的石柱上刻着两副对联,其中一副写道:世臣乔木千年屋,南国儒林第一人。

这便是一代大儒王夫之的墓庐。

远古的风,像一把无情的利刃,挑落了时间的面纱,还原了历史的嶙峋真相,更剥落出岁月的铮铮铁骨。

王夫之,字而农,小字三三,号姜斋,亦号南岳卖姜翁,1619年生于衡州府衡阳县,1692年逝于衡州府衡阳县。

1690年的一天,斜阳如血,清癯的王夫之伫立在湘西草堂前,面对着石船山,久久地与之对视。四野里,衰草连天,乱石穿空,荆棘丛生。冷冷的秋风掠过他消瘦的面颊,将他的长衫吹得啪啪作响。

秋水蜻蜓无着处,全现败荷衰柳。

这是王夫之写于暮年的一句词。而这,何尝不是他生命的写照?

他缓缓地转过身,走进湘西草堂,挥毫写下"船山者即吾山",光影淋漓,墨汁淋漓,心迹淋漓。王夫之自忖来日无多,早已为自己作下墓志铭。这篇短文通篇只有百余字,序和铭都极其简短,但真情澎湃、真气四溢,船山风格如在眼前,船山风骨跃然纸上。

有明遗臣行人王夫之,字而农,葬于此。其左则其继配襄阳郑氏之所祔也。自为铭曰:

抱刘越石之孤愤而命无从致,希张横渠之正学而力不能企。幸全归于兹丘,固衔恤以永世。

墓石可不作,徇汝兄弟为之,止此不可增损一字,行状原为请志铭而作,既有铭不可赘。若汝兄弟能老而好学,可不以誉我者毁我,数十年后,略记以示后人可耳,勿庸问世也。背此者自昧其心。

王夫之将他的一腔热血倾洒在这篇墓志铭里。2年后的2月18日,王夫之走完了最后的人生路。

正如王夫之在他自撰的墓志铭中所写,"抱刘越石之孤愤而命无从致,希张横渠之正学而力不能企"。此时,明王朝已经消亡近半个世纪,在已经剃发易服多年的清朝,王夫之落葬时却依旧身着明王朝的衣冠。他走得何等孤独、何等落寞、何等凄凉。就是在这最后的孤独、落寞、凄凉里，他怀抱着对旧国的思念，依依不舍地辞别了人间。

王夫之终生没有剃发。生逢天崩地裂的明清之际，他面临着前所未有的大变局，也做出了前所未有的大抉择。他历尽忧患，孤心独抱，担当大义，舍身忘死。如果要用一句话概说他的人生，那就是一生寻梦，卓绝奋斗。

谁也不曾料想，就是这个孤独、落寞、凄凉的老者，在两个多世纪后，却在中国闹出了天大的动静。他遗留下的"船山思想"，仿佛一桶滚热的油，在华夏大地上掀起此起彼伏的革命烈火，那个他一生不肯承认且最终落后挨打的清王朝，终于在这滚滚洪流里灭亡，以至于，诸多那个年代的风云人物，异口同声地说道：这个在湘西草堂守望中原、瞭望未来的船山先生，就是200年后选择用思想作武器去战斗的我们、你们、他们。

训诂笺注，六经周易犹专，探羲文周孔之精，汉宋诸儒齐退听。

节义文章，终身以道为准，继濂洛关闽而起，元明两代一先生。

晚清思想家郭嵩焘对王夫之给予了极高的赞誉。

王夫之,中华民族历史上伟大的民族英雄、中国思想史上重量级的巨匠。正是因为有了他,中华民族得以构筑起共同的精神家园。

二

1644年,是一个闰年,也是一个猴年。

这一年正值大明、大清、大顺、大西四个政权交替,年号有点复杂:明思宗崇祯十七年、清世祖顺治元年、大顺朝永昌元年、大西朝大顺元年,算上黄帝纪年,或许还可以加上黄历四三四二年。

这一年,王夫之不满25岁。

在这之前的王夫之,生活是简单的、纯净的、快乐的、充实的。他的父亲王朝聘毕业于明朝最高学府国子监。王夫之之所以聪颖过人,与父亲的遗传不无关系。3岁起,他就和长兄王介之一起学习"十三经",父亲南归时,他才9岁,便随父学习经义。4年之后,王夫之应童试,高中秀才。随后,又两次与其兄一道应乡试,虽未得中,却饱读诗书。1637年,18岁的王夫之与16岁的陶氏成婚。次年,离开家乡,负笈长沙,求学于岳麓书院,师从山长吴道行,与同窗好友邝鹏升结"行社"。

今天的岳麓书院,依然绿荫蔽日,书声琅琅,我们不难想象400多年前"会讲"的盛景——"惟楚有才,于斯为盛"。其时,张南轩得五峰先生之真传,让思想与学问冲决了科场应试的形格势禁,呈现出"传道济民"的雄健气象。远在福建的朱熹从武夷山起程,来到岳麓山下、湘水之滨。朱张曾就《中庸》展开会讲,历时两个多月,思想的余音,绕梁不绝。四方士子莫不喜出望外,奔走相告:为天地立心,为生民立命,为往圣继绝学,为万世开太平!

18岁的王夫之沐浴着这些圣贤的光辉。在这里,他读周易老庄,孔孟程朱,读《春秋》经史,思想贯穿于先秦与汉宋,精神悠游于儒、道、释之间。他以经史为食粮,却又从不止于经史的笺疏。他喜欢与古人神交,与历史对谈。从那时起,湖湘学派所特有的原道精神和济世品格,恰如一颗饱满的精神种子,撒在王夫之朝气蓬勃的岁月里。

岳麓书院如同王夫之的一个生命驿站。他从这里出发,同当时的年轻学子一样,试图奔向科举考试之途,却奔向了中国文化的巅峰。

1639年,其兄乡试中副榜。是年,他与郭凤跕、管嗣裘,文之勇发起组织"匡社"。4年之后,湖广提学岁试衡州,王夫之被列为一等。那年，他23岁。

1641年，王夫之与两位兄长同赴武昌乡试，王夫之以《春秋》第一，中湖广乡试第五名。

1642年，王夫之的长兄王介之也中举第40名，好友夏汝弼、郭凤跄、管嗣裘、李国相、包世美皆中举。秋，王夫之与王源曾等百余人在黄鹤楼结盟，称为"须盟大集"。

那是一段多么美好的读书时光啊！王夫之常常回忆自己这段倥偬而逝的青春岁月，明如山间新月，静如涧外幽兰。令天下士子欣然向往的古老书院，悄然绽放着这些年轻的读书人的灿烂青春。

然而，厄运开始了。1643年，王夫之与兄长王介之自崇祯十五年(1642年)十一月北上参加会试，因李自成军克承天，张献忠军攻陷蕲水，道路被阻，王夫之兄弟自南昌而返。

几乎是一夜之间，杀人如麻的张献忠所部攻克了王夫之的家乡衡州。烧杀掳抢，杀声四起；鸡飞狗跳，尸横遍野。原本安稳的土地，顿时笼罩着血腥与惊恐。其后村庄陷入死一般地寂静，唯有那昏弱的灯火，如同凄迷的眼睛。王夫之的父亲王朝聘，原本一介书生，此时却成为张献忠手里的人质。命入虎口，生死一线，王夫之与长兄心急如焚。情急之下，王夫之自己刺伤面孔，敷以毒药，乔装为伤员，命人将自己抬入敌阵。凭着智慧，王夫之终于救出父亲,趁着月黑风高,父子逃至南岳莲花峰下,藏匿在黑沙潭畔。

天下已然大乱,被切断的不仅仅是北上的交通,还有平静的生活、浪漫的梦想。

王夫之用饱蘸血泪的笔墨写道:

斜月横,疏星烔。不道秋宵真永。
声缓缓,滴泠泠。双眸未易扃。
霜叶坠,幽虫絮。薄酒何曾得醉?
天下事,少年心。分明点点深。

三

国忧今未释,何用慰平生?

王夫之与父亲躲在南岳莲花峰下,哀恸不已,惊慌不已。在哀恸、惊慌中,他们从1644年中秋躲到次年正月。东躲西逃的日子过了没多久,大难又一次降临,王夫之的父亲、叔父、叔母、兄长在战乱中悉数遇难。擦干眼泪的王夫之明白,日子不能再这样过了。

国恨家仇,在他的内心燃起了熊熊火焰。这个曾经迷茫的书生,经过这场家国巨变,变成了坚强的战士。2年后的1646年,清兵南下进逼两湖,王夫之只身赴湘阴上书南明监军、湖北巡抚章旷,提出调和南北督军矛盾,并联合农民军共同抗清,未被采纳。又2年后的1648年,他与同道好友管嗣裘、李国相、夏汝弼一起,募集当地乡勇。然而,这支微小的武装力量,又怎敌清兵的强悍?王夫之等旋即兵败。主事者管嗣裘全家遇难。

金瓯残缺的乱世,到处都是贪生怕死、投降变节,到处都是党争内讧、争权夺利。王夫之却不然,他逃往肇庆,又辗转至广西梧州。

疾风知劲草,板荡识诚臣。桂林留守瞿式耜荐王夫之于永历皇帝,永历感慨这一路劳顿的清瘦书生"骨性松坚"。板荡时节的忠臣义士王夫之怀着慷慨赴死的信念,同诸多怀抱相同信念的战友一起战斗,在军营里奔波,保家卫国。然而,守着大明的残山剩水,南国瘴气带给他的是更深的失望。纲常不振,人心思变,纵然视死如归,又当如何?又能如何?又该如何?王夫之从征战疆场到守护内心,他着汉服,不剃发,头戴斗笠,不顶清朝的天,脚着木屐,不踏清朝的地,以示与清朝"不共戴天"——王夫之能够守护的,只有心底的这点净土了。在这种氛围里,他努力思考何为正义。何为正义?王夫之道:"有一人之正义,有一时之大义,有古今之通义。"他所追求的是古今之通义。

然而,末世的动荡与威胁,从未给过王夫之生命的平静。孙可望把持永历朝政之后,将军李定国曾击败清兵,收复衡阳。他想再邀王夫之出山,以挽南明残局。而此时的王夫之,泪已干,心已冷,他婉言谢绝。于续梦庵隐居2年后,再避难于茾耶山。这里,漫山多为野姜。他就像一个浪人,自命姜翁,以野姜充饥。此后,他再度隐姓埋名,化身为一介瑶民,于兵匪浩劫中逃过一命。

王夫之是多么想要倾诉,想要表达,可环顾周遭,何人可诉衷肠?日日陪伴他的,只有老庄、孔孟、程朱,只有《尚书》、《春秋》与《周易》,只有文明与历史的千百年演绎。1651年,32岁的王夫之回到家乡,辗转流徙,四处隐藏,最后定居于衡阳金兰乡高节里,他先住茱萸塘败叶庐,继筑观生居,又于湘水西岸建湘西草堂。1656年,37岁的王夫之于耒阳乡下的兴宁寺里找到一张安静的书桌,潜心研索《老子》,日后结集为《老子衍》。5年之后,他重回金兰乡,筑败叶庐,以读书隐居。在这里,他以为可以找到余生的安宁,哪知道,造化弄人。次年,妻子郑氏溘然病逝,经历了太多的死别生离,他默默地承受了这一切。

继《老子衍》之后,王夫之手不释卷,笔耕不辍。哪怕饥寒交迫,哪怕生死当前,都不曾有一日改变。他相信历史终将回望,也相信那千年回望里定能看见这未绝的薪火。深沉的忧伤让刚过不惑之年的王夫之早早地出现了白发,呜呼!青山秋缓缓,白发鬓匆匆。

过了知天命之年,王夫之遇到了更大的苦难和动荡。

1673年,降清的吴三桂又开始反叛,杀死云南巡抚,攻打湖南。旋占衡阳,妄图称帝。吴三桂派人四处搜捕王夫之,以便为其所用。这对一直心怀天命与大道的王夫之来说,无异于奇耻大辱。他宁愿藏身于麋鹿山洞,日日与麋鹿为伍,亦绝不屈从。

1674年,王夫之再建三间茅草屋,且耕且读。

其时,明清政权交接已历30年。还有谁知道,在这偏僻的石船山下,一间遮不住瑟瑟寒风的贫寒草屋?还有谁记得,在这青灯黄卷之侧,一个掩卷深思、抚案长叹的瘦弱而又坚定的身影?还有谁明白,王夫之字里行间、孜孜矻矻寻找的,是国家兴盛的亘古真理?

日夜不息的湘江,从草屋之西流过,王夫之将草屋命名为"湘西草堂"。

很多年以后,东西方学者不约而同地称王夫之为十七八世纪与黑格尔齐名的伟大思想家。王夫之逝世100年后,黑格尔用鹅毛笔饱蘸墨水,写下了一句至今令我们深思的话:"一个民族有一群仰望星空的人,他们才有希望。"

在这间寒陋的草屋,王夫之足不出户,却是思想的行者;他蹇蹇匪躬，却是未来的信使；尽管站在黑夜之中，他却用另一种方式，为中华民族仰望星空。

1678年，吴三桂在衡州称帝，其党强命王夫之写《劝进表》，遭到夫之愤然拒绝。他对吴三桂派来的幕僚说："我安能作此天不盖、地不载语耶！"事后，逃入深山，仿屈原《九歌》，作《祓禊赋》，抒发自己的感想："思芳春兮迢遥，谁与娱兮今朝？意不属兮情不生，余踌躇兮倚空山而萧清。阒山中兮吾人，蹇谁将兮望春？"他对吴三桂极尽蔑视。1689年，衡州知府崔鸣鷟受湖南巡抚郑端之嘱，携米来拜访这位大学者，想赠送些吃穿用品，请其"渔艇野服"与郑"相晤于岳麓"，并图索其著作刊行。此时的王夫之已年逾六旬，身患重病，饥寒交迫，但仍不欲违素心，他写了一封信，婉拒米币，以明心迹，自署南岳遗民。在信中，他写了一副对联，有意以"明""清"两字嵌入：

清风有意难留我，
明月无心自照人。

"六经责我开生面，七尺从天乞活埋"——难得的是，除了打仗，他也没有放下笔，很多南明王朝的历史真相，都在他的书中有完整的记录，那虽然悲情失败，却始终不屈不挠抵抗的南明历史,因为他,才不曾被清朝御用文人们抹黑。早在康熙元年(1662年),当永历皇帝殉国的消息传来时,深感希望破灭的王夫之悲愤难忍,留下了诸多诗篇。

"咏史已惊开竹素,挑灯无事话沧桑。"他开始隐居在湘西草堂,埋头于经济学问之中,这位科举的多年失败者,矢志不渝的抗清志士,终于找到了走向未来的最佳方向。他用了数十年的时间,重新反思了明朝灭亡的教训,正因他身世坎坷,扎根底层,所以他看到了时间之外的历史真相,那蛰伏于平静的水面下的湍急细流,那隐藏在繁华背后的人性的丑恶、制度的弊端,他比好些人都看得深刻、看得明白。

可是,他真的老了,饥寒交迫,贫病交加,白发稀疏,瘦骨嶙峋,连他的儿子都说他"迄予暮年,体羸多病,腕不胜砚,指不胜笔"。他一边咳喘,一边叹息:"吾老矣,惟此心在天壤间,谁为授此者?"这年5月,他仿照杜甫的《八哀诗》写下《广哀诗》十九首,以悼念他的十九个故去的朋友:他一直追随的前辈瞿式耜,青年时代的好朋友管嗣裘,他衷心敬佩的学者方以智……他们都有一个共同的特点:为追求理想,不惜牺牲生命。

"谁信碧云深处,夕阳仍在天涯?"病中的王夫之,即便病重,也从未放下手中的笔。王夫之后半生40余年中,著述百余种,内容涉及哲学、政治、法律、军事、历史、文学、教育、伦理、文字、天文、历算及至佛道等，尤以哲学研究成就卓著，其主要著作有《周易外传》《张子正蒙》《尚书引义》《读四书大全说》《老子衍》《庄子通》《思问录》《读通鉴论》《宋论》《黄书》《噩梦》《楚辞通释》《诗广传》等。清末汇刊成《船山遗书》，凡70种，324卷。每一本都是一声追问，一道印痕，一段坚忍卓绝的生命。

1689年，王夫之已是古稀之年，他听力渐渐衰退，甚至连草堂外面的杜鹃啼鸣也听不到了。然而，他存心如昔，依然劳其筋骨，苦其心志，笔耕不辍。1691年4月，王夫之在咳喘中完成生命最后的思想典籍：《读通鉴论》三十卷，《宋论》十五卷。

从37岁回乡到73岁辞世，近40年时光，王夫之由青年而壮岁而老年，人生由清晨到正午再到黄昏，他的生活变得简单、干净、从容，不再有享乐、交游、饮酒、酬唱，他余生的全部岁月，只有一件事，只做一件事——著书。生活中的王夫之是寂寞的，文字里的王夫之却未曾寂寞。他在历史中溯游的时候，也在与未来对望。这些数百万字的巨著，凝集着王夫之一生的思考和心血，他一直写到生命最后时刻，终于在临终前完成定稿。这些著作集千古之智，博大精深，吞吐古今，包括了中国历史的教训和反思，更包含着中国政治文明未来走向的预言。

翻开这厚重的书卷，我们不难发现，其中有一句石破天惊的呐喊，在王夫之辞世的250年后，震惊了在外忧内患、丧权辱国中苦苦思考的中国人：

平天下者，均天下而已。

四

王夫之的心中，生长着两个"中国"。

一个中国是王朝中国，一个中国是文化中国。王夫之认为，王朝中国是一姓之私，代兴代废。唯有文化中国，从炎黄至今，贯穿中国历史始终，只要守住中国文化，捍卫中国文化价值，中国就永远不会败亡。

王夫之的文化中国，有着丰富的含义——追溯中国文化的本真本源，寻找中国文化的基本价值，梳理中国文化的历史脉络，并最终以中国文化推动国家强盛、民族复兴，这才是真正的文化中国。国家强盛、民族复兴是贯穿中国历史的一个宏大的主题。中国士大夫从来都有着家国情怀，家亦是国，国亦是家，难得的是，王夫之从理论高度定义了国家立场，总结和开掘了传统爱国主义，让这种情感具有现代精神。

1656年冬，37岁的王夫之从常宁返回衡阳，这一年，他创作了对后世影响至深的《黄书》。

所谓《黄书》，顾名思义，是关于黄帝文明的书。王夫之忠君爱国,泣血扶倾,坎坷从政失败后,在流亡于湘南期间,开始从理论上思考明亡的原因,探求中国的兴盛之道。他在《黄书》中写道:"中国财足自亿也,兵足自强也,智足自名也。不以一人疑天下,不以天下私一人。休养励精,士佻粟积,取威万方,濯秦愚,刷宋耻,足以固其族而无忧矣。"这是何等的文化自信和民族自豪! 王夫之倡言从经济上、军事上和文化上去强盛中国,华夏民族便可以天下永固。船山这种强烈的民族复兴和中国自强思想贯穿于一生的追求。他断言:"公其心,去其危。尽中区之智力,治轩辕之天下。"

看透了明、清两朝的积弊,在主权危机、民族灾难、国家危亡、人民流离的背景下,王夫之向往一个政治清明、社会进步、经济腾飞、文化繁荣的世界。"新故相推,日生不滞。"他在《尚书引义》中写道。新旧事物变相更替,事物每天都在新生变化之中,这是事物的发展规律,也是世界的发展规律。他描绘了一个崭新的国家,这个国家在政治思想方面"以天下论者,必徇天下之公""不以一人疑天下,不以天下私一人";在选贤用人方面,"以天下之禄位,公天下之贤者";在文化建设上,"天下唯器""理不先而气不后",躬行实践,知行统一。王夫之是中国历史上难得的大百科全书式的思想家、哲学家,不论是面对战争还是灾难,不论是遭遇绝望还是悲伤,不论在怎样艰难的环境中,他都怀着无限的憧憬,怀抱无限的生机。他以前无古人的卓识和担当,以"埋心不死留春色"的奋斗、"残灯绝笔尚峥嵘"的理想、"六经责我开生面"的气概、"留千古半分忠义"的精神,坚守着中国文化的精神家园,捍卫了文化救国的历史使命,为中华民族埋下了伟大复兴的燎原火种,这正是他超越以往思想家、哲学家的地方。

王夫之故去两个世纪后,晚清政治家、思想家、革命家谭嗣同将他对王夫之的由衷敬佩写进诗里:"万物昭苏天地曙,要凭南岳一声雷。"

这位戊戌变法的斗士,是在王夫之思想的直接影响下走向革命之路的。他服膺并信仰王夫之,坦言:"为天地立心,为生民立命,以续衡阳王子之绪脉。"他怀抱船山精神,大义凛然地走向断头台,以死唤醒中国,成为民族复兴的英烈之士。王夫之在《黄书》中所宣示的中华民族复兴和中国自强思想,直接成为辛亥革命的先声。走在时代前列的知识分子以王夫之的名义迅速掀起了一场波澜壮阔的尊黄大潮。推动社会进步、影响中国近现代史的一代大儒王夫之,由此而被人们称为"近现代精神领袖"。

1911年,孙中山主持制定《中国同盟会本部宣言》。宣言宣示,以史可法、黄道周、倪元璐、顾炎武、黄宗羲、王船山等志士仁人作为民族复兴的精神领袖。"当今之世,卓然而能兴起顽懦,以成光复之绩者,独赖而农一人而已。"章太炎分析辛亥革命成功思想源头时说,"船山学术,为汉族光复之原。近代倡议诸公,皆闻风而起者,水源木本,端在于斯。"

"不愿成佛,愿见船山",这是人们对王夫之的最高评价。

毛泽东的恩师杨昌济一生景仰王船山。杨昌济对王船山的认识深深影响到毛泽东、蔡和森等一大批五四时期的进步青年。1921年,中国共产党创立伊始,毛泽东便利用船山学社的经费和社址创办湖南自修大学,为新民主主义革命培养了一批又一批栋梁之材。这些进步的种子,如星火燎原般,从这里走向全国、走向世界。

"门外黄鹂啼碧草,他生杜宇唤春归。"王夫之一生贫困潦倒,甚至书籍纸笔多用故旧门生的旧账簿之类,然而,他死后,却留下了无尽的精神财富。今天,王夫之的学术资源已经成为人类共同的思想财富。不仅在中国,在日本、新加坡、韩国都成立专门机构聘请专家学者研究王夫之思想,在美国、俄罗斯和欧洲各国都有王夫之论著、诗文译本。美国学者布莱克说:"对于那些寻找哲学根源和现代观点、现代思想来源的人来说,王夫之可以说是空前未有地受到注意。"

1985年,美国哲学社会科学界评出古今八大哲学家,其中有四位是唯物主义哲学家。他们依次是德谟克利特、王夫之、费尔巴哈、马克思。

2019年冬日的一天,太阳在天边喷薄欲出,晨露澄澈,朝霞璀璨。衡阳县金兰乡高节里,距离湘西草堂四公里,清癯的王夫之石像伫立在湘西草堂前,无所凭依却正气浩然,瘦骨嶙峋却坚韧真挚。清冷的寒风掠过他清瘦的面颊,将他的长衫高高扬起。这个400岁的老人面对着石船山,久久地、久久地与之凝视。

新的一天开始了。

千秋一扬雄

扬雄,成都人。是继司马相如之后,西汉著名辞赋家。西汉官吏、学者。四十岁后,始游京师。大司马王音召为门下史,推荐为待诏。后经蜀人杨庄引荐,被喜爱辞赋的成帝召入宫廷,侍从祭祀游猎,任给事黄门郎。其官职一直很低微,历成、哀、平"三世不徙官"。王莽当政时,校书天禄阁,官为大夫。扬雄早期曾以《长杨赋》《甘泉赋》《羽猎赋》等佳作闻名于世,与司马相如齐名。后来他又放弃辞赋之体,转而研究哲学、语言学,并仿《论语》作《法言》,仿《易经》作《太玄》,又著有《方言》,记述西汉时期各地方言,成为汉代一大著述家。

0

头戴七旒冕冠,身着玄衣纁裳,扬雄神色肃穆。黄、白、赤、玄、缥、绿六彩大绶,白、玄、绿三色小绶,中单素纱,红罗襞积,白玉双佩,黑铁长剑,让他看起来更加冷峻。

手握一捆又一捆细细瘦瘦的简牍,扬雄焦灼地走在长长的甬道上。有汉一朝,清虚自守者寡,慷慨悲歌者众。这是汉代无数为时代而忙碌的思想者的身影,他们热切呈送着"跨海内,制诸侯"的谏议,期待一代明主驰骋疆场、纵横天下。他们是勘破时间奥秘的人,他们将他们的期待、企盼写在简牍上、刻在历史里——

汉武帝即位,公孙弘以六十高龄之身,以贤良征为博士。元光五年(前130年),复征贤良文学,以丞相褒侯。他为国家奔走呼号:"臣闻上古尧舜之时,不贵爵赏而民劝善,不重刑罚而民不轻,躬率以正,而遇民信也。末世贵爵厚赏而民不劝,深刑重罚而奸不止,其上不正,遇民不信也。夫厚赏重刑,未足以劝善而禁非,必信而已矣。"

陆贾追随刘邦,以斡旋于诸侯,两次出使南越,说服赵佗臣服汉朝,安定了大汉政局:"夫建大功于天下者,必先修于闺门之内;垂大名于万世者,必先行之于纤微之事……孔子曰:'有至德要道以顺天下。'言德行而其下顺之矣。"

贾谊18岁即以博学能文闻名郡中,33岁抑郁而亡。司马迁哀念屈原、贾谊之才,为二人写了一篇合传,后世因此并称贾谊与屈原为"屈贾"。贾谊论秦取天下之势,守天下之道:"野谚曰:'前事之不忘,后事之师也。'是以君子为国,观之上古,验之当世,参之人事,察盛衰之理,审权势之宜,去就有序,变化因时,故旷日长久而社稷安矣。"

晁错有非常之功,却无自全之计,终被腰斩东市。他论贵粟,言兵事,减民租,务农桑,薄赋敛,广蓄积。号令有时,要求朝廷的政治活动不要影响农时;利民欲,即满足人民的欲望,给老百姓以看得见的物质利益。

司马相如以其出神入化之文采,奠定了汉代文学的历史地位。他出使西南夷,将西南夷民族团结统一于大汉疆域,被誉为"安边功臣",名垂青史。他的《子虚赋》和《上林赋》,以"子虚""乌有先生""亡是公"之口吻,道出了有汉一朝的强大声势和雄伟气魄。

……

在雄壮辽阔的背景中,扬雄健步登上了时代的舞台。这激越的汉风,未曾幽咽,从未停息,沉淀在历史深处的身影清晰而坚定,那顺着脸颊流下的汗水,那伴着信念前行的脚步,那随着岁月远逝的记忆,那留下道道积淀的沟壑……时光如火光般四溅、飞腾、轰鸣、闪耀,最后终于被深邃的时间吞噬,被厚重的尘埃埋没。

一切喧嚣复归沉寂,判官的判笔终将留给历史。

扬雄早年崇拜司马相如,曾模仿司马相如的《子虚赋》《上林赋》,作《甘泉赋》《羽猎赋》《长杨赋》,为汉王朝讴歌太平、歌功颂德。后世将司马相如与扬雄合称为"扬马"。

此后,"客有荐雄文似相如者,上方郊祀甘泉泰畤、汾阴后土,以求继嗣,召雄待诏承明之庭",他的才气日渐为朝廷所知。元延二年(前11年),大司马车骑将军王音召扬雄为门下史。加之蜀人杨庄推荐,汉成帝命他为文学侍从待诏,随侍左右,此后又封他为黄门郎,与王莽、刘歆等为同僚。即便如此,扬雄也顾高自傲,不同流合污,所以他一直穷困潦倒。为此,他还以戏谑的手法写了篇《逐贫赋》:

扬子遁居,离俗独处。左邻崇山,右接旷野,邻垣乞儿,终贫且窭。礼薄义弊,相与群聚,惆怅失志,呼贫与语:"汝在六极,投弃荒遐。好为庸卒,刑戮相加……我行尔动,我静尔休。岂无他人,从我何求?今汝去矣,勿复久留!……"余乃避席,辞谢不直:"请不贰过,闻义则服。长与汝居,终无厌极。"贫遂不去,与我游息。

此时的扬雄,与乞儿为伍,"人皆文绣,余褐不完,人皆稻粱,我独藜飧",到了食不果腹、衣不蔽体的地步了。为了生计,他不得不顶风冒雨,亲操耒耜,参加生产劳动:"身服百役,手足胼胝;或耕或籽,沾体露肌。"这是一个多么典型、多么地道的农夫。但是,他胸有大志,以圣人之业自任,不以产业为意,"不汲汲于富贵,不戚戚于贫贱",对"既贫且篓"的家道,处之"晏如也"。他一心研读"圣人之书",除此无所嗜好。

然而,侯门一入深似海,朝廷更着实令扬雄失望。汉成帝在还未继承帝位的时候,便已沉湎酒色,登基之后更肆无忌惮。汉成帝有个男宠叫作张放,史书记载张放"少年殊丽,性开敏"。汉成帝对他十分宠爱,平日里他"与上卧起,宠爱殊绝",成帝还将张放提拔成中郎将,两人经常一起微服私访,汉成帝在外出游玩时假称是张放的家人,由此可见张放当时受宠的程度。汉成帝即位起,就大肆建造宫殿,霄游宫、飞行殿、云雷宫、甘泉宫都是供其享乐所用的。

汉成帝在位二十五年,耽于酒色,荒于政事,大大小小的起义在全国各地相继爆发。与此同时,汉成帝任由外戚专政,朝廷大政为太后一手把持。这些为王莽篡汉埋下了祸根。

1000余年的时间弹指而过。公元千禧年(1000年),位同宰相的同中书门下平章事王安石翻开史书,一时间感慨万端。千年流光,弹指而逝。回眸岁月深处,千余年前的扬雄让他不胜唏嘘:

儒者陵夷此道穷,

千秋止有一扬雄。

1

唐朝诗人刘禹锡在任监察御史期间,因参加王叔文的"永贞革新",被贬为和州刺史。正是在和州任上,刘禹锡挥笔写下了名垂青史的《陋室铭》:

山不在高,有仙则名。水不在深,有龙则灵。斯是陋室,惟吾德馨。苔痕上阶绿,草色入帘青。谈笑有鸿儒,往来无白丁。可以调素琴,阅金经。无丝竹之乱耳,无案牍之劳形。南阳诸葛庐,西蜀子云亭。孔子云:何陋之有?

文中的"西蜀子云"指的就是扬雄。"南阳诸葛庐,西蜀子云亭",短短十个字,却将一代大儒的名字留在了青史之中。简陋的茅庐中,却住着胸怀天下、才气浩然的文化精英——诸葛亮和扬雄。

《三字经》写道:"五子者,有荀扬。文中子,及老庄。"这"五子"就是荀子、王通(王勃的祖父)、老子、庄子以及扬雄。《三字经》将扬雄与老子、庄子、荀子、王通并列,可见扬雄对后世的影响之大。

公元前53年,西汉蜀郡扬氏府邸,一个普通的小男孩呱呱坠地。因为几世单传,父亲希望这个孩子以后在家庭和事业上都能光耀门楣,传承薪火,于是给小男孩起了个名字——扬雄。

扬雄,少年好学,博览群书,但口吃讷言,喜静多思,对事物常有独到见解。幼年时拜舅姥爷林间翁孺为师。青年时,舅姥爷引他拜思想家、道学家严君平为师,严君平才学出众,学生众多,名传当时,但对扬雄高看一眼,留下了"唯有扬雄识君平"的感叹。

扬雄家贫,他曾自序道:"家产不过十金,乏无儋石之储。"贫穷至此,他却安贫乐道,苦学不倦。他一边勤奋读书,一边游历当地,将蜀地周边地区游览了个遍。在这样超前的"读万卷书,行万里路"的思想指导下,可想而知,他的才华迟早是要横溢出来的。

在家乡发奋读书的这些年,扬雄离群索居,很少和人接触,对读书之外的一切事情都心不在焉。然而,人们不知道,在他冷峻的外表下有着一颗沸腾的心,有着一个远大的理想,要像他的四川先贤司马相如一样,凭借文学才智服务朝廷、报效国家。

司马相如比扬雄早出生100余年,两个人同样家贫好学、口吃讷言,同样才华横溢、满怀理想,不同的是司马相如凭借文学和音乐的才华,与卓文君以琴传音,演绎了一曲爱情佳话。而扬雄却终身贫困,相继丧父、丧母、丧妻,就连聪慧异常、自己精心培养的儿子扬乌也在9岁时夭折了。

经历了一连串失去亲人的打击后,固守贫家多年的扬雄,在友人的劝说下,终于决定出川北上长安去"京漂"。在长安,他结识了刘向、刘歆父子和其他辞赋大家如杨庄等人。大家交流赋文,在文学气息浓厚的圈子里,他对赋文的写作更加精进。

像许多文人一样,只要还活着,就要读书写作。扬雄视屈原和司马相如为精神和事业领袖,他伤悼屈原的文采和不幸遭遇,"又怪屈原文过相如,至不容,作《离骚》,自投江而死,悲其文,读之未尝不流涕也。以为君子得时则大行,不得时则龙蛇,遇不遇命也,何必湛身哉!乃作书,往往摭离骚文而反之,自岷山投诸江流以吊屈原,名曰《反离骚》"。

扬雄为学"不为章句,训诂通而已,博览无所不见"。章句是西汉今文经治学特点,训诂是东汉古文经学的特点。扬雄不讲章句,只讲训诂,开创了朴实的古文家风。扬雄认为,今文经学者,世守师说,规规以师法章句为意,不敢越雷池一步;古文家则主张博览泛观,东汉时期的古文大师,如桓谭、班彪、班固、王充等人莫不"博览群书",以此为法。

2

这一年正月,汉成帝命扬雄随驾,前往甘泉宫,扬雄"从上甘泉还,奏甘泉赋以风",扈从成帝游甘泉宫,回长安后作《甘泉赋》。

此时的扬雄,刚过不惑之年,对未来充满憧憬与信心,他挥手写下《甘泉赋》。文章极尽华彩之辞章、华丽之辞藻,极尽宏伟之气魄、丰富之想象,将汉天子郊祀的盛况铺张得恍若遨游仙境,祈愿刘氏王朝地久天长。赋的正文极力描写甘泉宫建筑之豪华,可分前后两部分,前半部分采用由远及近、由粗到细、由全景到局部的方法,多层次地加以描绘,如"翠玉树之青葱兮,壁马犀之瞵。金人仡仡其承钟虡兮,嵌岩岩其龙鳞。扬光曜之燎烛兮,乘炎景之炘炘"。运用白描、比喻和夸张的手法,把殿前景物、殿壁的装饰等,刻画得惟妙惟肖,感染力很强。赋的后半部分展开想象,以紫宫、阳灵等为喻,渲染甘泉宫的华贵。扬雄在赋中描写了汉天子郊祀的盛况,赞誉天子恭肃祭天,神祇凭依,广赐福祥,子孙相继无极,并与文章开头相呼应。全篇有如观览长卷画幅,徐徐展示,一一显明,凡君臣卫侍、车马旗斧、山川草木、雷电风雨、宫殿观阙、天上地下、神仙鬼怪乃至金人玉树、燎烛景炎、玄瓒柜鬯等，无不毕陈。

然而，年岁渐长，朝廷混沌，这些都令扬雄警惕。扬雄对朝廷，对汉赋、对人生都有了新的认识。在《法言·吾子》中，他写道：赋乃"童子雕虫篆刻""壮夫不为"。难能可贵的是，在这篇赋的第七段，他告诫汉成帝，清心寡欲，屏退女色，方能保持天性，增寿广嗣。此后，他逐渐意识到，自己早年的赋和司马相如的赋一样，都是似讽而实劝。

这一年十二月，扬雄又作《羽猎赋》。在这篇赋中，他增加了劝谏的主题，写道："上犹谦让而未俞也，方将上猎三灵之流，下决醴泉之滋，发黄龙之穴，窥凤凰之巢，临麒麟之囿，幸神雀之林，奢云梦，侈孟诸，非章华，是灵台，罕徂离宫而辍观游，土事不饰，木功不雕，承民乎农桑，劝之以弗怠，侪男女，使莫违，恐贫穷者不遍被洋溢之饶，开禁苑，散公储，创道德之囿，弘仁惠之虞，驰弋乎神明之囿，览观乎群臣之有亡；放雉兔，收罝罘，麋鹿刍荛，与百姓共之，盖所以臻兹也。于是醇洪鬯之德，丰茂世之规，加劳三皇，勖勤五帝，不亦至乎！乃只庄雍穆之徒，立君臣之节，崇贤圣之业，未遑苑囿之丽，游猎之靡也，因回轸还衡，背阿房，反未央。"

第二年（前10年），汉成帝为了能在胡人面前夸耀大汉王国物产之丰盈，珍禽异兽之繁多，征调右扶风郡百姓入终南山围猎，西自褒斜，东至弘农，南驱汉中，捕捉熊罴豪猪、虎豹猿猴、狐兔麋鹿，用装有围栏的车子运到长杨宫的射熊馆，用网子围成圈，把野兽放在里边，让胡人以手搏之，然后胡人可以获得抓到的禽兽，汉成帝则临观取乐，而农民却因此不能够收获他们的庄稼。

扬雄随汉成帝到射熊馆，回来立即创作了这篇《长杨赋》。在这篇赋中，他继续对汉成帝铺张奢侈提出批评。他以汉高祖的为民请命、汉文帝的节俭守成、汉武帝的解除边患来显示汉成帝的背离祖宗和不顾养民之道。

在这篇赋中，扬雄仿效司马相如的《难蜀父老》，在结构和遣词用句上则其步趋、祖其音节，神形俱是，然而，扬雄的赋与司马相如的赋在命意、文章的气势以及意境上又大不相同。司马相如为汉武帝通西南夷而辩，"盖世必有非常之人，然后有非常之事；有非常之事，然后有非常之功"，劝说百姓疏导交通，开拓疆土，交好夷狄。扬雄则更有新意，借子墨客卿与翰林主人一问一答，以田猎为构架来概述历史，树立楷模，颂古鉴今，讽刺了汉成帝的荒淫奢丽：

子墨客卿问于翰林主人曰："盖闻圣主之养民也，仁沾而恩洽,动不为身。今年猎长杨,先命右扶风,左太华而右褒斜,椓嶻嶭而为弋,纡南山以为罝,罗千乘于林莽,列万骑于山隅,帅军踤陒,锡戎获胡。扼熊罴,拖豪猪,木拥枪累,以为储胥,此天下之穷览极观也。虽然,亦颇扰于农人。三旬有余,其勤至矣,而功不图。恐不识者外之则以为娱乐之游,内之则不以为乾豆之事,岂为民乎哉?且人君以玄默为神,澹泊为德,今乐远出以露威灵,数摇动以罢车甲,本非人主之急务也。蒙窃惑焉。"翰林主人曰:"吁,客何谓之兹耶?若客所谓知其一未睹其二,见其外不识其内也。仆尝倦谈,不能一二其详,请略举其凡,而客自览其切焉。"客曰:"唯唯。"

主人曰:"昔有强秦,封豕其士,窦瘉其民,凿齿之徒相与摩牙而争之。豪俊麋沸云扰,群黎为之不康。于是上帝眷顾高祖,高祖奉命,顺斗极,运天关,横巨海,漂昆仑,提剑而叱之。所过麾撕邑,下将降旗,一日之战,不可殚记。当此之勤,头蓬不暇梳,饥不及餐,鞮鍪生虮虱,介胄被沾汗,以为万姓请命乎皇天。乃展人之所诎,振人之所乏,规亿载,恢帝业,七年之间而天下密如也。"

相传,《长杨赋》问世,天下震动,万口传诵。扬雄写罢此赋,立刻倒地酣眠,昏睡三天三夜,大病一场,三个月方得痊愈,呕心沥血,披肝沥胆,感人至深。

3

扬雄(前53—18年),西汉文学家、哲学家、语言学家。字子云,蜀郡成都(今属四川)人。成帝时为给事黄门郎。王莽时,校书天禄阁,官为大夫。

扬雄,本姓杨,但他生性好奇,特自标新,易姓为扬。扬雄的先人是有姬伯侨的后代,作为庶出旁支以晋的扬作为食邑,并以此为氏,不知伯侨是周的哪一支系。扬氏在河、汾之间,周衰亡后扬氏一族有人称侯,号称扬侯。晋国六卿争权,韩、魏、赵兴起而范氏、中行、知伯衰落。权臣逼迫扬侯,扬侯逃到楚国巫山安家。

楚汉之争时,扬氏逆江上行,住到巴州(今重庆)。扬雄五世祖扬季,官至庐江太守。汉元鼎年间,为躲避仇人又逆江上行,住到峭山南面的郫都。

历史资料记载,扬雄长相普通,身材不高,并无其他可描述之处。扬雄师从严君平学《周易》,从林间翁孺学"古文奇字",并且与蜀地高人李弘有交往。扬雄在学术研究及文学创作上取得了辉煌成就,《太玄》和《法言》奠定了扬雄在中国哲学史和儒学发展史上的崇高地位;《甘泉赋》《羽猎赋》《长杨赋》《河东赋》《蜀都赋》《逐贫赋》等使其与司马相如齐名而并称"扬马",被《中国文学史》称为"西汉末年最著名的辞赋家";《方言》和《训纂》使其被后世称为"世界上研究方言第一人"。扬雄还在天文学、数学、历史、音乐等方面有重大贡献,无愧于"百科全书式的奇才"。

扬雄的先祖,系姬周支庶,因食采于晋地之杨邑,而以杨为氏。《通志氏族略》等书记载,公元前552年,晋六卿之乱发生后,扬侯受韩、赵、魏的逼迫,其子孙溃散,四处奔逃,其中一支南迁到楚国境内的巫山地区繁衍生息。为了掩人耳目,故将"杨"姓改为"扬"姓。

楚汉相争,扬雄的先人们为避战乱,又溯江而上,最后在巴郡江州(今重庆)栖身。避乱时期扬雄祖先们不求闻达,均无事迹可述。直至其五世祖扬季有一定起色,官至庐江郡太守。后遭到桑弘羊算计,扬季为避祸不得不弃官入蜀,在郫邑瓮店(今成都郫县友爱镇)隐姓埋名,置土买田,一心农桑稼穑,当地才有"扬"姓繁衍。

公元前316年,秦惠文王灭蜀国,置蜀郡,改郫邑为郫县,以张若(传说为张仪之子)为蜀郡守,兼领郫县令。秦汉时期的郫县辖有如今郫县全境、温江和灌县大部以及彭县部分地域。秦孝文王和庄襄王时期,李冰任蜀郡守,治理岷江水患,修筑了都江堰,并且"穿郫江、检江,别支流双过郡下,以行舟船",使郫县在内的整个川西平原从此"水旱从人,不知饥馑,时无荒年,天下谓之天府"。富庶的"川西上五县"(温江、郫县、崇宁、新繁、灌县),按照秦汉两代的行政区划,大部属于郫县的辖境。

纪国泰在《"西道孔子"——扬雄》一书里指出,扬雄故里位于郫县走马河畔的白鹤里。白鹤里有大片湿地,林木蓊郁,沟渠两旁遍布桤木、杨树等。树上栖息着一群群白鹤,因而堰名"白鹤堰",里以堰名,故称"白鹤里"。

扬雄先祖为逃避战乱,迁往巫山,再沿江而上,在今重庆居住了一段时间。到祖先扬季时,方来到四川郫县落户,当时家有百余亩土地,在广种薄收的西汉,有百亩之地的家庭,其实不太富裕,但也温饱自如。

有此扬雄,方使得烟波浩瀚的中华文化长卷,成为我们今天回溯历史的明灯。

4

忽又一人大声曰:"公好为大言,未必真有实学,恐适为儒者所笑耳。"孔明视其人,乃汝南程德枢也。孔明答曰:"儒有君子小人之别。君子之儒,忠君爱国,守正恶邪,务使泽及当时,名留后世。若夫小人之儒,惟务雕虫,专工翰墨,青春作赋,皓首穷经;笔下虽有千言,胸中实无一策。且如扬雄以文章名世,而屈身事莽,不免投阁而死,此所谓小人之儒也;虽日赋万言,亦何取哉!"程德枢不能对。

《三国演义》中借诸葛亮之口,对扬雄评价道:"扬雄以文章名世,而屈身事莽,不免投阁而死,此所谓小人之儒也;虽日赋万言,亦何取哉!"

扬雄晚年供职于天禄阁,也就是今天的皇家图书馆。天禄阁远离朝堂,实乃清净之地,四壁皆书。大隐隐于此的扬雄在这里潜心著书,研究玄学。天禄阁,成就了扬雄立言于后世的皇皇巨著,也见证了他的失意苦闷,灰心绝望。《蜀王本纪》是研究古西蜀历史和地域文化的皇皇巨著。扬雄后来认为辞赋为"雕虫篆刻""壮夫不为",转而研究哲学。仿《论语》作《法言》,仿《易经》作《太玄》,并提出以"玄"作为宇宙万物根源之学说。历时27年才写成的《方言》一书,不仅集全国各地语言于一书,还让扬雄成为语言大师。《太玄》更是充满哲理思辨的意味,为他博得了"西道孔子"之名。

扬雄因病免职，又被召为大夫。其家境一向贫寒，爱喝酒，人很少到其家。晚年的扬雄嗜酒如命，以致常有人用车拉着酒来向他请教文字，巨鹿侯芭常跟扬雄一起居住，学了《太玄》《法言》。"载酒问字"就是如此来的。当然，因为酒的催化作用，他也写了不少文章。他曾作《酒箴》以传后世：

> 子犹瓶矣，观瓶之居，居井之眉。处高临深，动而近危。酒醪不入口，臧水满怀。不得左右，牵于纆徽。一旦叀礙，为甖所轠。身提黄泉，骨肉为泥。自用如此，不如鸱夷。鸱夷滑稽，腹大如壶。尽日盛酒，人复借酤。常为国器，讬于属车。出入两宫，经营公家。由是言之，酒何过乎？

扬雄这篇状物小赋，描述的是两种盛器的命运，水瓶质朴有用，反而易招损害，酒壶昏昏沉沉，倒能自得其乐。反话正说，语近指远，良苦用心，为的是劝诫世人，莫为酒惑，应"近君子而远小人"。刘歆曾对扬雄说："白白使自己受苦！现在学者有利禄，还不能通晓《易》，何况《玄》？我怕后人用它来盖酱瓿了。"扬雄笑而不答。

王莽当政时，刘歆、甄丰都做了上公，王莽假借符命自立，即位之后想禁绝这种做法来使前事得到神化，而甄丰的儿子甄寻、刘歆的儿子刘棻又奏献符瑞之事。王莽杀了甄丰父子,流放刘棻到四裔,供词所牵连到的,立即收系不必奏请。当时扬雄在天禄阁上校书,办案的使者来了,要抓扬雄,扬雄怕不能逃脱,便从阁上跳下,却被救活。"扬雄投阁"从此成为典故,比喻文人无端受牵连坐罪,走投无路之下的选择。

王莽听到后说:"扬雄一向不参与其事,为什么在此案中?"暗中查问其原因,原来刘棻曾跟扬雄学写过奇字,扬雄不知情。王莽下诏不追究他。然而京师为此评道:"因寂寞,自投合;因清静,作符命。"

扬雄活到71岁,在天凤五年(18年)。当时大司空王邑、纳言严尤听说扬雄死了,对桓谭说:"您曾称赞扬雄的书,难道能流传后世吗?"桓谭说:"一定能够流传。但您和桓谭看不到。凡人轻视近的重视远的,亲眼见扬子云地位容貌不能动人,便轻视其书。从前老聃作虚无之论两篇,轻仁义,驳礼学,但后世喜欢它的还认为超过"五经",从汉文帝、景帝及司马迁都有这话。现在扬子的书文义最深,论述不违背圣人,如果遇到当时君主,再经贤知阅读,被他们称道,便必定超过诸子了。"诸儒有的嘲笑扬雄不是圣人却作经,好比春秋吴楚君主僭越称王,应该是灭族绝后之罪。扬雄死后,他的《法言》大行于世,但《太玄》到底未得彰显,但篇籍都在。

晚年的扬雄,无妻无子,孤苦无依,幸亏有学生侯芭陪伴照料,他才得以安享人生最后一点时光。

公元18年,贫穷而清高,才华出众,不汲汲于富贵名利的西汉大儒,落下了他人生的大幕。他死后,侯芭为他建坟,守丧3年。

5

风,从高处刮来,在这里盘旋低回。这里是四川盆地的西部边缘,深丘和山地此起彼伏,冲积平原、台地、低山、丘陵,错落有致。风,像一个饱经沧桑的雕刻大师,谙熟在地面、在石头上刻下生命的秘密。

这曾经是一个伟大的时代,这曾经有一个伟大的秘密。时光老去,这些刻在石头上的秘密依然感人肺腑,摄人心魄。

从成都一路向西,扬雄的衣冠冢在郫县城西南十一公里处的三元场友爱乡。当地人说,这高高的山丘就是扬雄的墓地。然而,语言学家王力认为,刘禹锡所说的"子云亭",其实就是"子云宅",就是指的扬雄的故宅,而不是扬雄的墓地。为了让《陋室铭》中的句子押韵,刘禹锡有意改"宅"为"亭"。

"南阳诸葛庐,西蜀子云亭。"南阳诸葛庐名垂青史,遗憾的是，西蜀子云亭却鲜有人知道。深秋的子云亭，辽阔、开旷，东西有农舍竹林环抱，一片亘古寂静。

明代四川按察使郭子章入郫凭吊子云先生，见其墓已荒芜，乡人随意放牧采樵，遂明令严禁樵牧，又于墓地遍植柏树，并立碑作记。清道光元年（1821年），知县黄初又命人在墓周围栽植柏树。1950年后墓地尚存古柏80余株，墓周有石栏、石柱、石碑。石柱上镌刻楹联："文高西汉唯玄草，学继东山是法言。"非常可惜的是，"文革"期间，墓地古柏及石栏、石柱、石碑遭毁坏。

扬雄一生坎坷，经历了汉成帝、汉哀帝、汉平帝及新朝王莽四帝。他文采焕然，学问渊博；道德纯粹，妙极儒道。王充说他有"鸿茂参圣之才"，韩愈赞他是具有"大纯而小疵"的"圣人之徒"，司马光更推尊他为孔子之后、超荀越孟的巍然"大儒"。

扬雄生前寂寞，他在唐朝却被许多诗众奉为圭臬。杜甫对自己的才华自信满满："赋料扬雄敌，诗看子建亲。"孟浩然抒发自己怀才不遇的牢骚也与扬雄相比较："乡曲无知己，朝端乏亲故。谁能为扬雄？一荐甘泉赋。"意为"我空有扬雄一样的才华，可惜没人推荐。"李白的族叔李阳冰评价李白，也是用扬雄作标尺："驰驱屈、宋，鞭挞扬、马。千载独步，唯公一人。"屈原、宋玉、扬雄、司马相如都被李白超越了。刘禹锡的"南阳诸葛庐，西蜀子云亭。孔子云："何陋之有"，更是将扬雄推到了文学领袖的高峰。

自刘禹锡《陋室铭》而下,"子云亭"不胫而走。郫县人因地处扬雄故里而自雄,也将"问字宅"改为"问字亭"。又因扬雄曾作过《太玄》,影响很大,故又有人称其宅为"草玄亭"。清朝时期,为避"圣祖"玄烨讳,改"玄"为"元",又称为"草元亭"。《陋室铭》名声太大,以至于蜀中"子云亭"四处林立,凡是扬雄曾涉足过的地方,纷纷修建"子云亭",其中较有名的有成都、犍为、剑阁、绵阳、郫县等地。究竟哪里才是真正的"西蜀子云亭"?

其实,2000年后的今天,这个问题已经不再重要。重要的是,如若扬雄地下有知,他徘徊在这山风树影之间,他该如何评价我们对他的评价?

一蓑烟雨任平生

——十个关键词里的苏东坡

2000年伊始,法国巴黎有一家报纸——《世界报》,它的主编叫作"让·皮埃尔·朗日里耶"。他和他的同事们决定用一种创新的方式,迎接新千年的到来。

怎么庆祝呢?他们决定用专栏的形式,写一批专栏文章,讲述在公元1000—2000年这一千年中世界知名的重要人物的生活故事,覆盖北美洲、拉丁美洲、欧洲,还有阿拉伯-伊斯兰世界。

这家报纸用了6个月的时间,整理出了公元1000年一直影响到公元2000年的重要人物的备选名单。这真是一份浩如烟海的名单,他们从这份名单里筛选出12位重要人物,并编辑成册,成书冠名为"千年英雄"。这些文章于2000年7月份发表。

中国的苏轼(1037—1101年)就是这些"千年英雄"中的一位,也是其中唯一的一位中国人。

苏轼一百余万字的诗词、杂记、随笔、亲笔题书和私人信函,还有大量的他同时代的朋友和学者评论他的随笔、传略留传于世。当然,苏轼本人不写日记,这不符合他的性格,苏轼同时代的很多人都有写日记的习惯,如司马光、王安石、刘挚、曾布,等等,写日记这事对他来说太有条理、太扭扭捏捏了。苏轼一生写过数千首诗词、八百余封私人信件。他写过一本杂记,是他对各种思想、旅行、人物、事件的记载——没有时间,但是他有他自己的逻辑。他有一句很有名的话,是写给他的弟弟子由的,也是写给他自己的:

> 吾上可陪玉皇大帝,下可陪卑田院乞儿,眼前见天下无一个不好人。

苏轼,生于宋仁宗景祐四年(1037年),死于宋徽宗建中靖国元年(1101年),也就是北方被金人攻占,北宋灭亡前25年。

在他短短64岁的生命里,苏轼由于其坦率的性格付出了沉重的代价。在权力的阴影下,他的政敌非常多。他既是各个阵营对抗的参与者,也是受害者。用我们今天的话来说,他的一生都是在动荡中度过的,"大起大落",就像"坐过山车一样"。在他的职业生涯中,他一共有30次被委任,17次失宠或者流放。今天他还是受人尊敬的高官,明天却什么也不是,被人蔑视并受到责罚。

苏轼的命运因为朝廷和皇帝的心情而摇摆不定。他行千里路,经历过荣耀与不幸,担任过太守,也曾经是阶下囚,从中国的最西北到中国的最南端,从严寒地区到热带地区。

1079年,他甚至因为"欺君之罪"而坐牢130天。他走出御史台监狱的时候,已经42岁。这一年,他被流放到黄州,即湖北的一个小城市,在那里他开始了新生活。

没有职务,也没有薪水,他成了农民,需要养家糊口。他找了一块坡地开垦,这块坡地被他称为"东坡"。这就是苏轼作为"苏东坡"的来历。在千年来的时光中,百姓更喜欢称呼他"东坡居士"。

一、豪放

中国文化史上,李白是诗仙,杜甫是诗圣,只有苏东坡被称为文豪,他是古今第一文豪。

说到文豪,我们能想到谁呢?外国文豪有荷马,但丁,歌德,莎士比亚,雨果,托尔斯泰,巴尔扎克,博尔赫斯。中国文豪,我们最先想到的,应该就是苏东坡。

美国西华盛顿大学东亚文化研究中心教授唐凯琳说:"接触了苏东坡的文章之后,我被他的那种自由自在、想象丰富的思想所吸引。"唐凯琳认为,诞生于中国宋代的文学家苏轼,如今是西方汉学家们探讨最多的中国重要人物之一,他留下的文化遗产已成为全世界人民共同的精神财富。

文豪,首先在于苏东坡的广博。诗词文章书画,苏东坡无所不能。以词论,他与辛弃疾并称"苏辛";以文论,他与欧阳修并称"苏欧";以书法而论,他与黄庭坚并称"苏黄"。

苏东坡仁慈慷慨,光明磊落,浪漫开明,单纯真挚,快乐欢愉,无忧无惧。他去世后大约100年间,无数的文人为他立传,只有自由驰骋、无拘无束的灵魂才能够享受到他那份纯真。

如果说有宋一朝是中国文明的一座高峰,那么毫无疑问,苏东坡是中国文明的高峰中的高峰。

1061年,24岁的苏东坡被任命为大理评事,签书凤翔府判官。他写出了《和子由渑池怀旧》:

人生到处知何似,应似飞鸿踏雪泥。

泥上偶然留指爪,鸿飞那复计东西。

老僧已死成新塔,坏壁无由见旧题。

往日崎岖还记否,路长人困蹇驴嘶。

文豪,其次在于苏东坡的文风。他具有非凡的天分,敢于破除一切语言和体制的障碍,这种勇往直前的精神,又体现为其诗词文的豪放。

关于苏词的总体风格,在苏轼生前,论说甚多,见仁见智,有"清丽舒徐"(张炎《词源·杂论》)、"韶秀"(周济《介存斋论词杂著》)、"清雄"(王鹏运《半塘遗稿》)等多种说法。

绍兴辛未年(1151年),也就是苏轼辞世后的半个世纪左右,"豪放"一词始流行。最有影响的当数豪放说,始见于曾慥跋《东坡词拾遗》:"豪放风流,不可及也。"

明代张綖在《诗余图谱》中坚定地论述:"苏子瞻之作,多是豪放。"清代郭麐有言:"(词)至东坡,以横绝一世之才,凌厉一代之气,间作倚声,意若不屑,雄词高唱,别为一宗。"(《灵芬馆词话》卷一)蒋兆兰也说:"自东坡以浩瀚之气引之,遂开豪放一派。"(《词说》)

苏词之豪放精神首先体现在追求一种奔放不羁、纵情放笔、适性作词的创作境界,恰如他在《晁错论》中所述:"古之成大事者,不惟有超世之才,亦须有坚忍不拔之志。"

在词的创作中,苏轼一任性情,或者说"气"的抒发,因此其词体现出的风格形式难免与传统观念——诗庄词媚——相左。苏词的豪放并不在于其内容有多少豪壮的成分,而在于它能超越固有观念,从而直抒胸臆,自诉怀抱,能"新天下耳目"(王灼《碧鸡漫志》卷二)。

明月几时有？把酒问青天。

不知天上宫阙，今夕是何年。

我欲乘风归去，又恐琼楼玉宇，高处不胜寒。

起舞弄清影，何似在人间。

转朱阁，低绮户，照无眠。

不应有恨，何事长向别时圆？

人有悲欢离合，月有阴晴圆缺，此事古难全。

但愿人长久，千里共婵娟。

——苏轼《水调歌头·明月几时有》

莫听穿林打叶声，何妨吟啸且徐行。

竹杖芒鞋轻胜马，谁怕？一蓑烟雨任平生。

料峭春风吹酒醒，微冷，山头斜照却相迎。

回首向来萧瑟处，归去，也无风雨也无晴。

——苏轼《定风波·莫听穿林打叶声》

苏词豪放精神的另一个方面是吐纳百川、冲决一切、淋漓直泻的气势。这一点，陆游在《御选历代诗余》中的注解最为形象："试取东坡诸乐府歌之，曲终，觉天风海雨逼人。"

苏词的豪放精神不同于后来的某些豪放派词人之作,像陈亮、刘过等人,他们作品中的豪放气息过于粗豪浅易,且缺乏内敛少余韵,而我们读苏词除感受到"天风海雨"般的气势外,还能深刻地体会到苏轼至真至浓、至深至广的人情味道,或曰"情味"——苏词的豪放精神如果没有这种情味,那其艺术感染效果必然大打折扣。

他写给妻子的词《江城子·乙卯正月二十日夜记梦》:"十年生死两茫茫,不思量,自难忘。千里孤坟,无处话凄凉。纵使相逢应不识,尘满面,鬓如霜。"一片深情缱绻。

他写送别词《临江仙·送钱穆父》。这首词是宋哲宗元祐六年(1091年)春苏轼知杭州(今属浙江)时为送别自越州(今浙江绍兴北)徙知瀛洲(治今河北河间)途经杭州的老友钱勰(穆父)而作。当时苏轼也将要离开杭州。

  一别都门三改火,天涯踏尽红尘,依然一笑作春温。
  无波真古井,有节是秋筠。
  惆怅孤帆连夜发,送行淡月微云,尊前不用翠眉颦。
  人生如逆旅,我亦是行人。

这首词一改以往送别诗词缠绵感伤、哀怨愁苦或慷慨悲凉的格调。苏轼批评吴道子的画说："出新意于法度之中,寄妙理于豪放之外。"在这首道别词里,苏轼宛如立在纸面之上,议论风生,直抒性情,写得既有情韵,又富理趣。这种旷达洒脱的个性风貌,恰恰是苏轼的豪放之处。

苏轼之情又是一种超越平常人的天才之情、旷达之情、豪放之情,因此在表达这种高情时,苏轼作词便如李白作诗,天才横放,纵笔挥洒,自然流露而又无具体规范可循。这样一来,东坡词就成为抒发其人生豪情的"陶写之具",我自为之,横放杰出,"自是曲子中缚不住者"(《苕溪渔隐丛话后集》卷三十三引晁补之语)。

苏词的豪放,可谓从心所欲不逾矩,在艺术规律的容许之下,让创造力充分自由地活动,既如行云流水般自在活泼,同时又很严谨地"行于所当行,止于所不可不止"。钱锺书说,李白之后,古代大约没有人赶得上苏轼这种"豪放"。

苏东坡曾经用四个字来概括自己,或者说要求自己:"生、死、穷、达,不易其操。"今天,我们敬慕他的豪放,首先要理解他的豪放。这种豪放,不是一种完全无底线的无拘无束,而是一种有操守,有坚持,有定力、能力、魄力的放达。

二、博喻

苏子诗词的一大特色,莫过于比喻的丰富、新鲜和贴切:用一连串五花八门的形象来表达一件事物的一个方面或一种状态。汪师韩《苏诗选评笺释》:"用譬喻入文,是轼所长。"

《百步洪》就是公认的反映他这一特色的杰作:

> 长洪斗落生跳波,轻舟南下如投梭。
> 水师绝叫凫雁起,乱石一线争磋磨。
> 有如兔走鹰隼落,骏马下注千丈坡。
> 断弦离柱箭脱手,飞电过隙珠翻荷。
> 四山眩转风掠耳,但见流沫生千涡。
> 崄中得乐虽一快,何意水伯夸秋河。
> 我生乘化日夜逝,坐觉一念逾新罗。
> 纷纷争夺醉梦里,岂信荆棘埋铜驼。
> 觉来俯仰失千劫,回视此水殊委蛇。
> 君看岩边苍石上,古来篙眼如蜂窠。
> 但应此心无所住,造物虽驶如吾何!
> 回船上马各归去,多言哓哓师所呵。

这首古风作于元丰元年(1078年),苏轼当时官知徐州军事,其中赋《百步洪》的部分是历来最为人所称赞的。诗在起首用了"轻舟南下如投梭"这个比喻后,在接下来的四句中,接连用了七个比喻,把长洪斗落奔流直下的声势、速度不断地以新的面目提供给读者,使人目不暇接。博喻其实是散文修辞概念,因为文章中不避"若""像"一类字,而诗中往往忌讳用词与句式的雷同。在宋朝,苏轼在很大程度上打破了诗与文的界限,以散文笔法作诗,使人耳目一新。

苏轼善于设譬,不仅从这首诗中得以体现,他的很多诗都以比喻精切而令人刮目。如《石鼓歌》中,他这样写石鼓:"模糊半已隐瘢胝,诘曲犹能辨跟肘。娟娟缺月隐云雾,濯濯嘉禾秀稂莠。"以四个比喻,写石鼓文形状奇特的字体。

又如《读孟郊诗》中这几句:"孤芳擢荒秽,苦语余诗骚。水清石凿凿,湍激不受篙。初如食小鱼,所得不偿劳。又似煮彭蜞,竟日嚼空螯。"集中表现了孟郊诗"寒"的特征。这些比喻,都从各个方面描写,没有重叠烦琐的弊病。

苏轼的诗词文在西方影响深远。20世纪30年代,英国人李高洁出版了《苏东坡文轩》,翻译苏轼的16篇名作及前后《赤壁赋》和《喜雨亭记》,也包括苏轼生平、作品和文化背景的简介。

曾经任职英国驻福州领事馆的韦纳先生为此书作序。他在序言中说:"本书的读者,一定会体验到当年济慈初读贾浦曼译荷马的那种惊喜的感觉。"

三、瞬息

苏轼散文中,特别善于把握生活、生命中一个瞬间的感受、领悟,用极轻快的笔调写出,为人世间留下种种欣悦的飘忽一瞬。

那是元丰五年(1082年)七月十六仲夏之夜,苏轼和同乡道人杨世昌,舟行江面之上,见明月出东山,白雾笼大江。苏轼发思古之幽情,写下《赤壁赋》。三个月之后,又写下《后赤壁赋》。现录前赋如下:

壬戌之秋,七月既望,苏子与客泛舟游于赤壁之下。清风徐来,水波不兴。举酒属客,诵明月之诗,歌窈窕之章。少焉,月出于东山之上,徘徊于斗牛之间。白露横江,水光接天。纵一苇之所如,凌万顷之茫然。浩浩乎如冯虚御风,而不知其所止;飘飘乎如遗世独立,羽化而登仙。

于是饮酒乐甚,扣舷而歌之。歌曰:"桂棹兮兰桨,击空明兮溯流光。渺渺兮予怀,望美人兮天一方。"客有吹洞箫者,倚歌而和之。其声呜呜然,如怨如慕,如泣如诉,余音袅袅,不绝如缕。舞幽壑之潜蛟,泣孤舟之嫠妇。

苏子愀然,正襟危坐而问客曰:"何为其然也?"客曰:"月明星稀,乌鹊南飞,此非曹孟德之诗乎?西望夏口,东望武昌,山川相缪,郁乎苍苍,此非孟德之困于周郎者乎?方其破荆州,下江陵,顺流而东也,舳舻千里,旌旗蔽空,酾酒临江,横槊赋诗,固一世之雄也,而今安在哉?况吾与子渔樵于江渚之上,侣鱼虾而友麋鹿,驾一叶之扁舟,举匏樽以相属。寄蜉蝣于天地,渺沧海之一粟。哀吾生之须臾,羡长江之无穷。挟飞仙以遨游,抱明月而长终。知不可乎骤得,托遗响于悲风。"

苏子曰:"客亦知夫水与月乎?逝者如斯,而未尝往也;盈虚者如彼,而卒莫消长也。盖将自其变者而观之,则天地曾不能以一瞬;自其不变者而观之,则物与我皆无尽也,而又何羡乎!且夫天地之间,物各有主,苟非吾之所有,虽一毫而莫取。惟江上之清风,与山间之明月,耳得之而为声,目遇之而成色,取之无禁,用之不竭。是造物者之无尽藏也,而吾与子之所共适。"

客喜而笑,洗盏更酌。肴核既尽,杯盘狼藉。相与枕藉乎舟中,不知东方之既白。

宋朝唐庚《唐子西文录》:"东坡《赤壁》二赋,一洗万古,欲仿佛其一语,毕世不可得也。"罗大经《鹤林玉露》:"东坡步骤太史公者也。"谢枋得《文章轨范》:"非超然之才、绝伦之识不能为也。"

元朝方回《追和东坡先生亲笔陈季常见过三首》:"前后《赤壁赋》,悲歌惨江风。江山元不改,在公神游中。"明代的茅坤甚至感喟:"予尝谓东坡文章仙也,读此二赋,令人有遗世之想。"

对瞬息的准确把握,对深思的精致描述,让前后《赤壁赋》成为千古绝唱,这两阕词,奠定了苏轼作为文豪的江湖地位。

转过年来,苏轼还写有一篇短短的月下游记《记承天寺夜游》,同样是瞬息间快乐动人的描述,所记只是刹那间一点儿飘忽之感而已,因其即兴偶感之美,成为散文名作。

在写作上,苏轼主张内容决定外在形式,也就是说一个人作品的风格只是他精神的自然流露。若打算写出宁静欣悦,必须先有此宁静欣悦的心境。唯此,一瞬方能成就永恒。

"风月不死,先生不亡也。"

清代吴楚材、吴调侯《古文观止》所言,正是我们今天对苏轼的致敬。

谈到苏轼,不能不谈谈他所在的宋朝。有宋一朝是公元 9 世纪中叶在中原和南方建立的一个以汉族为主体的封建王朝。从建隆元年(960 年)周朝殿前都点检赵匡胤陈桥兵变,废周称帝,到靖康二年(1127 年)金兵俘虏徽宗、钦宗二帝北去,其间共 168 年,历九帝,因定都于东京开封,史称北宋。从当年 5 月,康王赵构即帝位于南京,改元建炎,重建宋王朝,到 1127 年元朝水军进陷南海崖山(今广东新会南海),陆秀夫抱幼帝赵昺投海而死(1279 年),其间 152 年,亦历九帝,因迁都临安,史称南宋。

我们知道,宋朝立国 300 余年,虽然遭遇两度倾覆,但是皆缘于外患,是中华民族历史上唯独没有亡于内乱的王朝,西方与日本史学界中认为宋朝是中国历史上的文艺复兴与经济革命时期的学者不在少数。陈寅恪言:"华夏民族之文化,历数千载之演进,造极于赵宋之世。"

两宋共 320 年,在中国文明史上书写了光彩夺目的篇章。正是在这样文化的高峰中,造就了苏东坡作为"高峰上的高峰"的前提。

日本文人对东坡十分崇敬,甚至在东坡游览赤壁的时间,举行拟赤壁游会。享和二年壬戌(1802 年)前后,出现过以"宽政三博士"和柴野栗山(1736—1807 年)为中心的赤壁游会。柴野栗山是"东坡癖"。"柴野栗山常钦慕苏公,每岁十月之望,置酒会客，以拟赤壁游。"江户时代的人不只是欣赏绘画中的赤壁游，而且把日本某地方当作"东坡赤壁"，造出东坡赤壁的气氛，在那里泛舟，亲身体验赤壁游。

文久二年（1862年）的壬戌七月既望，天下开始大乱，即使在这样的社会环境中，也有热心赤壁游、欣赏赤壁游的风流人物，在游船上开茶会，乘船体验《赤壁赋》的境界。其欣赏方式是唱和诗文。唱和的方法有几种，如用《赤壁赋》的一句大家分韵作诗，全部用《赤壁赋》中的字作"集字诗"，甚至把《赤壁赋》中的句子放在句首。他们在自己的诗文中常说："我们虽然没有在赤壁夜半泛舟赏月的机会，但是良友聚会，一起喝酒，欣赏美丽风景，在日本也完全可以欣赏东坡赤壁游之境界。"

在明治、大正时代（1868—1926年），长尾雨山（1864—1942年）和富冈铁斋（1837—1924年）是"东坡迷"文人的代表。长尾雨山的赤壁会就是最盛大的"模拟东坡赤壁游"。他收集了大量有关赤壁的画和其他有关东坡的东西，都摆在赤壁会的每个会场里，"怀念永垂不朽的伟大高尚人物东坡先生"。

在东坡生日（12月19日）那天，举行寿苏会，这是长尾雨山、富冈铁斋独创的。他们收集有关东坡的书、画、文具等，摆在寿苏会的会场里。他们于1916年、1917年、1918年、1920年、1937年共开过5次寿苏会，他们还把在寿苏会上所作的诗文编成寿苏集。

1922年9月7日,东坡《赤壁赋》作后的第十四个"壬戌既望",这样敬慕苏轼的日本文人甚至模仿苏轼,广纳好友,举办"赤壁会",隔着日本海,穿越时间和空间,向苏轼致敬。

四、信笔

宋代的四大书法家,"苏黄米蔡",排名第一的就是苏轼。苏轼的书法,后人赞誉颇高。最有发言权的莫过于黄庭坚,他在《山谷集》里说:"本朝善书者,自当推(苏)为第一。"

苏轼则自称:"吾书虽不甚佳,然出自新意,不践古人,是一快也。"他曾经遍学晋、唐、五代的各位名家之长,再将王僧虔、徐浩、李邕、颜真卿、杨凝式等名家的创作风格融会贯通后自成一家。

苏书给人的直观感觉就是丰腴,以胖为美。赵孟頫评苏轼的书法是"黑熊当道,森然可怖"。黄庭坚也认为苏轼的书法用墨过丰。正因如此,在苏轼的书法中,极少看到枯笔、飞白,而是字字丰润,如《次辩才韵诗帖》。但这只是表象,苏轼的作品表面看起来很随意,看起来很柔软,可是他的刚硬都在里面。这柔中带刚,来自苏轼一生坎坷——致使他的书法风格跌宕。所以黄庭坚称他:"早年用笔精到,不及老大渐近自然。"例如《黄州寒食诗帖》,写于宋元丰五年(1082年),当时苏轼因"乌台诗案"被贬至黄州,生活上的穷困潦倒和政治上的失意,让他感到落寞无比,于是在黄州第三年的寒食节,写下了两首五言诗:

一曰:

自我来黄州,已过三寒食。

年年欲惜春,春去不容惜。

今年又苦雨,两月秋萧瑟。

卧闻海棠花,泥污燕脂雪。

暗中偷负去,夜半真有力。

何殊病少年,病起头已白。

二曰:

春江欲入户,雨势来不已。

小屋如渔舟,蒙蒙水云里。

空庖煮寒菜,破灶烧湿苇。

那知是寒食,但见乌衔纸。

君门深九重,坟墓在万里。

也拟哭途穷，死灰吹不起。

书写此卷的时间大约在翌年。其诗苍劲沉郁，饱含着生活凄苦、心境悲凉的感伤，富有强烈的感染力。其书也正是在这种心情和境况下有感而出的，故通篇起伏跌宕，迅疾而稳健，痛快淋漓，一气呵成。苏轼将诗句心境情感的变化寓于点画线条的变化中，或正锋，或侧锋，转换多变，顺手断联，浑然天成。其结字亦奇，或大或小，或疏或密，有轻有重，有宽有窄，参差错落，恣肆奇崛，变化万千。笔酣墨饱，神充气足，恣肆跌宕，飞扬飘洒，巧妙地将诗情、画意、书境三者融为一体，体现了苏轼"我书意造本无法，点画信手烦推求"的创作状态。难怪黄庭坚叹曰："试使东坡复为之，未必及此。"

苏轼"无意为书家"的书法作品，其信笔处往往是情在胸中，意在笔下，心手相畅的结果。其酣畅淋漓地表现出来的"烂漫"，清代书法家包世臣认为："在东坡，病处亦觉其妍，但恐学者未得其妍，先受其病。"正所谓东坡信笔处，在在藏乾坤。

<h3 style="text-align:center">五、戏墨</h3>

2018年11月26日晚，苏轼水墨画《木石图》在香港佳士得

专场拍卖中,以 4.636 亿港元拍出,约合人民币 4.112 亿元。

该画作画面内容很简单,一株枯木状如鹿角,一块怪石形如蜗牛,怪石后伸出星点矮竹。用笔看似疏野草草,不求形似,其实行笔的轻重缓急、盘根错节,都流露出苏轼画作很深的写意功底。

苏轼自幼年即仰慕吴道子,他在黄州那些年,一直致力于绘画。苏画是典型的文人画,重写意,主张将艺术家的主观印象表达出来,所谓"论画以形似,见与儿童邻"。在评论写意派画家宋子房时,苏轼说:"观士人画如阅天下马,取其意气所到。乃若画工往往只取鞭策皮毛、槽枥刍秣,无一点俊发,看数尺许便倦。"关于绘画要突出其中意理,苏轼在很多文章中都有论述。

《净因院画记》:

> 余尝论画,以为人禽宫室器用皆有常形,至于山石竹木水波烟云,虽无常形,而有常理。常形之失,人皆知之。常理之不当,虽晓画者有不知。

《宝绘堂记》:

> 君子可以寓意于物,而不可以留意于物。寓意于物,虽

微物足以为乐,虽尤物不足以为病。留意于物,虽微物足以为病,虽尤物不足以为乐。

《文与可画筼筜谷偃竹记》:

竹之始生,一寸之萌耳,而节叶具焉。自蜩腹蛇蚹以至于剑拔十寻者,生而有之也。今画者乃节节而为之,叶叶而累之,岂复有竹乎!故画竹必先得成竹于胸中,执笔熟视,乃见其所欲画者,急起从之,振笔直遂,以追其所见,如兔起鹘落,少纵则逝矣。

《传神记》:

吾尝见僧惟真画曾鲁公,初不甚似。一日,往见公,归而喜甚,曰:"吾得之矣。"乃于眉后加三纹,隐约可见,作俯首仰视眉扬而额蹙者,遂大似。

法国作家克劳德·罗伊(Claude Roy)于1994年写了一本关于苏东坡的书,里面介绍了1092年苏东坡和他的一个学生米芾(永州太守)比赛的故事。克劳德·罗伊这样写道:"人们准备了两张桌子、三百张最好的纸、美酒和小吃。两名仆人负责磨墨。他们只需要安心比赛。苏东坡和米芾选择了永远不会厌倦的主题：竹子。苏东坡喝了一点酒。等到天色变暗，夜晚来临的时候，三百张纸全部画完。"

宁可食无肉，不可居无竹。这是苏轼的诗，也是他的信念和追求。

在宋代，欧阳修、王安石都确立了文人画论的主调，但在苏东坡手上，文人画的理论才臻于完善。他放弃形似，强调精神的表达，认为"论画以形似，见与儿童邻"。在艺术风格上，"萧散简远""简古淡泊"，被苏东坡视为一生追求的美学理想。千年之后，我们依然可以从古文运动的质朴深邃、宋代山水的宁静幽远，以及宋瓷的洁净高华中，体会那个朝代的丰赡与光泽。

这是一场观念革命，影响了此后中国艺术一千年。

徐复观说："以苏东坡在文人中的崇高地位，又兼能知画作画，他把王维推崇到吴道子的上面去，岂有不发生重大影响之理？"

文人画固然一脉相承，但在每一个世纪里都有不同的表现。在 11 至 12 世纪，李公麟以春蚕吐丝般的细线表达出古意；米芾以平淡含蓄的烟云世界与世俗对抗；米芾的公子米友仁是一个可以画空气的画家，在他的笔下，空气有了密度和质感，与宋纸的纹路摩擦浸润，产生了一种迷幻的效果。而在之前若干个世纪的绘画中，空气是完全透明的，或者说是不存在的，画家的视线更多地被事物本身的形状所控制。

尽管"文人画"始终没有一个明确可行的定义，苏东坡的论述也是零散、随意的，但它作为一种观念，已经深深地沁入千年的画卷中，提醒画家不断追问艺术的最终本质。后世的艺术评论家把它概括为"永远的前卫精神"，"认为这个前卫传统之存在，无可怀疑的是中国绘画之历史发展中一个十分重要的动力根源"。

驸马都尉王诜请善画人物的李公麟，创作一幅传世之作《西园雅集图》，讲述当时文人的雅集。这幅画的画面上，有主人王诜，有客人苏轼、苏辙、黄鲁直、秦观、李公麟、米芾、蔡襄、李之仪、郑靖老、张耒、王钦臣、刘泾、晁补之，以及圆通和尚、陈碧虚道士。主友16人，加上侍姬、书童，共24人。

松桧梧竹，小桥流水，极园林之胜。宾主风雅，或写诗，或作画，或题石，或拨阮，或看书，或说经，极宴游之乐。李公麟以他创造的白描手法，用写实的方式，描绘当时15位社会名流在驸马都尉王诜府邸做客聚会的情景。画中，这些文人雅士风云际会，挥毫用墨，吟诗赋词，抚琴唱和，打坐问禅，衣着得体，动静自然，书童侍女举止斯文、落落大方，不仅表现出不同阶层人物的

共同特点,还画出了尊卑贵贱不同人物的个性和情态。米芾为此图作记,即《西园雅集图记》:

> 水石潺湲,风竹相吞,炉烟方袅,草木自馨。人间清旷之乐,不过如此。嗟呼!汹涌于名利之域而不知退者,岂易得此哉。

有评论家曾将苏东坡的艺术称赞为具有印象派色彩的艺术观念。这样算来,苏东坡在绘画上的创新特质和革命精神,比西方领先了整整8个世纪。直到19世纪中后期,西方艺术才开始逐渐在塞尚、凡·高、高更、马蒂斯、毕加索那里,脱离科学的视觉领域,转向内心的真实性。他们不再对科学的透视法亦步亦趋,而是重视自己内心的感觉,从而为西方开启了主观艺术的大门,印象派、野兽派、立体派、未来派等艺术派别应运而生。

苏东坡所领导的这场艺术革命,与宋代文化的内向型发展有关。唐的气质是向外的、张扬的,而宋的气质则是向内的、收敛的——与此相对应,宋代的版图也是收缩的、内敛的,不再有唐代的辐射性、包容性。

唐朝的版图可以称作"天下",但宋朝的版图只能说"中原",北宋亡后,连中原也丢了,变成江南小朝廷,成为与辽、西夏、金并立的列国之一。

今年是长安建都1400年。1400年前,也就是公元618年的大唐王朝,那一年的端午节,唐玄宗李隆基将唐都建立于隋代大兴城基础上兴建而成长安。1000余年后,20世纪70年代的某一天,日本作家池田大作见到英国历史学家汤因比,两位风云人物抵膝畅谈。池田大作问道:"假如给你一次机会,你愿意生活在中国这五千年漫长历史中的哪个朝代?"汤因比毫不犹豫地回答:"要是出现这种可能性的话,我会选择唐代。"池田大作哈哈大笑:"那么,你首选的居住之地,必定是长安了!"

这时的长安,是世界的中心,是中国精神的文化符号。开放的胸怀、开明的风尚、包容的气度,纵使今天的美国纽约、日本东京、英国伦敦、法国巴黎,都无法与之比肩。没有有唐一代的恢宏,就没有有宋一代的深沉。如果说唐朝推动中国向广度延展,宋朝则推动中国向深度夯实。

六、佛老

宋代的佛教思想很盛行,苏轼的母亲程氏就信佛,苏轼本人对佛家思想也有一定程度的接受。当时的士人、诗人多有僧人朋友,所谓"宰官多结空门友"(杨亿语),苏轼的朋友中比如佛印、惠崇、参寥子等都是出家人，他们在苏轼的人格构建上也产生了一定影响。

在黄州半监禁的时候，苏轼开始深入地钻研佛学，作为排遣苦闷的精神武器，之后的作品也就比较多地染上了佛家思想的色彩。

苏轼在《黄州安国寺记》中自白：到黄州后"归诚佛僧"，"间一二日辄往（安国寺）焚香默坐，深自省察，则物我相忘，身心皆空，求罪始所从生而不可得……且往而暮还者，五年于此矣"。当然，他这并不是真的"痛改前非""归诚佛僧"，事实上，苏轼一生都没有陷入宗教迷狂，一直以理性的态度对待宗教。他焚香安国寺，主要是将"佛为我用"，是为了达到"期于静""物我相忘""解烦释懑"和修炼自身道德品性的目的。

道，有两重含义，一为道家思想，一为道教，二者既有联系又互相区别，是一个复杂的问题。简单地说，道教是宗教，追求长生、成仙；道家是哲学思想。苏轼8岁入小学时即以道士张易简为师，自幼喜读《老子》《庄子》，曾云："吾昔有见于中，口未能言，今见《庄子》，得吾心矣。"（苏辙《亡兄子瞻墓志铭》）有人统计过，苏轼的文集中引用《庄子》的地方有1000多处。苏轼从道家这种讲全生避害的哲学中汲取了养料，但并不消极逃避，同佛家思想一样,只是为我所用,而不拘牵。

在被贬谪黄州期间,佛老思想成为苏轼在政治逆境中的主要处世哲学。佛老思想是中国的士大夫们应对贬谪的哲学武器,大凡士大夫遭贬,都以此排遣。佛老思想以清净无为、超然物外为旨归,但在苏轼身上起了复杂的作用:一方面,他把生死、是非、毁誉、得失看作毫无差别的东西;另一方面,这又帮助他更通达地观察问题,在一种旷达的态度背后,坚持对人生、对美好事物的执着与追求。

宋徽宗即位后,苏轼相继被调为廉州安置、舒州团练副使、永州安置。元符三年(1100年)四月,朝廷颁行大赦,苏轼复任朝奉郎。

北归途中,苏轼于建中靖国元年七月二十八日(1101年8月24日)在常州(今属江苏)逝世。这一年,他64岁。苏轼留下遗嘱葬汝州郏城(今河南郏县)钧台乡上瑞里。次年,其子苏过遵嘱将父亲灵柩运至郏城县安葬。

据说,最后陪伴苏轼的,除了他的家人之外,还有一位他的好朋友维琳方丈。大和尚建议他在不多的日子里多念念佛经。苏东坡笑了,这些年,他见过了太多的大地高僧,但是,他们最后都不免一死的结局。鸠摩罗什也不免一死,对吗?公元4世纪,鸠摩罗什从印度来到中国,将三百本佛经译为中文。然而,他也不免一死。

——想想来世吧！（"端明宜勿忘西方"）维琳方丈建议苏东坡说。

——西天也许存在，不过到了那里又能怎么样呢？苏东坡说。

——这个时候，你不妨试试看。维琳方丈建议。

——试，就不对了。

这是苏轼留给维琳方丈的最后一句话，也是他留给世界的最后一句话。在他看来，西方的极乐世界跟自己的现状不是脱节的。逝世两周前，他写信给维琳方丈说："岭南万里不能死，而归宿田野遂有不起之忧，岂非命也夫。然生死亦细故尔，无足道者。"

> 回首向来萧瑟处，
> 归去，
> 也无风雨也无晴。

现在，我们重读苏东坡的这句词，是否心中有别样的感伤、忧思？

苏东坡的这首词写于1082年，也就是宋神宗元丰五年的春季。3年前，苏轼因"乌台诗案"被贬为黄州（今湖北黄冈）团练副使。3月7日，苏轼与友人出游，在沙湖道上，风雨忽至。拿着雨具的仆人先前离开了，同行的友人都进退困难，深感狼狈，只有苏轼毫不在乎，泰然处之，吟咏自若，缓步而行。过了一会儿，天晴了，于是苏轼写下一首词《定风波·莫听穿林打叶声》。

1101年3月，苏轼由虔州出发，经南昌、当涂、金陵，5月抵达真州（今江苏仪征），6月经润州拟到常州居住。此时，他仿佛预感到自己的生命将接近尾声，在真州游金山龙游寺时作《自题金山画像》。

心似已灰之木，身如不系之舟。
问汝平生功业，黄州惠州儋州。

这样一种萧瑟之中的云淡风轻、风雨之中的光明朗照，不为世事所累的大从容、大自由，只有那些纵使整个世界被放逐也永远不自我放逐的人，才能够领悟。

七、手足

苏轼和苏辙关系很好,两兄弟不论在什么地方、什么环境,都挂念着对方。兄弟二人在人生的旅途中,诗文酬唱寄赠很频繁。据不完全统计,如果不包括文章书信的话,两人仅诗词唱和就近两百首。

苏轼中秋怀人之作,大多是为苏辙所作,其中《水调歌头·明月几时有》是千古绝唱。"但愿人长久,千里共婵娟",将手足之怜念、离别之伤感、人生宇宙之哲理写成极品。更有人说:"中秋词,自东坡《水调歌头》一出,余词尽废。"兄唱弟随,在苏轼写了《水调歌头·明月几时有》的第二年,兄弟二人在徐州相聚,苏辙也写了一首《水调歌头·徐州中秋》回赠其兄,写欢聚的喜悦和即将离别的伤感。

离别一何久,七度过中秋。

去年东武今夕,明月不胜愁。

岂意彭城山下,同泛清河古汴,船上载凉州。

鼓吹助清赏,鸿雁起汀洲。

坐中客,翠羽帔,紫绮裘。

素娥无赖,西去曾不为人留。

今夜清尊对客,明夜孤帆水驿,依旧照离忧。

但恐同王粲,相对永登楼。

兄弟二人志趣相投,都以文章名天下。苏辙说:"少年喜为文,兄弟俱有名。世人不妄言,知我不如兄。"(《题东坡遗墨卷后》)苏轼则说:"子由之文实胜朴,而世俗不知,乃以为不如。其为人深不愿人知之,其文如其为人,故汪洋淡泊,有一唱三叹之声,而其秀杰之气,终不可没。"(《答张文潜书》)

在仕途上,兄弟二人大道相同,进退一致。苏轼恃才傲物,不合时宜。苏辙恭谨内敛,深沉稳重。苏轼一生数迁,一次牢狱之灾,数次贬官远地。苏辙多次为兄补台,一生基本平稳,曾官至副宰相。

1079年,因"乌台诗案",苏东坡罹祸下狱,被关入御史台的监狱,走出时已是漫天飞雪,在这里他被关押了130天。这期间,苏辙倾其所有,上下打点。苏辙呈上去的《为兄轼下狱上书》这份奏折,不断地为兄长做无罪辩护。这篇文章,字字惨淡经营,堪比李密的《陈情表》。苏辙说:"子瞻何罪?独以名太高。"也因为这一篇文章,苏东坡幸运地保住了性命,最终被发配至黄州,这是心高气盛的苏东坡在人生中第一次遭遇如此大的落差,在黄州,没有人理解他,他给朋友写信,但是都如同石沉大海。苏辙与兄同遭惩治,被贬官外放。之后,苏辙升官至尚书右丞,而苏轼又遭人排挤,心灰意冷,祈求外任。苏辙因此也连上四札,同乞外任,以追陪兄长左右。

1097年,苏轼被贬谪到海南儋州,苏辙被贬谪到广东雷州。5月11日,两人相约于广西滕州见面,这一年,苏轼60岁,苏辙58岁。相处一个月后,6月11日,兄弟二人分手,从此作别,直至苏轼5年后病殁常州,再无缘相见。苏轼去世前,因为见不到苏辙而大憾大恸,苏辙接到噩耗则"号呼不闻,泣血至地"。苏轼去世后,苏辙安葬兄嫂,照顾两家老小,史称"二苏两房大小近百余口聚居"。

苏轼去世后,苏辙满怀深情地怀念兄长:"我初从公,赖以有知。抚我则兄,诲我则师。"(《亡兄子瞻端明墓志铭》)《宋史·苏辙传》中也说:"辙与兄进退出处,无不相同,患难之中,友爱弥笃,无少怨尤,近古罕见。"兄弟二人就是这样互相推重,互引为知己。

在御史台的监狱里,苏轼给苏辙写了一首诗,在这里真实地表达了他对苏辙的手足之情:

是处青山可埋骨,他年夜雨独伤神。
与君世世为兄弟,更结来生未了因。

如此深情,令人感伤不已。

八、涅槃重生

苏东坡是一个生活家,他爱玩、爱吃、爱旅游、爱交友,无所不爱,纵使在最艰难、潦倒之时。

他一次次遭遇劫难,却一次次在劫难中涅槃重生,最根本的原因是他热爱生活,他的身边有一群与他一样热爱生活但又同生共死的朋友和家人。

他的家庭生活很幸福,他在《次韵和王巩》六首其一中说:"子还可责同元亮,妻却差贤胜敬通。"他自己加的注脚里说:"仆文章虽不逮冯衍,而慷慨大节乃不愧此翁。衍逢世祖英容好士而独不遇,流离摈逐,与仆相似,而其妻妒悍甚。仆少此一事,故有胜敬通之句。"

苏轼最有名的一首悼亡词——《江城子·十年生死两茫茫》,是在第一任妻子去世10年后。一天夜里苏轼梦到她,想到两人的隔绝,内心十分悲伤,写出了宋词名句"相顾无言,惟有泪千行",写出了苏轼的深情。

1093年8月,苏轼的第二任妻子病逝,苏轼悲痛万分地写下

《祭亡妻同安郡君文》,表达了对妻子的万千情感,言"泪尽目干""唯有同穴"。苏轼死后,苏辙满足了他的这一心愿,将他与第二任妻子同穴安葬。

正室贤德,小妾贴心。朝云说苏轼"一肚皮不合时宜",足见二人心意相通。苏东坡在杭州3年,之后又官迁密州、徐州、湖州,颠沛不已,又因"乌台诗案"被贬为黄州团练副使。这期间,朝云始终紧紧相随,布衣荆钗,无怨无悔。

在苏轼61岁的时候,朝云去世了。苏轼很是悲伤,同样写了一首悼亡词:

马趁香微路远,沙笼月淡烟斜。
渡波清彻映妍华。倒绿枝寒凤挂。
挂凤寒枝绿倒,华妍映彻清波。
渡斜烟淡月笼沙。远路微香趁马。

这首宋词的题目是《西江月·咏梅》,是一首回文词,上下片用字完全一样,只不过改变了汉字的顺序。

苏轼自己善于做菜,也乐意自己做菜吃。林语堂说,他太太一定颇为高兴。根据记载,苏轼认为在黄州猪肉极贱,可惜"富者不肯吃,贫者不解煮",他颇引为憾事。他告诉人家一个炖猪肉的方法,极为简单。就是用很少的水煮开之后,用文火炖上数小时,当然要放酱油。这就是东坡肉。

苏轼做鱼的方法,是今日中国人所熟知的。先选一条鲤鱼,用冷水洗,擦上点儿盐,里面塞上白菜心。然后放在煎锅里,放几根小葱白,不用翻动,一直煎,半熟时,放几片生姜,再浇上一点儿咸萝卜汁和一点儿酒。快要好时,放上几片橘子皮,趁热端到桌上吃。

苏轼还发明了一种青菜汤,就叫作东坡羹。方法就是用两层锅,米饭在菜汤上蒸,同时饭菜全熟。下面的汤里有白菜、萝卜、油菜根、芥菜,下锅之前要仔细洗好,放点儿姜。在中国古时,汤里照例要放进些生米。在青菜已经被煮得没有生味道之后,蒸的米饭就放入另一个漏锅里,但要留心,莫使汤碰到米饭,这样蒸汽才能进得均匀。

你看,苏轼就是这样一种神奇的存在。经他之手,普通的肉变成东坡肉,普通的汤变成东坡羹,普通的烧饼变成东坡饼。苏东坡"自笑平生为口忙",光是以他的名字冠名的菜肴就可以摆满一桌宴席。甚至,原本普通的帽子变成了子瞻帽("乌台诗案"后,苏轼用乌纱缝在帽子上,以与他人区别),原本普通的竹笠变成了苏轼竹笠,原本普通的西湖变成了西子湖。

点石成金,化腐朽为神奇,这是苏轼的过人之处,同时,也更显示了人们对他的喜爱。苏轼是一个感伤的人,又是一个能够化解悲伤的人,正是他这种性格,使得他始终超越苦难,保持着快乐。

他年轻的时候,喜欢喝姜茶、吃瓜子、炒蚕豆。中年的时候,他写过一篇《老饕赋》,大意是说:世上顶级的一顿饭,要最好的刀具、餐具、水源、柴火,最新鲜的肉、螃蟹、樱桃蜜、杏仁糕、半熟蛤蜊,最美的美女弹琴悟道,最精酿的葡萄美酒和雪花茶。这样一篇通篇讲吃的文章,我们不妨称之为"美食家赋"。然而,在文章末尾,苏轼写道:"先生一笑而起,渺海阔而天高。"那么,你现在还认为苏东坡所写,仅仅是简单的美食吗?

苏轼请客,会自告奋勇去取他自己酿制的酒。有一次,客人饭都吃完了,他还没上来,大家都去找他,最后发现他醉倒在了酒窖里。

苏东坡晚年,被仇人章惇放逐到海南儋州。原因是章惇听说苏东坡在惠州待得还很惬意,气急败坏地说,那就让他去儋州吧,据说苏子瞻的"瞻"和儋州的"儋"更搭配。

在宋朝,放逐海南是仅比满门抄斩罪轻一等的处罚。他把儋州当成了自己的第二故乡,"我本儋耳氏,寄生西蜀州"。62岁的苏轼意识到这可能是一场生离死别,于是把身后之事向长子苏迈做了托付,只带着小儿子苏过一人前往儋州。朝廷对贬谪后的苏轼还有如下三条禁令：一不得食官粮，二不得住官舍，三不得签书公事。儋州市市长（军使张中）看他可怜，悄悄违抗宰相的命令，给了他一间漏水的官舍。但还是被人告发，苏轼被赶了出来。没有房子，就自己盖。于是他白手起家，在山上修了一栋草屋，取名叫"槟榔庵"。

儋州古称儋耳。在北宋时期，是极为荒蛮凶险之地，古称"南荒""非人所居"。两父子经常热得面面相觑，像两个苦行僧。苏轼呼气吐气、呼气吐气，没有吃的，他就在山里采摘苍耳和青菜熬汤。然后，他张开嘴巴朝着阳光的方向，说能解饿。

吃的问题解决了，还有一件大事，苏东坡无事可做，无书可读，便与儿子苏过抄书。在《答程全父推官六首》中，他说道："儿子抄得《唐书》一部，又借得《前汉》欲抄。若了此二书，便是穷儿暴富也。呵呵。"

多么超前的苏轼，我们今天常用"呵呵"这样一个词，表示开心，也表示无奈。其实，"呵呵"这个词的创始者是苏东坡，他在儋州给朋友们写信，据说用了四十多个"呵呵"。

如此"呵呵"，其实是人生的达观和幽默。苏轼能够到处快乐满足，就是因为他持一种达观和幽默的态度。

"乌台诗案"中，妻子和儿女送苏轼出门，都大哭。苏轼回头对妻子说:"你难道不能像杨朴的妻子一样,也作一首诗送给我?"

原来杨朴是位草根诗人。宋真宗泰山封禅以后,遍寻天下隐士,得知杞地人杨朴能作诗。皇上把他召来问话的时候,他自己说不会作诗。皇上问:"你临来的时候有人作诗送给你吗?"

杨朴说:"没有。只有臣的妻子作了一首诗:'更休落魄耽杯酒,且莫猖狂爱咏诗。今日捉将官里去,这回断送老头皮。'"

皇上大笑,放他回家,并赐给他的儿子一个官职来奉养双亲。

后来苏轼被贬谪到海南岛,当地无医无药,他还不忘自我调侃说:"每念京师无数人丧生于医师之手,予颇自庆幸。"

眼花缭乱地贬谪,马不停蹄地迁移。宋代士大夫大多有过贬谪的经历,而且多能以较坦然的态度来面对,洪迈在《容斋随笔》中的记载:"见纷华盛丽,当如老人之抚节物……遭横逆机穽,当如醉人之受骂辱。"但苏轼无疑是他们中最杰出的代表,真正做到了"扬弃悲哀"(日本学者,吉川幸次郎)。

苏轼在漫长而又坎坷的人生道路上,深刻品味到了命运的诡谲、官场的蹭蹬,他在人生的得意与失意的巨大落差间,仍然能够"扬弃悲哀",构建超然自适的精神家园。恰恰是他这种适情适性的达观精神、随遇而安的襟怀,让他一次次如凤凰一般,在火中涅槃,死而复生,甚至是永远在路上,永远在人间。

九、为官

有人将苏轼的一生活动足迹绘成了图,竟然走出了一个"中"字。换成城市分布图,可以看出苏轼一生去过大概90座城市,可以说一生都在路上。

除了出生地,苏轼走过的主要的地方有18个:栾城(祖籍地)—开封—凤翔(今宝鸡附近)—杭州—密州(今山东诸城)—徐州—湖州—黄州—宜兴—金陵(南京)—登州—颍州(今安徽阜阳)—扬州—定州—惠州—儋州(今海南岛内)—常州—郏县(归葬地)。

这些地方,杭州给苏轼带去了一生中最快活的时光。苏轼曾于熙宁四年(1071年)通判杭州,又于元祐四年(1089年)知杭州,共到杭州两次,前后加起来五六年,做了如下事:

——清理运河淤泥。京杭大运河与钱塘江交汇,钱塘江的水带进许多淤泥,杭州城内的运河淤泥每隔四五年就要挖一次出来,否则河床升高,影响船运。淤泥一挖出来就被堆在居民家门口,脏乱不堪。

——苏轼想办法把钱塘江的水先引入人口稀少的茅山运

河,水经过茅山运河流了三四里地,使淤泥沉淀下来,再流到市中心的运河里的水就是干净的了。市中心运河的河位比茅山运河低四尺,苏轼又在余杭那里开了一条新运河,让它与西湖的水相通,这样就能永久地保证运河的水位。这套办法使得运河的水深到八尺,老百姓说这是从来没有过的事情。

——解决吃水问题。杭州人民的供水是个主要问题,在此之前,历代也想过很多办法,修建水库,把西湖的水引入城中,但是管道损害严重,居民们只能吃带咸味的水,西湖的淡水则需要花钱买。苏轼新建两个新水库,用陶瓷管代替以前的竹子管道。淡水由一个水库引向另外一个水库,这个工程建成以后,让杭州居民家家都有淡水吃。

——清理西湖。苏轼第一次来杭州时,西湖上杂草丛生,淤泥阻塞的面积已经有十分之三,第二次来杭州,西湖上的淤塞已经有一半了。苏轼非常伤心,他上表高太后,说如果再不治理,20年以后西湖就会被野草遮蔽,而城中的居民再没有淡水可以吃。高太后一直非常支持苏轼,她立马批准并且拨钱与他。苏轼和工人费时4个月,将西湖的杂草、淤泥清理干净。为了让西湖不再杂草丛生,苏轼让居民在西湖种菱角,从而发挥了西湖的实用价值。

——筑造苏堤。但是这么多的草和淤泥要运到哪里去?苏轼想到了一个办法,他把这些水草和淤泥用于在湖面筑一道长堤,这样既解决了垃圾的问题,又缩短了湖岸南北之间的距离,更留给后世一道杨柳莺莺、风景如画的苏堤。后来苏轼的政敌还因为此事弹劾他,说他为了观赏美景,劳民伤财。

——兴建三潭印月。准确地说,如今的"三潭印月"并非苏轼修建的,却是因他而起。当年苏轼让居民在西湖种菱角,划分了一些区域,有些地方可以种,有些地方不能种。苏轼在西湖里修了三个石塔,塔以内的区域不能被菱角侵占,因为种菱角会形成淤泥,淤泥会再次阻塞西湖。明代一位县令仿苏轼把西湖的淤泥捞出来筑了一个环形堤,专门用来放生,又在湖中原苏轼建塔的附近重新建了三个石塔。这就是"三潭印月"。

——赈济灾民。苏轼来杭州的第一年,收成不好,米价开始猛涨。苏轼颇有远见地筹米存放在仓库,以抑制米价或应付荒年。第二年5月份,暴雨开始倾泻,并且没有停止的意思。苏轼到处买米,并且写信奏请朝廷拨米给杭州,还请求朝廷同意他们用绸缎来代替大米完成每年的进贡。

苏轼深信一分预防胜过十分救济,所以他不停地呼吁买米、存米,甚至七次上表朝廷请求拨款。朝廷款是拨下来了,只是在下方官僚执行的过程中,被层层盘剥。苏轼痛心疾首、忧思甚重,他曾写信给好朋友倾诉:"谁可以帮帮我?"

——建医院。苏轼在杭州当太守时,会把一些药方贴出来,让老百姓用。他吩咐搭建粥篷,为穷苦的病人煮粥,还派医生一个坊一个坊地跑,给人治病,还给无钱治病的人免费熬药。后来他在众安桥那里建了一个医院,名字叫"安乐坊"。安乐坊是中国最早的公立医院。3年之内治疗了一千多个病人。他还亲自主持配制了"圣散子"这味药方,价格便宜,疗效显著,救了不少传染病人。后世也用于临床。

爱民如子,视民如伤。

苏轼在任时,经常会帮助老百姓做一些实事。有一次,有人控告一个卖扇子的欠钱不还。苏轼让几个人带回来询问。卖扇子的诉苦说:"不是我不还钱,是我真的还不起,今年老下雨,人们不需要扇子,我的扇子都卖不出去呀!"

苏轼让卖扇子的给他拿一些扇子过来,提起笔就在扇子上题字作画,花了一个小时,画了20把扇子,然后丢给卖扇子的:"拿去卖吧!"卖扇子的还没走出官衙,已经被闻讯赶来买扇子的人抢购一空了。

十、担当

苏轼一生,不是被贬官,就是奔走在被贬官的路上。他在

《自题金山画像》中自我品评：

心似已灰之木，身如不系之舟。

问汝平生功业，黄州惠州儋州。

苏轼写过一首《咏桧》诗："凛然相对敢相欺？直干凌空未要奇。根到九泉无曲处，世间惟有蛰龙知。"有人到皇帝那里告状，说这是暗喻皇帝昏庸，皇帝分明是真龙，他到地下求真龙，这不是谋逆吗？好在神宗还很明白，说这分明写的就是桧树，跟我有什么关系呢？此事最终不了了之。

每次，他写一首诗、一阕词，世间争相传诵，同时也有人争相注解，总有人想从里面看出他的皮里阳秋、暗度陈仓、皮笑肉不笑的反动言论。

他到底会做官吗？如果按照官场规则来看，我认为他不会，但是如果说他爱民如子，造福一方来说，我认为他是一个好官。

不能否认，苏轼是我们今天所称的"高智商"天才。他是北宋时期（960—1127年）的中国历史中最为杰出的"学者型官员"之一。在北宋，知识被视为权力的关键，成功和威信往往通过高级职务得以实现。根据我们的考证，他在20岁的时候在当时京城开封参加了最难的考试（即举人考试），由皇帝亲自监考。随后,苏东坡在全部四百名举人中名列第二。

然而,他的"低情商"却让他的一生注定不识时务、不懂世故。他的一生,可以说是在两个极端里往复,飞黄腾达和倒霉透顶。飞黄腾达、倒霉透顶,是苏轼人生的两极。在这两个极端里,他的气质、性格、才华、禀赋展现得淋漓尽致。

先说他飞黄腾达的时候。

苏东坡曾在密州当知府。知府乃一州之长,是可以直接进入朝廷当宰相的大官。但密州是穷乡僻壤,苏轼到这里工资就减少一半,家里粮食也不够吃,每年还要做四件事:消灭蝗虫,赈灾救灾,捉拿盗匪,绕城拾婴。"绕城拾婴",就是每天带着衙役在城里走一圈,把穷人家丢在路边的婴儿拾回来,搁在衙门里养着。他为此颁布一条政令:凡愿意领养弃婴的人家,可以免除三年赋税。这是在密州当知府,和百姓患难与共、休戚相关的苏轼!

徐州,本是繁华之地。可苏轼运气不好。他到这里当知府,就遇着黄河缺堤,水困徐州,满城百姓仓皇出逃。眼看徐州人的房屋、产业将被大水冲刷,等他们回来时,都将是一无所有的乞丐了。苏轼当即表示:愿与徐州共存亡。他动员百姓留下,和自己一起抗洪。他每天身披蓑衣、手执铁铲,和青壮年男子一起开河道引水,筑河堤挡水。洪水围困徐州,整整三个多月。三个多月里,苏轼没有一天离开过抗洪工地。最终,徐州秋毫无损地度过了百年不遇的水灾。这是在巨大灾难面前,甘与百姓共生死的苏轼!

苏东坡还在定州当过知府。定州乃北宋的边陲重地。苏东坡在这里整顿军务、组织民兵、加固城墙、重铸大炮,像一个地道的军事家,建起了一道抵抗外敌入侵的防线。

湖州,是个水患连年之地。苏轼到这里当知府仅仅四个月,就准备好了治水方案。但这时,朝廷却派人来逮捕他。苏轼得到消息后抢在被捕之前,把治水工程布置下去。这时的苏轼,是个大难当头首先想到百姓利益的苏轼!

以上时期,苏轼在各州当行政一把手,有时还兼任各路兵马钤辖,也就是军区司令,手握军政大权。这些时候,都是苏轼飞黄腾达的时候。他不仅做到了自身的清正廉明,还做到了"为官一任,造福一方"。

从两千多年前的春秋战国时期,中国就有一句流传至今的经典名言,那就是:"穷则独善其身,达则兼济天下。"

所谓"达",指的是仕途顺利、手中有权,或者说生意兴隆、手中有钱,或者说声名卓著、具有影响力。有权、有钱、有名,人处于顺境,就是"发达了"。中国传统文化要求"发达"的人要"兼善天下"。就是说,当你的处境改善了,就要尽你所能,让别人、让社会、让国家民族的情况也有所改善。

"达则兼济天下",是中国人的传统美德。不仅掌权者应该"兼济天下",每个具有某种条件的"达人"都应该根据自己的能力"兼济天下"。苏轼,不仅"达则兼济天下",在他最穷困潦倒、穷途末路的时候,他依然不忘"兼济天下"。

苏轼在黄州当农民,不仅要耕田种地养活自己一家,还成立了"育儿会",也就是"孤儿院"。因黄州贫瘠,百姓穷苦,一家养活两个孩子都很困难。倘若还有第三、第四个孩子出生,这家人就会把婴儿溺死。面对这样的残忍,苏轼带头出钱又向人募捐,让有钱人每家每年捐出一千钱作为会费,成立了中国历史上第一家"孤儿院",挽救了许多小生命。

苏轼被流放惠州,因其声名卓著而具有影响力。于是他设法把闹水患的沼泽地改造为西湖,又在湖上架起两座桥以方便人们往来。他还帮助当地改革纳税制度,以有利百姓。又教会农民使用新农具"秧马"种稻,以减轻辛苦、提高效率。苏轼还帮助当地严肃军纪、安定民居,解决长期存在的军民纠纷。其间,苏轼去广州待了几天,就发明了中国历史上第一管"自来水":他用竹筒连接法,把罗浮山清泉引入城中,让广州人的饮水再也没有苦涩味。

苏轼62岁高龄时,被流放到海南儋州。这时他年老体衰,生活无着,语言不通,政敌们以为他必死无疑。可是,苏轼不但顽强地活了下来，还在瘟疫来袭时，说动当地开办医院。这是继杭州的官办医院"安乐坊"之后，经苏轼努力而创办的、面向百姓的、中国医疗史上的第二个官办医院。

当时的海南，是所谓的蛮夷之地，除了黎人，很少汉人踏足此地。然而，凭借自己的知识，苏轼在儋州讲学授课，传播中原文化，培养出海南岛历史上第一个进士——姜唐佐。

苏东坡在诗中写道：

沧海何曾断地脉，珠崖从此破天荒。

身为"流放犯"的苏轼，可谓"穷"到极点。但这时他不但能"独善其身"，还能够"兼济天下"。这样的苏轼，怎不让人着迷？

这位"学者型"官员表现出了实干和行动精神。在64年的人生中，苏轼经历了各种考验，他是诗人、词人、书法家、画家、音乐家、文学家，而且是美食家、生活家，他还是地方官、裁判官、工程师、水利专家、建筑师。

苏轼也是1000年之后我们认为的"有担当"的文学家。他的事业就是保障贫苦人民的利益。他表达了对平民、受苦的人以及由于欠债或者走私的在押人员的同情。他了解农民的艰难处境，了解蝗虫灾害，明白饥荒的威胁、国家垄断造成缺盐的现实。他主张延缓农民偿还债务的期限,并取得了成效。

无论身处何方,他总是保持自己的个性:有勇气、好交际,对他人仁慈、热情慷慨,冷静并且幽默,诙谐、庄重以及热爱生活和家人。他对每件事都很认真。不寻求晋升,并且尽量避免晋升。

苏东坡的诗有时候也是悲情的,特别是很巧妙地表达了对子女的爱、对妻子的爱或者对故乡的眷念。

苏东坡将其父亲埋葬在眉山之后,于1069年回到了开封。那个时候他32岁,刚好度过人生一半的光阴。此后他再也没有回过四川。随着年龄的增长和知名度的提高,他不断感叹家乡四川,想念眉山。

在西方人眼中,苏东坡是怎样的人呢?半个世纪以来,苏东坡的命运和作品在欧洲,特别是法国,激起了专家和"学识渊博的读者"的兴趣,他们将苏东坡视为不仅推动中国、更推动世界进步的思想家。

法国著名的汉学家成安妮(Anne Cheng)女士说,苏东坡体现了"文化和道义方面的人道精神",而这正是"极具批判精神并附有渊博学识的,不再是苛刻的评论家而更是对万物都好奇的智者"的文人所追求的精神。

还有一位法国作家、著名汉学家帕特里克·卡雷(Patrick Carré),他很喜欢苏东坡,他将苏东坡被流放到黄州时期这段经历写成小说,书名为《永垂不朽》。

正是因为这一点,苏东坡不仅是中国的,更是世界的。

结语

如果在古代的名人中选一个作为自己的朋友,我不会选择李白,他太自负;不会选择杜甫,他太凄苦。

我们还是把范围缩短,就在宋朝这300年里——

——我不会选赵匡胤,他纵然霸气十足,开一代江山,但是他以一己之私度天下,泯灭了一个民族的尚武精神。

——我不会选范仲淹,他廉洁、勤政、自律、博学多才,有人情味儿,终身为"和谐"这个崇高事业操劳,先天下之忧而忧,后天下之乐而乐。他慷慨悲昂的出征诗,直接为数十年后苏轼的"豪放"一脉指明了方向,连朱熹都评价他是"有史以来天地间第一流人物"。但是他所有的事业还在等待比他小42岁的苏轼继承和发扬。

——我不会选择王安石,尽管他刚正峭拔,擅辩论,擅演讲,擅游说,或许他的改革计划于朝廷有功,但是他一意孤行,刚愎自用,他排斥异己,不容异见,他是个无趣的人。

——我不会选择程颐、程颢,他们存天理、灭人欲,灭绝了基本人性,灭绝了自由精神,从此中华民族的人文主义精神在泥淖中跋涉。

——我不会选择黄庭坚,尽管他开创了江西诗派,他写诗讲究学杜、学韩,讲究"无一字无来处",可正是这些他试图以为成就他的东西,反而阻碍了他,让他生硬晦涩,甚无趣味。

——我不会选择辛弃疾。他一生抗金,满纸诗歌皆是满腔忠愤。他虽然寡言少语,但是为人为文,气势凌厉,一言不合就开始写。但是,只可惜他未逢其时,未得其主,纵然他把栏杆拍遍,纵然挑灯看剑,却依然守护不住大宋王朝的残山剩水,他的人生太多遗憾。

只选一人,我会选择苏轼。

评价历史人物,我们常常爱用一句话,他的缺点是他没有超越时代的局限性。但是,毫无疑问,苏东坡超越了他的时代,而且在千年之后的今天,我们仍然感觉得到他的超越、超迈、超拔。

下　卷

弗里达：不安的缪斯

墨西哥女画家弗里达·卡罗(Frida Kahlo)一生创作了大约两百件作品，它们构筑了其生活的世界，还原了墨西哥艰难的成长。作为一名坚定的共产主义者，她将自己的出生日期从1907年7月6日改为1910年7月7日——墨西哥革命爆发于那一年。这是她对自己的一个祝福。她就如同一只勇敢倔强的雄鹰，站在墨西哥的仙人掌上，带着一生的伤痛，带着满载的猎物，骄傲地俯瞰着周遭的一切……

我出生的那天

上帝病了

那一天,他病得很重

1928年的一天,秘鲁诗人巴列霍在巴黎街头流浪。他孤独,他寂寞,他苦闷,他悲凉,他忧郁,他潦倒。走投无路中,巴列霍写下这样的诗句,诅咒上帝,更诅咒被上帝抛弃的自己。

是的——这一天,上帝病了。

但是,绝望中的巴列霍也许并不知道,上帝病得最重的时候,还不是他出生的那一天。

艰难、凄惨却又执拗的生命

1907年7月6日,南美洲的阳光一如既往地热辣,病入膏肓的上帝送来了一个瘦小羸弱的婴孩,摄影师父亲威廉·卡罗是匈牙利裔犹太人,母亲玛蒂尔德·卡尔德隆则兼有西班牙与印第安血统。墨西哥城南部的一个古老居民区——科伊奥坎街区,弗里达·卡罗出生在一幢墨西哥风情的蓝房子里。从外表看,这幢位于德雷斯街和艾伦德街交叉处的房子与科伊奥坎街区的其他房屋没有任何区别。47年后,她在这座蓝房子里结束了苦难却丰沛的一生。

在后来的各种叙述中,弗里达·卡罗将她的出生日期修改为1910年7月7日——这一年,墨西哥革命爆发,大街上充满了流血和战乱。这是她一生中对自己说过的无数假话之一,她认为,自己与当代墨西哥一起诞生。也许,她的出生就是一个最大的谎言,有谁知道?

故事就从这里开始了。这个女人卑微而骄傲、狼狈又庄重的一生,从此被照亮。

然而,很少有人能像弗里达这样,只要她出现,我们的心便不知不觉被吸引。她像一颗不灭的星星,让太阳的光芒也变得黯淡。在弗里达用南美风情和政治暗喻铺设的迷宫里,我们心甘情愿地迷失、迷醉,与她一起跋涉,一起歌唱,一起在云端俯瞰大地,一起在泥泞里挣扎,哪怕沉向万劫不复。一个多世纪前的阳光穿越时间的迷障,更加光明朗照,洞天彻地。一个多世纪前的故事抖搂了岁月的尘埃,更加骨骼清丽,楚楚动人。

没有人的生命比她更艰难。6岁时,弗里达得了脊髓灰质炎,致使右腿萎缩。18岁那年,弗里达遭遇一起严重的车祸,这造成了她脊柱、锁骨和两根肋骨断裂,盆骨破碎,右腿十一处骨折,整个脚掌粉碎性骨折。此外,她的肩膀脱臼,右脚脱臼、粉碎性骨折。一根钢扶手穿透了她的腹部,割开了子宫,从阴道穿出,使得她终生不能生育。此后一个月,弗里达不得不平卧,被固定在一个塑料的盒式装置中,很多时间都靠插管维系生命。弗里达的伤痛如影随形,伴随她一生,她必须依靠酒精、烟草、麻醉品来缓解肉体的疼痛,但是,她奇迹般地活了下来。

没有人比她的生命凄惨,也更执拗。车祸后不久,有整整一年的时间,弗里达躺在床上一动不能动,就穿着由皮革、石膏和钢丝做成的支撑脊椎的胸衣。为了打发被禁锢在床上过于无聊的日子,弗里达拿起了画笔,在固定身体的石膏上绘出一只又一只蝴蝶。未承想,这成为她终身的职业。

父亲为她买了笔和纸,母亲在她的床头安了一面镜子。她开始透过镜子观察自己,描绘自己,镜子里的自己就是她的整个世界。自此,弗里达着手于一系列历史上从未有过的艺术形式的创作,它们庄严地表现着女性真诚、现实、残忍、苦楚的品质。生命黯淡到极处时,她从自己的艺术创作中找到了安慰。在很多方面,她的美术作品是她在医疗过程中的个人痛苦和斗争的编年史。

20世纪二三十年代的欧洲,毕加索、马蒂斯、蒙克等一批画家已经确立了现代主义的地位,后现代主义、超现实主义也已兴起,正在酝酿一场革命。达利在巴塞罗那举办了第一次个展,康定斯基的《几个圆圈》已完成。与此同时,远在墨西哥的弗里达,也从身体的阵痛中恢复过来,完成了她人生中第一幅真正的作品——《自画像》。

孤独和无奈,天才和激情

弗里达有黑色的长发,两条浓密的长眉毛就像鸟儿的翅膀,下面是一对迷人的大眼睛。她娇小敏捷,热情四溢,喜欢华丽曳地的墨西哥传统服饰,佩戴名贵的宝石,这配上她那几乎连成一字的浓眉,成为她最著名的特征。

在这些洋溢着南美阳光一般的热烈叙事中,独具个性和色彩的墨西哥女画家弗里达·卡罗从一个世纪的光影中清晰地浮现出来。她固执地站在那里,对于兜头而来的黑暗,甚至连不屑的神情都不屑做出。

弗里达就那样执拗地站着,走着,躺着,跑着,甚至是活着,死着,华丽而颓败,贞洁而放荡,潇洒而倔强,澎湃着原始的生命力、震撼力,让人想起贾科梅蒂刻刀下那些破洞百出的雕塑,想起埃贡·席勒画笔下那些遍体鳞伤的面孔。弗里达,与其说她是一个世纪前一个偶然的存在,不如说她从来都是潜伏在我们心底的一个必然的回响。她从一个世纪前走来,风风火火地带着烟雨和尘土,变成了我们的一部分,又血淋淋地从我们的身体和灵魂中剥离出去,执拗地向未来而行。我们沿着她的暗示的指引,剖开了我们包裹着的心腹,放空了我们血管中的潺潺热血,敲击着我们铮铮作响的骨骼,召唤出那沉睡在我们旧梦中的真我。

这,是荒谬,更是残酷。

22岁的时候,弗里达嫁给了年长她20岁的墨西哥壁画家迭戈·里维拉,成为第三任里维拉夫人。很多人都不看好这段婚姻，他们却成为终身的情人和爱人。

弗里达纤小而热烈、刻薄而冲动，犹如马尔克斯小说中的人物；迭戈肥胖而奢侈、虚荣而多情，仿佛出自拉伯雷的作品。

此时，迭戈刚刚从法国回来，其作品正风靡欧美，是墨西哥壁画运动的三杰之一，而他却敏锐地在弗里达从未经过训练的稚嫩的画作中，看到了她与众不同的潜质和才气。他鼓励弗里达坚定地画下去："我画那些我在外面世界看到的东西。而你，只画内心的世界。这太棒了！"他却又不停地放纵自己，在感情上一次又一次地背叛和伤害她。他辩解道："何必在意呢？"没有人能够像他那样了解她："她的作品讽刺而柔和，像钢铁一样坚硬，像蝴蝶的翅膀一样自由，像微笑一样动人，悲惨得如同生活的苦难，我不相信还有别的女艺术家能够在作品中有这样深刻的阐述。"也没有人能够像他那样摧毁她。弗里达对迭戈说："我的生命中有两次大的灾难，一次是车祸，一次是你。而你，是最糟糕的。"

弗里达的绘画作品源于她的孤独和无奈，更源于她的天才和激情。她大部分作品描述的都是自己的故事，寂静中的自己，无聊中的自己，痛苦中的自己，画得最多的是自画像。结识迭戈之后，迭戈与她一起走进她的作品，她画出了她对他的爱和恨、他对她的爱慕和戕害。迭戈和弗里达的妹妹克里斯蒂娜陷入不伦之恋,弗里达痛不欲生,画下了她最血腥的一幅画《少少掐个几小下》,猩红的血溅到画框上,把画中的世界和我们连在一起,没有了里外。此后,弗里达剪去迭戈喜爱的长发,开始了纷繁复杂的性爱和恋情。

弗里达一生经历了大大小小32次手术和3次流产,最终因脚部感染而截肢,后瘫痪在床,依赖麻醉剂度过余生。"我不愿被埋葬,我躺着的时间够长了,烧掉我吧!"在极度的痛苦中,弗里达说。弗里达截肢后,迭戈为了更方便地照顾弗里达,回来与她复婚。

2002年,美国女导演朱丽·泰莫将弗里达的一生拍成电影《弗里达》。这部电影甫一亮相于威尼斯电影节,便惊艳了世界。超现实主义加荒诞主义的表现手法,使得影片充满了卓越的想象力和穿透力,影片的音乐、美工、服装与弗里达的绘画风格高度吻合,艳丽夺目,朴素醇厚。电影中有一个迭戈为与弗里达复婚而再次求婚的场景,令人难忘,这场充满了矛盾和冲突的戏,被朱丽·泰莫处理得克制而平静:

弗里达:你肉掉了。

迭戈:你脚趾掉了。

弗里达:你来是悼念我的脚趾的?

迭戈：你好吗？

弗里达：我都不想谈论这个，否则听起来糟糕透了。

迭戈：我……我来这里是为了向你求婚的。

弗里达：我不需要人来可怜，迭戈。

迭戈：我需要。

弗里达：我失去了一只脚的脚趾，我的脊梁没有用了，我的肾被感染，我抽烟，喝酒，说脏话，我不能生孩子，我没有钱，而且还欠医院很多钱……我还需要继续说？

迭戈：听上去就像一封推荐信。弗里达，我怀念我们在一起的日子，请嫁给我。

弗里达和迭戈既是爱人，也是同志、伙伴、朋友，他们是墨西哥国家文化财富这枚硬币的两面。两人复婚后，搬到了迭戈置办的新家。这是一个有趣的"家"，弗里达和迭戈分别住在一个院子里的两幢房子里，房子由一座天桥相连，隐喻了他们之间相互依赖又相互独立的奇特关系。

弗里达和迭戈都坚定地信仰共产主义，一生为了信仰而奋斗。纵使离婚的那一年，他们也没有真正分开，仍然彼此关心和帮助着对方。在弗里达死后，迭戈才意识到她的爱有多么强大，弗里达的葬礼那天，据朋友的形容，他"像灵魂被切割成两半"。

3年之后,迭戈追随弗里达而去。

墨西哥的雄鹰

弗里达一生创作了大约两百件作品,它们构筑了弗里达生活的世界,还原了墨西哥艰难的成长。

弗里达将自己的出生日期从1907年7月6日改为1910年7月7日——墨西哥革命爆发于那一年。这是她对世界的一个谎言,也是她对自己的一个祝福。

延续七年之久的墨西哥革命是现代墨西哥社会政治发展进程中的一个里程碑,它伴随着弗里达的成长。革命后的墨西哥逐渐形成的独特政治结构养育了墨西哥现代文明:在有组织的农民和工人团体支持下,革命制度党长期保持其政治优势,在总统竞选中一次又一次地战胜对手,直到控制国家政权——这是墨西哥现代化转型的滥觞。弗里达目睹了这个国家从混乱到有序、从战争到和平、从孱弱到富强,目睹了广袤的沙漠里如何长出一块又一块生命盎然的绿洲。

夜晚会过去

没有急切的思乡之情

> 我们的伤口是一曲探戈
>
> 我们的灵魂是流血的手风琴
>
> 今夜我们的心一直在一起

这首西班牙歌曲唱出了她喜忧参半的内心情感。

弗里达身后的宏大时代，也是她生活的寥廓世界。这个世界有着充沛的热量、重量、能量，它用自己的方式提醒弗里达她的渺小和残缺，然而，她却时时不甘地证明着她在这个自己无法主宰的世界里的强大和暴烈。

"墨西哥像一块被揉皱了的手帕。"

最早入侵墨西哥的西班牙征服者科尔特斯对这里分布广泛的陡坡地面做了这样一个形象的比喻。东濒墨西哥湾和加勒比海、西南临太平洋的墨西哥，拥有多种多样的自然条件和丰富多彩的历史文化。丰富的坡面地形，南北连接拉丁美洲和北美洲、东西濒临大西洋和太平洋的独特地理，为墨西哥文化的孕育提供了丰厚条件。

墨西哥人的祖先——太阳神和战神威济洛波特利曾经预言：雄鹰叼着一条长蛇站在仙人掌上的地方，就是莫西卡人的永久定居之地。按照神的预言，1325年，莫西卡人在特斯科科湖的小岛上建起了特诺奇蒂特兰，亦即今天的墨西哥城的前身。今天,墨西哥的国旗、国徽、货币上都绘有雄鹰叼着一条蛇屹立在仙人掌上的图案。

弗里达就如同一只勇敢倔强的雄鹰,站在墨西哥的仙人掌上,带着一生的伤痛和满载的猎物,骄傲地俯瞰着周遭的一切。

弗里达的画作中约有三分之一是自画像,她在日记中写道:"我画自己,因为我总是一个人独处,我是我自己最了解和熟悉的事物。"她那些饱受伤害和荼毒的自画像,如同一次次无声的哭泣。那些无头的、无脚的、撕裂的、流血的自画像中,她将一次次无声的哭泣转化为一个个戏剧化的形象,而她自己,则安静地站着,走着,躺着,跑着,甚至是活着,死着,默不作声却轰轰烈烈。

"生命万岁!"

这是1886年的巴黎,旧的世界将要逝去,19世纪正逼近它的最后一个十年。

春冰已泮,初春和暖的阳光仍旧那样温柔地照着,生命平静而有节奏地向前律动,一切如常。然而,平静的外表下好像有什么在萌芽,一寸一寸地生长。一群贫困潦倒的艺术家——塞尚、西涅克、修拉、凡·高、高更、马里内蒂、博乔尼……聚集在巴黎,狂热地试图为他们所执着的新的艺术表达方式寻找一条出路——建立共产主义者联盟,实现现代主义对古典主义的革命与颠覆。

这是1953年的墨西哥,旧的世界已经过去,20世纪正在走向成熟的后半叶。

春风如醉,酷热的阳光照耀着仙人掌丛生的荒漠,这是弗里达短暂一生中为数不多的春天了,生命平静而有节奏地向前律动,一切如常。弗里达刚刚做了一次骨头移植手术,但不幸的是,移植的骨头发生病变,所以得再做手术取出来。一些朋友正在谋划为弗里达组织画展,这是弗里达在自己国家举办的第一次个人展,对饱受病痛折磨的画家来说,这是一个巨大的胜利。弗里达躺在她的四柱床上,被抬进了展厅——既然医生限制她在床的范围内活动,那么就让床也成为她身体的一部分吧!

半个多世纪前,以巴黎为轴心,现代艺术正在开启它的革命时代。半个多世纪后,在遥远的墨西哥,一个伤痕累累的盛装女人带着刀光剑影的诡谲和荡气回肠的决绝为它画上了一个完美的休止符。

现代派艺术缘于现代科技两个轴向的突飞猛进:空间和时间。

1889年,埃菲尔铁塔拔地而起,它是当时地球上最高的人造物体——高1063英尺,它使得人们感官的视点发生变化,重要的不是从地面仰视高空,而是从高空俯视地面,立体的事物变得扁平,高度消泯了空间。古巴比伦人未建成的巴别塔在这里建成了。于是,埃菲尔铁塔在一夜之间成为巴黎的象征,并且宣告"这个光辉的城市"成为现代主义的首都。

1907年,作为对未来最奇迹的征兆,汽车以一种奇怪的笨拙方式进入艺术,这是为了纪念第一次世界汽车大赛,赛程从巴黎到波尔多,获胜的那辆汽车——潘哈德—列瓦赛尔5号的复制品被竖立起来。尽管这部车的速度与蛤蟆跳的速度相差无几,但在艺术家眼里,"一辆如炮弹般风驰电掣的汽车比沙摩特拉克的女神更美",这是人类第一件以机器为对象的雕塑品。

现代艺术就此开始——在空间中占领高度,在时间中占领速度。这是以前的人们所无法体会到的感受。时间到空间,已经不是传统意义上物质的存在方式,而是现代科技所带来的人们探知世界的两个新的触角,从这里开始,现代主义艺术诸先锋流派创造了他们最早的神话。

然而,就在欧洲现代派艺术引吭高歌的时候,在墨西哥一座普通的蓝房子里,弗里达用她稚嫩、没有经过系统训练的画笔攀上了人类艺术在空间和时间两个轴向上的高峰。

巴黎,以它特有的宽容和见识冷冷地注视着她。要那些已经习惯于用古典主义方式来审视美的眼睛真正理解和接受这个行为诡异、画风乖戾的女人也还需要一段时间。从一出生开始,他们就看惯了那种阴暗沉闷的绘画,生活中一切激动人心的感情和笔触在画面上都被转为柔和平缓的曲线,感情是冷漠的、旁观的,画面上的每一处细节都被描绘得精确而完美,平涂的颜色相互交接在一起。

而现在,挂在墙上的那令他们步履蹒跚的绘画,是他们从未见过的。平涂的、薄薄的表面没有了,情感上的冷漠不见了,欧洲几个世纪以来使绘画浸泡在里面的那种褐色肉汁也荡然无存。弗里达大胆地画出她对生命的无上崇拜、对现实的无上热情、对世界梦幻般的印象和追逐。她将光、空气、土地的内敛、植物的根须、生命的律动糅进她的作品中。弗里达无声地宣告:新的纪元开始了!

她的画传承了纯正质朴的印第安文化血统,发挥了墨西哥民族独特的"生"与"死"的主题,将印第安神话与她的个人经历、墨西哥民族的历史和她个人的现实全部融进她那色彩斑斓的颜料中,形成了具有神话和魔幻特质的风格。用她的画笔,弗里达谦卑地与这个世界争辩,又骄傲地与这个世界和解,正是她画作中那不可能存在于文明社会的勇气和力量,令所有人为之动容,为之迷惑。

生命中的夜色愈加浓重,弗里达却愈加渴望光明。1954年6月,她的健康状况每况愈下,她预感到死神在逼近,要求人将她那张四柱床从卧室的角落搬到过道,想多感受明媚的夏天,多看看外面的世界,多听听命运的脚步。一个月后,弗里达最后一次出现在公共场所,是在参加反对美国干预危地马拉的游行活动上。此后不久,她睡着了,再也没有醒来。

弗里达在最后的日记上写着:"我希望死是令人愉快的,而且我希望永不再来。"她最后的作品是一幅色彩浓艳的西瓜,切开的西瓜熟透香甜,其中一片上写着大大的几个字:"生命万岁!"

她是燃烧的火焰,在幽暗夜空中冉冉升起;她是飞翔的小鸟,在夜里能抓住光芒。

她就是地狱,她就是天堂。

"蓝骑士"

——康定斯基在公元 1917 年

　　色彩是琴上的黑白键,眼睛是打键的锤,心灵是一架具有许多琴键的钢琴。

——康定斯基

　　与 18 世纪、19 世纪不同,20 世纪的艺术史支离破碎。在这漫长的 100 年里,有很多个值得我们记住的年份,这些特殊的年份都有相应的伟大作品存世。尽管再没有出现那些旗帜鲜明的流派和连贯的时间线索,但是这个世纪所独具的诡谲气质,却令后世的探险者们兴奋不已。

　　好吧!就让我们举起理智的手术刀,在岁月残腐的躯体上,一点一点地探寻,一丝一丝地抽离,选取一个与伟大作品相携而生的年份,作为我们的样本。

　　这一年,是公元 1917 年,一个世纪之前的今天。刚刚过去的一年,50 岁的俄罗斯抽象主义画家瓦西里·康定斯基创作了数幅以莫斯科为主题的油画,它们写实、具象、朴素、笨拙,充满了忧愤哀伤的蓝灰色调。而这一年,康定斯基完成了与以前画风迥然不同的《即兴挥毫,第29号》,这幅作品几乎完全是自由的,非几何形的流畅笔触充满了画布的每一个角落。

1919年,康定斯基将他的风格挥洒到他著名的作品《灰色,第222号》中,完全自由的非几何形被发挥到极致。由此开始,他一发不可收拾。1920年,康定斯基创作了《白线,第232号》,边缘轮廓分明的弯曲毫无节制地驾驭着画面剩余地带的规则直线,曲线和直线在色彩背后角逐,色彩因形状而纠结。1923年,康定斯基的风格再一次转变,他创作了《强调的是角,第247号》,弯曲的表达几乎不见了,一切便被有规则的坚硬轮廓所取代。

色块、色彩、色调,曲线、直线、折线——一个世纪之后,我们似乎从这些梦一般浮在画布之上的元素中,找到了那个时代的隐喻。

一

在现代主义者看来,这种自然主义和现实主义的原则——不带偏见和倾向性地反映自然的本来面目——倘若不是无意义的空想,便是一种不可能的存在。高更和凡·高更喜欢凭直觉

和情感来创作,野兽派画家马蒂斯在1908年的《一个画家的笔记》中写下了一段著名的话:

> 色调激励人的调和,能够引导我改变人物的形状,或者改变我的构思。我向着取得构图中所有部分和谐的目标不断努力,直到达到为止。然后,所有部分在一瞬间找到了它们固定的联系,接着,倘若不是必须完全重画的话,要我在画面上多添一笔都是不可能的。

这种态度意味着对现实主义的全面抛弃,因为它把对构图的审美要求置于对再现的语义要求之上。艺术作品成为一种新的、独立的现实。这表现在高更对欧洲文明的排斥和对动人心绪的形式及色彩所蕴含的排他性质的赞美中;恩索尔突然背弃了精致的绘画,转向一种表现惊人主题的故作惊人之态的技巧;蒙克运用幻想形象,把他个人的苦痛赋予公开的形式;凡·高狂热而有节制地对自然加以变形并强化夸张自然的色彩以创造一种表达力强大的艺术;罗丹通过形象的表面和紧张的动态有力地表现感情……自我,而不是自然,成为实验和表现的对象。艺术的美成为隐蔽的、源于心灵的,在绝对的意义上是失真的。不难想象一眼就被看透了本质的作品,它呆板的可视性妨碍了美感的传达,当我们提起两个世纪以前的乔凡尼·安东尼奥·克雷莱托那幅惟妙惟肖的《威尼斯》时,更多的人绝不是以一种欣赏的口气来谈论它。虽然这幅画里体现了克雷莱托完美的透视法技巧,他对色彩和气氛的良好感觉和对威尼斯地形精确而虔诚的观察。当克雷莱托用他无与伦比的绘画功底和技巧把观察者排斥在想象之外时,他也把美推了出去——他的画面太真实、太包罗无遗了,已容不得人们的一丁点曲解,这就是该画失去意义的原因。

在与克雷莱托相反的轨道上,一些艺术家正试图通过种种非造作的、不完善而即兴的、信笔涂鸦的方式体会心灵世界的内涵和价值,体会生活本真的暗示。"作为青年,我们担负着未来,"表现主义画家恩斯特·路德维希·基希纳在1925年写的宣言中说,"我们想要为自己创造生活的自由,发起反对长期盘踞的老资格势力的运动。所有真实的、真率地显露自己的创造冲动的人都是我们的人。"这些新艺术家试图通过解释人们的感情对线条、色彩和形式如何作出反应,而不是根据它可能与某物相似或它可能传递的世界其他地方的任何语义信息去评价艺术,这种转变的根据和诱因来自很多方面——来自陀思妥耶夫斯基书中所把握的那个痛苦的变态的情感世界,来自易卜生和斯特林堡戏剧夸张的手法和内容,来自尼采没有上帝的世界的那残酷的光明影像以及他立论的挑战性措辞——"要成创造者的,必先是毁灭者,破坏一切价值"——来自 19 世纪的,特别是神智学及鲁道夫·斯泰纳的神秘主义运动。

作为一种现代的否定,这种传达心灵的表现方式是一团伟大的发酵剂,它使自它以后近一个世纪的艺术史都处于运动之中。这种革命不仅仅是在驾驭文字和艺术方面,而且在想象、情感、趣味和思想方面都意味深长,它包含和凝聚为一种感情、一种道德、一种政治、一种衣着方式、一种爱的方式、一种生与死的方式。在这种精神束缚的缓缓释放过程中,艺术选择自己作了这个时代的人性记录,更重要的是,它包含着一个秘密,把被冻结的多愁善感的多余的感情一一化解。

在弗洛伊德出生以前,人们业已满足于用这种理性的秘密固执地维持着他们的生存。在尼采、柏格森、弗洛伊德的唯意志论、自我中心论的反理性哲学和心理学,在弗兰兹·卡夫卡的小说和尤金·奥尼尔的戏剧和勋伯格及他的学生贝尔格的音乐,特别是高更、凡·高、蒙克甚至以后的康定斯基的绘画中,自我得到了前所未有的、神经质般的张扬,主体对世界的感情和感觉被扩张到一个相对广大、予人以强烈震惊的空间内。

焦虑,成为这一时期和这一线索的主题。拯救的艰难与延搁是不言自明的,焦虑正源于主体的这种自救和被压制的紧张关系,这种紧张关系在高更的《我们从哪里来？我们是谁？我们向何处去?》、凡·高的《星月夜》、蒙克的《呐喊》中,通过作者异常、变态、打破正常语序和逻辑的思维,以一种疯狂的病态形式被表现出来,这样,艺术的重心就从外界转移到自身:

美不是艺术的对象,而是艺术自身的肌肤和骨肉,是艺术自身的存在。

二

在写实主义的废墟上,致力建设一个新城市的另一个劳作者是瓦西里·康定斯基。

1896年,三十而立的民俗学博士、法律系教授瓦西里·康定斯基为了学习艺术只身来到了德国的慕尼黑。在这里,他一下子就被弥漫在这个城市的新艺术运动的气氛迷惑。4年后,康定斯基从慕尼黑美术学院毕业,成了职业画家。1903年,他开始了欧洲及北非之行,并实地考察了各国现代艺术运动的发展状况。1908年,康定斯基决定定居慕尼黑,并开始了他的职业艺术生涯。

花费了将近20年的时间,康定斯基将俄罗斯在抽象和构成方面的探索传播到德国,以及以欧洲为中心的西方世界。1911

年—1914年,康定斯基同一群志趣相投的朋友合编了一本书,他们将这本书的名字定为《蓝骑士》。从此,"蓝骑士"成为这个由众多艺术家组成的松散团体的代名词。1914年,康定斯基从硝烟弥漫的德国逃回俄罗斯,在俄国至上主义和构成主义的影响下,他的绘画逐渐从自由抽象转向一种抽象的形式。

正是康定斯基,彻底完成了对一个主题的告别,这个主题在19世纪中叶甚至20世纪是鉴别艺术家的唯一标准。康定斯基以其大量的绘画作品、理论著述和天才的悟性成为持续了近半个世纪的抽象绘画的先知和先驱之一,尽管他后来从亨利·卢梭的原始派绘画中看到了写实艺术和抽象艺术的并行不悖和新写实艺术的崛起,他一生孜孜以求的仍是如何把对纯形式的意义的思索转变成一个可以言说的语言体系。康定斯基的非具象绘画大约从1910年他创作第一幅抽象水彩画《构图七号》算起,同年,他写了《论艺术里的精神》,表明他的思想已完全超出了绘画的范畴。在这本书中,他提出了他对艺术本质进行反思,特别是对非传统抽象本质进行反思后得出的结论。他针对非传统担负的作用所提出的反映基本宇宙规律和超感觉现实的结构的观点,成为后来的构成主义的理论基础和证明。

康定斯基是很晚才开始画画的,他年轻时一直学习法律和政治经济学。1889年,他参加一个人类学远征队去俄国东北郊伏路达地区进行考察,以取得该地区正在迅速解体的斯利亚部落的刑事法和宗教习俗的第一手资料。根据当地的风俗,斯利亚部落的居民必须将脸和头发染成黄色和绿色,穿颜色鲜艳的服饰,并且用各种斑斓的色彩装饰住宅和周围环境,这引起了康定斯基极大的好奇心。1895年,莫斯科举行首届法国印象派画展,其中,莫奈的《干草堆》触发了他的艺术感知:

我突然看到一幅前所未有的绘画,它的标题写着:《干草堆》。然而我却无法辨认出那是干草堆……我感到这幅画所描绘的宏观物象是不存在的。但是,我怀着惊讶和复杂的心情认为:这幅画不但紧紧抓住了你,而且给了你一种不可磨灭的印象……这种色彩经过调和而产生的不可预料的力量使我百思不得其解。绘画突然有这样一种神奇的力量和光辉。不知不觉地,我开始怀疑宏观对象是否应当成为绘画所必不可少的因素。

很少有人提到康定斯基的近视眼和他的精神疾病,然而正是这两者使他易于把远处的东西看成是轮廓不清而色彩鲜明的斑块。他的绘画还与他从孩提时代起就对色彩的情感联系的不同寻常的敏感有关,这使他有力地发展了联觉和把特殊色彩与气味同乐声联系起来的天赋。这些不同的感觉各有各的特点，在他的记忆深处留下了生动长久的印象，因此，他发现，要在绘画中再现深深地打动他的色彩是不可能的，必须通过一种直觉的跳跃，而不是逻辑思维得出结论，即艺术与自然是两个分离的"世界"，有着不同的原则和目标。康定斯基合乎逻辑地相信艺术的"独立存在"，相信一件艺术品成功或失败靠的是固有的审美原则，而不是依照它是否与外在的世界相似。

色彩和构图，尤其是颜料色彩，构成了画面的终结。康定斯基在一段几年后记起的对日落前的莫斯科的描绘的回忆中表现了他的这种思路：

粉红的、淡紫的、黄的、白的、蓝的、淡黄绿的、火焰般的房屋、教堂——每一幢都是一支独自的歌，光秃树枝的小快板，红的、挺立的克林姆林宫墙和天空的静默，高耸着像在唱着胜利的歌，像忘掉自我韵欢呼，长长的、白色的伊凡大帝钟塔精细的线条。它的颈部高高伸出，挺立似的向往天堂，圆形的金色顶端，像莫斯科的太阳处在其圆屋顶的金色和彩色星星中间。我想，要画下这些是最不可能的，却也只是艺术家最大的快乐。这些印象……是一种愉悦，它震撼了我整个心灵，也使我出神入迷。同时它们又是一种折磨，因为我感到,一般的艺术和我个人的力量在自然面前是多么苍白无力。

许多年过去了,我通过感觉和思考才找到一个简单的答案:自然和艺术的目的(因而也就有方式)本质上有机地,而且按普遍真理,是互不相同的——它们同样的伟大,同样的有力。这一答案如今是我创作的指南,同时又是那么简单自然,消除了徒劳工作的不必要的痛苦。

这徒劳的工作是我在内心为自己规定下的,尽管它不可达到;它消除了这一痛苦,由此而来的结果是我在自然和艺术中的快感达到了不可遏止的高度。

艺术世界是一个独立的世界。康定斯基对此的理解源于他对颜料的色彩和特性的强烈感受,这使得他以后的作品中,鲜亮的色彩和奔放的笔触更加明确地越来越少依赖于主题的可能性。非具象的暗示、画面的无主题的整体表现以及使用半即兴技巧成为绘画的重点:

手指的一种压力和兴高采烈的、欢愉的、沉思的、梦幻般的、自我沉醉的、带着浑沉的严肃的、抑制不住的恶作剧的、解脱的感叹,与悲哀强烈的共鸣,不驯的力量和反抗,驯服的轻柔和奉献,固执的自我控制,敏感性,平衡的不稳定性,它们接踵而来,我们把这些独立的存在物叫作色彩,每一种都独自存在,具有为更进一步的独立所必需的物质,随时愿意服从新的组合,在其中混合,创造出无穷无尽的新世界……

因此,对调色板上的色彩的这些感觉……成了心灵的体验。

因此,对我来说,艺术的世界越来越远离自然的世界,直到我能完全体验这两个独立的不同……

因而我最后走进了艺术的世界,它与自然、科学、政治等形式的领域相似,但同时又是自己的世界,有适合于它自身的法则,并与其他世界一道组成一个我们只能模糊认出的大世界。

康定斯基一再证明艺术的表现和构成是首要的,远比作品的内容更为重要,他甚至把再现事物看成是一个干扰,应该予以消除,以便扩大绘画形式所固有的表现性特质,虽然他并没有明确地贬低再现性事物。从一名艺术家和一名观赏者的角度,康定斯基把一件艺术品的优劣分为内在因素和外在因素。他更认可内在的因素,即感情方面或表现性的内容,把它说成是"在观赏者心中激起相似情感"的"艺术家心灵深处的情感"。纯粹的艺术家只寻求表达"内在的和根本的"感情,而忽视表面的和偶然的感情。艺术家应该目光深邃,洞穿事物的本质,在艺术随着时间的推移而逐渐成熟的同时,艺术家应该试图表现"更精细的情感,但至今未被提上日程"。最后的目标是"只有艺术才能构成的本体,以及只有艺术才能通过适合自己的表现方式清晰地表达出来的本体"。正是这种独特的、内在于作品的表现方式,才是联系各个时代的真正艺术的共同因素。艺术发展的过程在于它的精髓与时代的风格和个性的分离,艺术家应该永远不依附于时代。这样的艺术和艺术家——他说——才能获得"永恒"。

三

康定斯基的观点,无疑明显地反映着他那个时代的观念和主张:他的俄国血统和东正教背景使他醉心于神通学,极力强调内省、直觉和潜意识对于理解和造就新艺术的重要性,这从他的作品中可以清楚地看到,他把俄国女神通学家勃拉瓦茨基夫人迎合群众趣味的唯灵论,原原本本地应用到他的艺术中去了。他在巴黎居住期间,受到了多种多样的创造性影响,其中包括法国哲学家亨利·柏格森。

在科学技术发展面前,他选择了与未来主义和构成主义相反的道路,离开物质世界,或者至少通过把艺术归于精神世界之内而调整了由于全世界一起强调物质进步而导致的不平衡。这些是康定斯基的艺术观的哲学盔甲。

康定斯基的观点还受到了德国美学家威廉·沃林格的启发。后者对当时直到以后的艺术和艺术史的影响都是巨大的。赫尔伯特·里德曾评价说:"他给予德国人所渴求的东西——从美学上和历史上论证一种不同于古典主义的、不受巴黎和地中海传统影响的艺术。"沃林格1907年提出并于1908年发表博士论文《抽象与移情:对艺术风格的心理学研究》。在这部书中,沃林格针对当时流行的"移情说",从艺术史的角度论证了艺术表现的本质不是简单的物质感受或自然模仿,而是出于某种心理上的"需要",这种"需要"是人类内在的应世观物的"世界感"的结果,而这正是艺术的绝对目的。他非常赞成黑格尔在艺术史研究中引入的"艺术意志"这个概念:

艺术意志是所有艺术现象中最深层最内在的本质。一个人具有什么样的"艺术意志",他就会去从事怎么样的艺术活动。一切艺术现象最终都由"艺术意志"得到解释。每部艺术作品就其内在的本质来看,都只是"艺术意志"的宏观化,"艺术意志"外化的形式意志。真正的艺术在任何时候都满足了一种深层的心理需要,而且艺术作品赖以获得美的特质的愉悦价值在于它满足了那种心理需要。

艺术的绝对目的是一种作为艺术本质的形而上的实在:不以现实目的和形式为限,但仍然是一切艺术品的内在本质。一切艺术品都可以被视为它们的客观化;反之,一切艺术品都源于某种抽象的、普遍的概念。

抽象冲动的艺术由此表现出两个明显的特征。第一,抑制对空间的表现,以平面表现为主。具体说,抽象冲动就是要回避对三维物体、对有深度感物体的表现。因为平面表现给观赏者以一种安定意识,而空间则依然使人处于尘世的关联中。第二,抑制具象的物体,以结晶质的几何线形式为主。因为抽象的线条消除了与生命相关以及生命所依赖事物的最后残余。

康定斯基认为:只有这种"内在需要",才会产生"内在意义"和"内在共鸣",才会产生"精神上的震动"。在提到这种"内在需要"时,康定斯基的态度是不坚定的:一方面,艺术品应该是艺术家个性的真实表现,就像打上了他的那个时代的烙印;另一方面,艺术品同时也是艺术的永恒的"精髓"。那么艺术品就应该既是主观的又是客观的。在主观方面,康定斯基坚持认为,一件艺术品应该是直觉地构成的,以对其要素的感性和表现性特征的充分了解为基础,而不是靠逻辑创造出来的;它也应该是自然而然的,而不是靠既定的惯例。在客观方面,他又似乎相信,一个真正的审美构图应符合宇宙规律,对这样构成的艺术品的欣赏把艺术家和欣赏者直接地带进比外观世界更根本的现实的认识关系中。

在这里,他更倾向于前者,即艺术的视觉因素与人类内心生活的直接关系。与毕加索不同,康定斯基是艺术领域的一代摧毁者,也是一代建设者。毕加索声称"摧毁家的艺术"之后,他和布拉克与整代分离主义者、后继者留下的不仅是色彩和韵律的融合,还有破碎的残迹。康定斯基则使用着他自己制定的艺术法则和视觉逻辑,重申艺术自身的完整统一,他进行这种艺术探索的目的,是要赋予美以新的特性——一种更稳定、更丰富、更自由的一致性。

康定斯基用他的创作完成着他的理论的证明。他早期的创作受野兽主义的影响,倾向于使用平涂色块,色彩从描述中分离出来,画面中的各种物体的重量仿佛被色彩的活力拨了簧似的,充满了古怪的膨胀和异常的喧闹。1909年,康定斯基在《穆尔诺附近有火车头的风景》里描画了一个色彩绚丽的、有点像玩具的、似梦的幸福世界,这是这个时期常常出现在他的作品中的世界对象,这种天真的浪漫主义幻景以斯拉夫神话故事中的往事的形式出现。

康定斯基在早期的著作和作品中表现了与象征主义者们一样的对联觉的兴趣,这是从一种感觉的反应到另一种感觉的反应的直接转移,"如果灵魂与肉体浑然一体,心理印象就很可能会通过联想产生一个相应的感觉反应……色彩能唤起一种相应的生理感觉。毫无疑问,这些感觉对心灵会发生强烈的作用"。对于诸种感觉之间的转换,现代主义画家欧仁·德拉克洛瓦就曾经有过论述:"众所周知,黄色、橙色和红色具有快乐和丰富的含义。"作为先后在慕尼黑和穆尔诺居住过的流浪者,康定斯基对"青年风格"运动中的神秘主义—浪漫主义潮流特别敏感,这使他对高度抽象的形式非常感兴趣。他的俄国流浪者的身份还使得他的背后有着一个抽象的极端程式化的传统,伴有严肃的精神含义和教训目的,这就是偶像的传统。这些使得他相信一种色彩的抽象语言是可能存在的,这种存在以他自己的异常强烈的视觉反应和极为鲜明逼真的记忆力为基础。

康定斯基认为色彩总可以分为两大类:暖的和冷的,鲜明的和暗淡的。每种颜色都具有四种基本色调:鲜明的暖和暗淡的暖,鲜明的冷和暗淡的冷。一般说来,暖色意味着接近黄色,冷色意味着接近蓝色。这种差异体现在一种水平运动中:暖色向观众逼近,而冷色却离开观众向后退缩。黄色是典型的大地色。它从来没有多大深度,如果人们持久注视着任何黄色的几何形状,它使人感到心烦意乱。它刺激、骚扰人们,显露出急躁粗鲁的本性。随着黄色的浓度加大,它的色调也愈加尖锐,犹如刺耳的喇叭声。当它掺入蓝色而偏向冷色时,就会产生一种病态的色调。如果用黄色来比喻人的心境,那么它所表现的也许还不是精神病的抑郁苦闷,而是狂躁状态。一个疯子总是毫无目的地到处袭击别人,直到他精疲力竭为止。黄色总能使我们回想耀眼的秋叶在夏末的阳光中与蓝天融为一色的那种灿烂景色。蓝色是典型的天空色,它给人的最强烈的印象就是宁静,蓝色常常代表深度——离开观众向后退缩,向它自身的中心收缩——色调愈深,距离感就愈强,它所引起的对远方的无限呼唤和对纯净和超脱的渴望就愈加强烈。当蓝色接近黑色时,它表现出了超脱人世的悲伤,沉浸在无比严肃庄重的情绪之中。蓝色越浅,它也就越淡漠,给人以遥远和淡雅的印象,宛如高高的蓝天。蓝色越淡,它的频率就越低,等到它变成白色时,振动就归于停止。

在音乐中,淡蓝色像是一支长笛,蓝色犹如一把大提琴,深蓝色好似倍大提琴,最深的蓝色可谓是一架教堂里的风琴。

黄色和蓝色的等量调和产生了绿色,这时两者的水平运动及向心和离心运动互相抵消,平静出现了。纯绿色是最平静的颜色,既无快乐,又无悲伤和激情。纯绿色中的黄色和蓝色,一旦突出了其中某一方,就会产生相应的运动变化,从而改变绿色中的内在感染力。绿色有着安宁和静止的特性,如果色调变淡,它便倾向于安宁;如果加深,它便倾向于静止。在音乐中,纯绿色被表现为平静的小提琴中音。

白色常被印象主义看成是"无色",它是一个世界的象征。在这个世界中,一切作为物质属性的颜色都消逝了,它那高远浩渺的结构难以打动我们的心灵。白色带来了巨大的沉寂,像一堵冰冷的、坚固和连绵不断的高墙。因此,白色对于我们的心理作用就像是一片毫无声息的静谧,如同音乐中倏然打断旋律的停顿。但白色并不是死亡的沉寂,而是一种孕育着希望的平静。白色的魅力犹如生命诞生之前的虚无和地球的冰河时期。

相比之下,黑色的基调是毫无希望的沉寂。在音乐中,它被表现为深沉的结束性停顿。在这以后继续的旋律,仿佛是另一个世界的诞生,因为这一乐章在这里已经结束。黑色像是余烬,犹如死亡的寂静。表面上黑色是色彩中最缺乏调子的颜色,它可以作为中性背景来清晰地衬托出其他颜色的细微变化。在这点上,它与白色不一样:任何颜色,只要与白色相调和,就会变得混浊不清,仅剩下一丝微弱的共鸣。

白色象征着快乐欢悦、纯洁无瑕;黑色则象征着悲哀和死亡。黑白混合产生的灰色,是沉默和静止的,因为它由两种惰性颜色合成,它的静止中根本不包含绿色中的那种潜在的活性。静止的灰色显示出一片荒凉、萧条。灰色愈暗,凄凉和沉闷的色调愈明显、愈浓重。当灰色被减淡一些时,它就像是恢复了生机,仿佛有了新的希望。绿色和红色的视觉混合产生了同样的灰色,它是消极和热情的精神融合体。

红色的无限温暖具有黄色的那种轻狂的感染力,但它表达了内在的坚定和有力的强度,它独自成熟地放射光芒,绝不盲目耗费自己的能量。红色总是带有物质性的痕迹,在特征和感染力上,鲜明温暖的红色和中黄色有某些类似,它给人以力量、活力、决心和胜利的印象,它像乐队中小号的音响,嘹亮、清脆,而且高昂。红色所表现出来的各种力量都非常强烈:红色给人以尖锐的感觉;棕色是中性颜色,缺乏运动,它与红色的混合物表面上只发出极具微弱的声音,但其内部回响着强有力的和声;朱红一旦经过很好的配置会发生长号所发出的那种声音或像鼓声所发出的那种轰响;冷红则随着活动因素的消失,其内在的光耀逐渐增加，在音乐中，与其对应的是大提琴热情洋溢的中音；偏冷而鲜艳的红色包含着明显的肉体和物质因素，但它总是单纯的，仿佛少女艳若桃李的脸庞，在音乐中，对应着悠扬动听的小提琴；暖红被黄色增强后就成了橙色，这一调和几乎使红色达到直冲向观众的程度；橙色是一位对自己的力量深信不疑的人，它的音调宛如祈祷的钟声，或者是深厚的女低音，或者是一把古老的小提琴所奏出的舒缓、宽广的声音。

如果说橙色是由于掺入了黄色而更接近人类的红色，那么紫色却是由于掺入了蓝色而与人类疏远的红色。偏紫的红色是冷色，因为精神需要是不允许暖红和冷蓝相互混合的。因此，紫色无论在精神意义还是感官性能上总是冷却了的红色，带有病态和衰败的性质，在音乐中，它相当于一支英国管或是一组木管乐器（如巴松管）的低沉音调。

色和形的分类是无穷尽的，其结合与影响也是无穷尽的，康定斯基认为，色彩是能直接对心灵发生影响的手段。"色彩是琴上的黑白键，眼睛是打键的锤，心灵是一架具有许多琴键的钢琴。"艺术家是手，他通过这一个或那一个琴键，把心灵带进颤动里去。

四

　　承认一门艺术有可能取代另一门艺术,不等于否定各门艺术之间的必然差别;相反,各种不同的艺术形式能取得相同的内在情致,每一门艺术又赋予这同一的内在情致以自己的特色,从而使它获得为任何单一的艺术所不能企及的丰富和力量。通过各种不同艺术的结合和冲突,有可能产生出深刻而有力的艺术形式。康定斯基果断地写道:

　　　　色彩的冲突,打破平衡的感觉,动摇不定的法则,出其不意的袭击,疑难的问题,徒劳的抗争,暴风骤雨,断裂的链条,对立和矛盾——所有这一切组成了我们今天的和谐。从这种和谐中产生出的作品是色彩和形式的混合物,它们各自有其独立的存在,但又融汇于共同的生命之中。这就是我们称之为内在需要的力量所创造的图画。

　　传统艺术源于自然,而从凡·高开始,艺术开始挣脱自然的束缚,艺术在模仿当中,把各种自然对象和事物作为心灵的符号加以运用,康定斯基将这种符号变成纯粹的象征符号,尽管在纯粹的精神基础之上的建设是一件缓慢的事情,但人的精神对美的本能的、内在的向往增生了艺术。现代灵魂艺术家的先驱之一梅特林克说:"世界上没有任何东西具有灵魂对美的那种兴趣和接受力。因此,几乎没有什么人能拒绝听从一个沉溺于美的灵魂指引。"康定斯基不是柏拉图主义者,不是用观念指导创作的,他相信是一种内在感情主宰着他的理论和创作。"在高度敏锐的人身上,到达心灵的道路是那么直接,心灵本身又是那么敏感,所以任何感觉到的印象都直接通向心灵,又从那里通向其他感官。"这种对逐渐形成的来自心灵的内在感情的表现经过反复甚至是吹毛求疵的检验、加工后"构成"的"结构"才是作品的真实基础,而读者则自会对这些东西心领神会。

康定斯基想确定一种形状和色彩的象征性语言,这种语言试图显示形式和感觉之间的直接的象征联系。他从1910年到1913年的作品中的形象被玫瑰红、绯红、黄、蔚蓝、翡翠色和深蓝紫的飞舞所掩蔽,在全面饱和的色彩中,形状沉没到难以辨认的程度,对象的呈现成了一种色彩的明暗、一些线条的痕迹,整个画面充满了分裂、荒诞、混乱,以及隐匿在其中的某种存在的轨迹。这种创作同时也基于他对艺术的另一种理解——他试图把他的抽象画同原子的分裂联系起来,在他看来,原子的分裂象征着固体的消失。

然而,到了1913年底,在康定斯基的更加表现主义的抽象画中已经基本上找不到比喻的内容了,他接受了中国画技法中强调纸上空白的重要的观点,把"虚的画布"看成是比某些画面更美:"好像是:真空虚,沉默,无所谓,几乎是麻木。实际上是:充满着紧张,具千百低微的声音,充满等待。"空白本身就是一种方位,它的存在在于维持某种特定的维度。《黑线,NO. 189》表现了一种更为大胆开拓的抽象观念:玩弄色彩、强调线条、创造新意、协调骚动的画面。然而,单纯的色彩和无意义的形状本身构造了一种意蕴:红、黄、蓝、白原色色块清新透明,轻柔地扩张,引发了一种久违的春天的快乐。画面布局时而严密、时而简练,时而厚重、时而单薄——纯粹的物质世界不会酝酿如此复杂而美妙的变化,那种不动声色的变形处理就如同一条窄窄的羊肠小道将我们引入一片坎坷的灌木丛、一片广阔的大草原、一片郁郁苍苍的原始森林——画面通过自身的结构和线条暗示出一些永恒的颇耐人寻味的东西。

1914年,德国和法国之间的矛盾愈加突出,加夫里洛·普林西普枪杀奥匈帝国皇储斐迪南大公夫妇的"萨拉热窝事件"成为战争的导火索,德国迅速硝烟四起。康定斯基逃离德国,"蓝骑士"从此解散。

离开"蓝骑士"的康定斯基,继续在确定这种形状和色彩的象征语言的努力中,创作大量虽有价值却相当枯燥乏味的唯我论绘画。

这是一个世纪之前的伟大时代。直到今天,我们似乎都没有发现任何迹象,以说明一个海绿色底子上的黑边紫红三角形能对观众表示它对康定斯基所表示的同样的感情,那种对通神论的朦胧的虔诚和维持表现主义漫长传统的环境似乎已经过去,神秘而天真、喧嚣而纯洁的1917年,似乎一去不返。

1916年—2016年,转瞬即逝的100年,像一列高速的列车,呼啸着奔驰而去。时间究竟是什么?其实,就是我们手心流出的水滴,是荒漠中暗逝的流沙,是与昨天和今天的一次握手拥抱,是去年和今年的一次把盏言欢,是无数个康定斯基那些椎心泣血的追寻、响遏行云的追索、掷地有声的追问——逝者如斯夫!

良知，导航生命的灯塔
——司各特与苏格兰

沃尔特·司各特是爱丁堡的骄傲，他被誉为西方的历史小说之父，当拜伦天才般地横空出世之后，司各特意识到他无法待在诗歌的塔尖，转而把注意力倾注于历史小说创作，终于成为英国历史文学的一代鼻祖。

19世纪初的英国文学就是两个小儿麻痹症患者支撑起来的，这话并不过分。这两个小儿麻痹症患者，一个是拜伦，一个是司各特。

如果将爱丁堡的地图对折，之后再对折，两条直线交叉之处一定是巍峨的司各特纪念塔。

司各特纪念塔静静地坐落在爱丁堡王子大街花园中，隔着王子大街与古老的詹纳斯百货公司大楼遥遥相望。司各特纪念塔靠近有名的威弗利车站，这个有着数百年历史的车站也曾经作为爱丁堡的一个地标，出现在很多文学艺术作品中，希区柯克在他的电影《爱德华大夫》中就曾经提到过这个车站，并将其作为交代信息的重要节点。

司各特纪念塔建成于1844年,1846年8月15日正式揭幕。纪念塔是爱丁堡的地标式建筑,它高61.11米,整体采用哥特式建筑风格,四座小型尖塔拱卫着中央高塔,高塔底部四方都是拱门,塔中央立着白色大理石的司各特雕像。日积月累,司各特宏伟的身躯似乎已经变得灰暗不堪,他的肩头上站满了喜鹊,叽叽喳喳叫个不停。司各特身穿长袍,他的爱犬静静卧在他的身边。司各特文学作品中的64位主人公都被雕成雕塑环绕塔身,灵动质感,富有生趣。

建设司各特纪念塔的材料均来自爱丁堡附近开采的沙石,由于石质疏松,在短短不到200年间就变成黑褐色,岁月的尘埃一层又一层,叠加出时光的质感。如今,纪念塔已成为爱丁堡最重要的旅游景点之一,游客可通过狭窄的阶梯,到达尖顶上的观景台,俯瞰爱丁堡市中心及周边景色。

每到夏季,一个巨大的摩天轮就会在司各特纪念塔东侧拔地而起,这可以算是爱丁堡艺术节的一个副产品,古老的纪念塔与现代的摩天轮在广袤的草地上相映成趣。纪念塔凌空而起,沿着狭窄的287级台阶盘旋而上,登上最高的观景台,还可以领取到勇敢者纪念证书。

每到冬季,司各特纪念塔下便围起了巨大的圣诞市场,市场从威弗利车站绵延向西，覆盖了几乎整个王子花园。风铃、香料、咖啡、饰品……形形色色的手艺家在这里展示各种各样的手艺品，传统和创新都可以在这里找到其精髓。

沃尔特·司各特是爱丁堡的骄傲。他是英国著名的诗人、小说家。准确地说，他早年是介于彭斯和雪莱之间、继布莱克之后英国最优秀的抒情诗人。司各特被称为西方的历史小说之父，当拜伦天才般地横空出世之后，他意识到他无法待在诗歌的塔尖，转而把注意力倾注于历史小说创作，终于成为英国历史文学的一代鼻祖。

他的历史小说对后来的英国的狄更斯、斯蒂文森，法国的雨果、巴尔扎克、大仲马，俄国的普希金，意大利的曼佐尼，美国的库柏等著名作家都曾产生深刻影响。《威弗利》《艾凡赫》《修道院》《古董家》《修道院院长》《皇家罗伯》《中洛辛郡的心脏》《爱丁堡城堡》《修墓老人》等，都曾经被翻译为中文，深深地影响了中国作家的文学创作。

1771年8月15日，司各特出生于爱丁堡的一个苏格兰的古老家族，他的祖先里不乏一些英武、桀骜的人物，其中年代久远的有他在《末代行吟诗人之歌》里提到的"哈登的沃特"，稍近些的有他在《玛密恩》里提到过的大胡子的曾祖父，积极拥护被迫退位的英王詹姆斯二世，为斯图亚特王室被排斥在王位之外，誓不剃须，以"大胡子"为荣。

司各特的父亲是位律师，他曾在父亲的事务所当见习生；母亲安妮·拉瑟福德是一位医生的女儿，受过良好的教育，她给司各特带来了不少创作灵感，对他之后走上文学创作道路影响至深。

司各特18个月大时不幸患上了小儿麻痹症，导致终身残疾，这给他的生活带来了诸多不便。但也许正因为这个缘故，他把绝大部分精力都投入了文学的阅读和创作之中。对他走上文学创作道路产生过重大影响的，还有他的舅舅拉瑟福德医生，司各特通过他结识了不少博学多才的人。

1789年，司各特进入爱丁堡大学攻读法律，1792年毕业，如他父亲所愿，成为一名律师。然而，他对此并不感兴趣。司各特后来在文章中写道，他的理想是成为一名军人，要不是身体残疾，他会去从军。司各特1799年被任命为塞尔寇克郡副郡长。1802年至1803年，他搜集整理的3卷《苏格兰边区歌谣集》出版，引起了广泛的注意。1806年他被任命为爱丁堡高等民事法庭庭长。

除了苏格兰启蒙运动，对年轻的司各特影响最深的事件恐怕是法国大革命及其对大不列颠和苏格兰的影响。司各特对18世纪90年代的政治和社会危机做出了强烈的反应，坚决反对雅各宾主义。在当时的苏格兰,雅各宾主义十分盛行,人们对它的镇压也特别残酷。1797年,司各特帮忙组建了一支骑兵志愿队。同当时大不列颠其他地方的军队一样,这支志愿队也是由中产阶级组成,一方面借以抵抗法国的入侵,另一方面则用来威慑那些支持法国、时常造反的工人。司各特在这支队伍里表现出了无比英勇的气概。

毫无疑问,司各特早期的诗歌活动是属于古典主义的。司各特小时候很喜欢听古代民间传说、历史故事以及各种宗教迫害故事,对苏格兰家喻户晓的民间传说耳熟能详,那些苏格兰英雄辈出而又令人伤感的遥远往事令他感喟不已,且终身兴趣不减。他对描写普通百姓的传统通俗文学也是钟爱之至。此外,由于幼年多病,他长期在苏格兰山区休养。这一切对他后来从事历史小说创作、激发想象力产生了决定性的影响。青少年时代,他的假日在苏格兰偏僻地区度过,他在这里搜集、整理了大量历史传说和民间歌谣。在他12岁至15岁时,曾为爱丁堡皇家中学校长翻译了古罗马诗人维吉尔和贺拉斯的一些诗歌,他自己创作了一首描写暴风雨的三节英雄双行诗和十行描写夕阳西坠的小诗。从15到16岁开始,他的诗歌开始具有浪漫主义色彩,他在1787年爱上了"克尔斯的杰西",将自己一些矫揉造作的情诗寄给杰西。杰西住在爱丁堡照顾她生病的姑妈时,司各特常常去与她相会。为防止与杰西的姑妈迎面撞见,司各特常常躲进一个狭窄的壁橱,等待危险消除。为此,司各特写过一首《囚徒的抱怨》:

酒杯随着我的呼吸颤抖,
他们真离我近在咫尺。
酒瓮正压着我的双脚,
酒壶触到了我的手指。

这首诗显然已经具有民间抒情诗那种活泼的幽默情趣。

1805年,司各特创作的第一部长篇叙事诗《末代行吟诗人之歌》问世。长诗一出版就震动了苏格兰和英格兰,这部作品给司各特带来了声誉。

那条路很长,那天风很冷,
那是位老又弱的行吟诗人。
他两颊枯槁,他白发披散,
他看来也曾经得意过一番。
有孤儿一名在替他背竖琴,
如今就这张琴能使他高兴。

行吟诗人中他已是末一个,

还在唱边区骑士的纪功歌:

唉,因为他们的时代已消逝,

他弹唱的同道已先后去世。

……

竖琴声抑扬顿挫地响或轻,

铿锵的弦儿他一一地拨动;

目前的情景,未来的运气,

他的辛劳和需求全被忘记;

酣歌中,叫人胆寒的畏怯

和老人的心头霜消融化解;

不可靠的回忆留下的空白,

凭诗人的热情他全补出来;

就这样,竖琴在应和作响,

末一代的行吟诗人在歌唱。

这是长诗的引子,清丽脱俗,哀婉动人。长诗以苏格兰贵族世家的两个门阀之争为线索,以苏格兰和英格兰之间的边境之争为背景,穿插了玛格丽特和格兰斯特这一对儿"罗密欧与朱丽叶"的恋爱故事,完整展示了苏格兰 16 世纪的风俗习惯和生活方式。

这部作品的惊人成功,极大地激发了司各特的写作热情。1808年,长诗《玛密恩》出版。它以1513年英格兰和苏格兰进行的弗洛登战役为背景,描写了英国贵族玛密恩使用诬陷手段夺取贵族拉尔夫的未婚妻,最后阴谋暴露,玛密恩在弗洛登战死的故事。

这部作品被认为是司各特最优秀的长诗。他的脍炙人口的长诗《湖上夫人》叙述了中世纪苏格兰国王和骑士冒险的事迹,描绘了苏格兰的自然风光,充满了浪漫主义色彩。司各特的长篇叙事诗采用历史事件或民间传说作为题材,有丰富的想象和较高的艺术技巧,但也流露了对封建王朝和骑士理想的同情。

1811年,司各特出版了《唐·罗德里克的梦幻》;1813年,他出版了第五部叙事长诗《洛克比》,同年,他出版了他的第六部长诗《特莱厄蒙的婚礼》。此时,他的名声陡增,然而,他自己却深感创作热情的递减、诗歌才华的消逝。他在日记中写道:"我知道,如果说我的诗歌和散文真有什么优点的话,那就是我的文字中具有一种急匆匆的率直态度,而这是士兵、海员以及生性大胆而活泼的年轻人所喜欢的。"1813年,英国王室决定授予司各特桂冠诗人的称号,但是司各特拒绝接受,成为继托马斯·格雷(1716—1771年)之后第二位不接受这一封号的诗人。尽管如此，1820年，英国王室还是决定封他为从男爵，所以后世称呼他为"司各特爵士"。

1814年，司各特匿名发表了一部历史小说《威弗利》，描写1745年詹姆斯党人起义的历史事件。他赞扬热爱自由的苏格兰山地人民的斗争，同时指明了苏格兰落后的氏族社会制度在资本主义冲击下必然衰亡的命运。这部小说深受读者的欢迎，司各特便用"威弗利作者"的化名接连写了许多部历史小说，直到1827年才公开自己的作者身份。

说到司各特的作品，总是绕不开他的几部代表作：《威弗利》《艾凡赫》《订婚记》《皇家罗伯》，它们是英国文学的奇迹。《艾凡赫》描写"狮心王"理查东征时失踪，其弟约翰趁机摄政夺位，撒克孙贵族塞得利克打算联合本族人恢复王朝。与此同时，理查秘密回国，他得到一些诺曼人和塞得利克之子艾凡赫及绿林好汉罗宾汉等撒克孙人的帮助，终于战胜约翰，重登王位，肃清叛逆。塞得利克等人也认清了形势，决定和诺曼统治者合作。作品反映了12世纪英国"狮心王"理查时代撒克孙人和征服英国的诺曼人之间的民族矛盾，以及统治阶层和劳苦人民的阶级矛盾。这部小说浪漫主义气息浓郁，富有时代气氛和地方色彩，语言古雅，人物形象丰满。

《艾凡赫》体现了司各特最突出的创作特点：人物鲜明，语言精致,没有太多的苏格兰口语,便于翻译成其他文字,更便于读者阅读和理解。正因为如此,这部小说十分受欧洲及其他地区文学家、翻译家的欢迎,他们将《艾凡赫》翻译成各国文字,而且对此极尽模仿,更有些国家把它改编成歌剧和戏剧上演。

《皇家罗伯》是司各特最优秀的历史长篇小说,它反映了1715年苏格兰人民起义的英雄事迹,写出了当时的民族、宗教和社会等方面的错综复杂的矛盾,以及各阶层人物的种种心理状态。该书的发行,曾受到马克思的高度赞扬,故事中描写了被人称作"苏格兰的罗宾汉"的部落英雄人物。

司各特的文学写作充满热情,但是他的感情生活似乎并不顺利。18世纪90年代初,司各特经历了一场感情危机。他深深地爱上了一位名叫威廉明娜·贝尔思奇的姑娘。可姑娘的父母认为他配不上他们的女儿,结果把她嫁给了别人。司各特失望至极,伤心不已,内心留下了一道经年不愈的伤疤。多年以后,每当想起这位姑娘,他依然久久不能平静。1797年12月24日,他娶了一位法国女人——夏洛特·卡彭特,他们共生育了5个孩子,这桩婚姻虽然平稳,但夫妇间并没有多深的感情。

司各特像他作品中的人物一样,表现出一种骑士风度——高尚、恢宏、伟岸,他是一个诚实守信的人,虽然很贫穷,但是人们都很尊敬他。

司各特落魄时,他的朋友们商量,要凑足够的钱帮助他还债。司各特拒绝了:"不,凭我自己这双手我能还清债务。我可以失去任何东西,但唯一不能失去的就是信用。"为了还清债务,他像拉板车的老黄牛一样努力工作。

当时的很多家报纸都报道了他经营失败的消息,有的文章中充满了同情和遗憾。他把这些文章统统扔到火炉里,他在心里对自己说:"沃尔特·司各特不需要怜悯和同情,他有宝贵的信用和战胜生活的勇气。"

在那以后他更加努力地工作,学会了许多以前不会干的活,经常一天跑几个单位,变换不同的工作,人累得又黑又瘦。有一次,他的一个债主看了司各特写的小说后,专程跑来对他说:"司各特先生,我知道您很讲信用,但是您更是一个很有才华的作家,您应该把时间更多地花在写作上,因此我决定免除您的债务,您欠我的那一部分钱就不用还了。"司各特说:"非常感谢您,但是我不能接受您的帮助,我不能做没有信用的人。"

这件事之后,他在日记本里这样写道:"我从来没有像现在这样睡得踏实和安稳。我的债主对我说,他觉得我是一个诚实可靠的人,他说可以免掉我的债务,但我不能接受。尽管我的前方是一条艰难而黑暗的路。"

由于繁重的劳动,司各特数次病倒过。在病中,他经常对自己说:"我欠别人的债还没还清呢,我一定要好起来,等我赚了钱,还了债,然后再光荣而安详地死。"

1825年,司各特的出版社合股人破产,司各特以英雄气概承担了114000英镑的全部债务。他加紧小说写作,因此后期的历史小说显得草率。他的健康也因此受到损害。1832年9月21日,司各特在他的阿伯茨福德去世。

司各特的成功曾经为他带来了极为可观的收益。1811年开始,他先后花费巨额的钱财(当时的76000镑)购置了特威德河边阿伯茨福德——翻译过来就是"修道院长的津渡"——的大片土地,修建起一座华美的哥特式建筑作为府第。从这座府第建成,司各特一直在这里生活、写作,赚了数不清的财富,又转瞬间将这些财富消耗殆尽。

司各特的阿伯茨福德,与司各特纪念塔一样,是全世界热爱司各特的游客的必到之地。就像他小说中的人物艾凡赫、罗布·罗伊一样,这里也是他自己的创作。司各特为阿伯茨福德的建筑打造一切细节,将其塑造为融入他诗歌和小说的苏格兰式的浪漫化身。这座建筑今天得到了很好的修复,真实地还原了当年的历史场景,并被赋予了适用于21世纪的服务设施、公共标记,这些与司各特纪念塔融为一体,成为热爱沃尔特·司各特的后世读者最珍爱的文化遗产,甚至有专家猜测,观众对他的住宅和不动产的兴趣复兴,很可能会带动一场类似的对他作品的兴趣的"文学复兴"。

苏格兰人热爱司各特,他们将他看作他们心目中的歌手,并且以其为骄傲,学会如何做一个苏格兰人。"每个人的良心就是为他引航的最好向导。"在司各特的一部小说中,他写道。这是司各特文学的写照,也是他生命的写真。

"我神智健全,我就是圣灵"
——记文森特·凡·高

18 世纪是一个伟大的世纪,在乌托邦、社会运动和艺术变革方面,酝酿了各种丰富多彩的思想,这些思想是伟大的发酵剂,它们使随之而来的 19 世纪和 20 世纪的历史处于运动之中。1890 年,则是其中最平凡的一年,一切都继往开来,通报世界末日降临的声音仍是那么沉重,而这个世纪正是为了断定未来是福地而诞生的。一些思想已面临它们的暮色,而另一些思想正所向披靡,谁也无法断定明天等待它们的将是什么。

这是 1886 年的巴黎,春冰已泮,初春和暖的阳光仍旧那样温柔地照着,一切如常,生命平静而有节奏地向前流动。然而,平静的外表下好像有什么在萌芽,一寸一寸地生长。一群贫困潦倒的艺术家聚集在巴黎,试图狂热地为他们所执着的新的艺术表达方式寻找一条出路——建立共产主义柯勒尼。然而,这个狂热的梦想还没等付之计划就宣告破产,这些个性鲜明的艺术家用他们鲜明而固执的个性把这个曼妙的肥皂泡式的梦想戳得七零八落。

巴黎,是欧洲的"首都",对艺术家们来讲则更是如此。此时的巴黎,以她特有的宽容和见识冷冷地注视着他们,怀着深深的善意和淡淡的嘲讽。她知道,要那些已经习惯于用古典主义方式来审视美的眼睛真正理解和接受这群行为诡异、画风乖戾的疯子还需要一段时间,需要一段漫长的等待。从一出生开始,他们就看惯了那种阴暗沉闷的绘画,生活中一切激动人心的感情和笔触在画面上都转为柔和平缓的曲线,感情是冷漠的、旁观的,画面上的每一细节都被描绘得很精确,平涂的颜色相互交接在一起。而现在,挂在墙上的那令他们步履蹒跚的绘画,是他们从未见过的。平涂的、薄薄的表面没有了,情感上的冷漠不见了,欧洲几个世纪以来使绘画浸泡在里面的那种褐色肉汁也荡然无存。这些画表现了对太阳的无上崇拜,充满着光、空气和生命的大胆的律动。这是一个新世纪的开始,新世纪的光芒太强烈了,直视它的人都将被它灼伤。

使这个柯勒尼计划一夜之间付之东流的,正是它的创始人文森特·凡·高。

1866年年底,他从荷兰的纽恩南来到法国的巴黎,是他的弟弟提奥接他来的,他在那里闯了一些祸,自己也遭受了很大的打击。当然是有关感情的,他在这方面总是有些不顺利。21岁那年,他爱上了比他小两岁的乌苏拉——普罗旺斯一个副牧师的女儿。这是他第一次恋爱,生活在他面前展开了无限广阔的美好前景。人们常常看见,被爱情滋润着的凡·高在泰晤士河畔健步如飞,穿过西敏斯特桥,途经西敏斯特大教堂和议会大厦,拐弯走进河滨路南安普敦十七号、经营艺术品和版画出版的古比尔公司的伦敦店。在这里,他每天为公司出售五十张美术作品的照片。他性格有些乖僻、偏执,不大合群,然而,这并不影响他的同事们对他的喜欢。他出身于荷兰一个极有名望的家族,这个家族不仅有钱有势,而且几乎掌管着全欧洲绘画的命脉,是欧洲经营美术品首屈一指的大家族。虽然凡·高的父亲仅仅是个小镇上的牧师,但是,他的三个叔叔在荷兰拥有最大的画店,同时在巴黎、伦敦、柏林、阿姆斯特丹和布鲁塞尔等地设有分公司,另外一个叔叔约翰尼斯·凡·高是当时荷兰海军的最高首脑,他的姨父斯特里克是阿姆斯特丹的著名牧师,而他的那个与他同名的叔叔文森特·凡·高膝下无子,体弱多病,很想让同名的侄子继承自己的事业,并打算把一半的产业留给小凡·高。他们都深爱文森特,对他寄予厚望并竭心尽力资助他,用他们的财富、名望和地位为他铺就了一条人人都看得见的阳光大道。

然而,这条道路注定不属于凡·高。失恋的打击旋踵而至。

貌似天真的小乌苏拉要比凡·高想象的成熟得多,也比年长的凡·高更为历练。她一年前就已经订了婚,而她与他交往完全是为了填补未婚夫不在时的寂寞时光。

随后的两个月,他用各种手段拦截她、纠缠她、劝说她,让她相信她的选择是一个错误,只有他是最爱她的,可这些都无济于事。他开始暴露出他的本性,披散着一头凌乱的头发,离群索居,郁郁寡欢。

痛苦对他起到了一种奇特的作用,使他对旁人的痛苦变得敏感起来,并使得他对周围一切廉价而哗众取宠的东西变得无法忍耐。当他的顾客来他的画廊里买画时,他对他们所选中的那些低俗的东西嗤之以鼻,费尽心机想把一些真正出色的作品卖给他们,而他们却不感兴趣。这使他怒不可遏,在古比尔公司最忙碌的圣诞节期间不辞而别,并拒绝了他的同名叔叔文森特为他做出的任何安排,声称他和这种美术商业的缘分从此了结。这使得他的自尊心极强的叔叔伤透了心,从此不再过问他的事情。

7年以后,文森特·凡·高再一次表现出了他对爱情的固执和迟钝。这一年夏天,他遇到了长他两岁的表姐凯。4年前他刚认识她时,她同她的丈夫在一起。可现在,她的丈夫不在了,丧夫的巨大打击使她一下子由一个无忧无虑的女孩子变成了一个深受痛苦折磨的妇人。凡·高看到了这种由哀痛忧伤和岁月磨蚀的痕迹，旋即身不由己地陷了进去。可是，他依然没有学会如何在爱情面前展示和隐瞒，爱情使他失去了控制，一下子从那个大家所熟悉的彬彬有礼的绅士变成了一个躁动不已、语无伦次、缺乏教养、癫狂幼稚的人。他在爱情中表现出来的极度的渴望和情欲把凯的全家都吓坏了，他们开始设置重重阻隔，制止凡·高和凯见面。而凡·高认为，凯之所以拒绝他，是因为她的软弱使她沉湎于过去的感情而不能自拔。他开始把自己关在房间里，终日给凯写着苦苦哀求的信，可这些信凯连看都不看一眼。某一天，他激动不已地冲进凯的家里，把手放在燃烧的汽灯上，威胁着要见凯一面。火焰烧焦了他的手，皮肤啪啪地爆裂开来，凯却始终没有出来。凡·高带着这伤痕和疼痛度过了一生，但始终没能再见到凯。

之后，他来到海牙，在一家小酒店里认识了妓女克里斯汀。她是他一生中唯一的妻子，但除了他以外，没有人承认这一点，人们更愿意把她看成是一个穷画家的下贱的情妇。他认识她的时候她正怀着孕，身边还有五个孩子，每一个孩子都有不同的、素不相识的父亲。他接纳了克里斯汀和她的孩子们，同他们像一家人那样生活在一起。他这时已经有了固定的经济来源，提奥每月按时寄来一百法郎，这笔钱后来增加了三分之一，是年轻的提奥每月薪水的一半，它维持了凡·高最艰苦的投身艺术的10年，从未中断。即使是在提奥贫病交加的那段时间，它也总是源源不断地准时到达。

这是笔不小的财富，当时凯的父母拒绝他的求婚时就曾设限:除非凡·高每年有一千法郎以上的收入。可凡·高始终没能学会如何把这笔钱合理地安排在他生活中的每一天，他常常是山穷水尽、入不敷出，之后便四处借贷、贫困潦倒。提奥不得不把寄款分批分期寄到，纵使这样，凡·高也经常旧事重演，先是只剩下黑面包和咖啡，然后什么都没有了，最后是发烧、衰竭和昏迷。克里斯汀并不能帮助他什么，过了不久，她便故态复萌了，抽烟、喝酒、懒散、说下流话，并且满怀喜悦地重新回到街头拉客。疾病缠身、饥肠辘辘、灰心丧气、神经极度衰弱的凡·高第一次在他的感情世界中做出了自主的选择，他选择了回家，而克里斯汀则永远消逝在海牙阴暗的街头，在回忆中他也不曾再想起过她。

纽恩南的玛高特是凡·高爱情的最后停泊地——当然，除了阿尔的那个妓女，她是他那段在阳光下最孤寂的时光的慰藉。他在同高更发生一场激烈的争吵后，割下右耳并把它当作一份假的圣餐送给她——这一年，他31岁，玛高特却已经40岁了。这一场毫无希望的恋爱终于招致了几乎全镇的反对，最后不了了之。

1885年末,巴黎。凡·高刚刚从感情的种种磨难中逃离出来,他这一辈子不会再爱上任何女人了,虽然他至死也没能弄清楚为什么他和他所爱的女人总是不欢而散。巴黎,光怪陆离的巴黎让他很快就忘记了爱情的伤痛,印象派的那些充满阳光气息的绘画让他激动不已又忐忑不安,他对艺术的巨大的热情迅速燃烧起来。5年前,他背弃了家族的一切嘱托和期望,在周围人不信任的目光下毅然决然地选择了绘画作为自己生存的证明。为心灵对艺术的投射找到印证的方式有很多种,而文森特·凡·高所选择的无疑是其中最孤独和最寂寞的一种,他所描摹和表达的世界是他心中的世界。那些激情冲击下的扭曲的象征性风景,散发着放纵、浪漫的燃烧快感。一抹明亮狂暴的色彩以及这种色彩的明暗,一些线条的鲜明的痕迹,甚至是一片平坦的原野、一道绵延起伏的麦浪、浑厚无际的阳光和地平线摇曳的星光……这些都不过是对所呈现之物的有意味的暗示。他总是在他的画面中神经质地追问:当存在被体现在艺术中的时候,对象的呈现变成了什么呢?

没有人能够回答这个问题。艺术家们都在忙于思考他们自身的轨迹。古典主义艺术家们沉醉于女人们光滑柔美的肌肤、丰腴的形体和伊甸园式的恒久神话,沉迷于大自然的愉悦以及人与周围世界的和谐。艺术代表着可以享受艺术的贵族阶层的精神取向，快乐和沉醉是以一定财富和闲暇为基础的，大自然是亲切、理想而单纯的，引发人的憧憬，甚至是可以进入的。这种愉悦理想的世外桃源景象从 16 世纪的乔尔乔内和提香开始，表明中世纪的恐怖自然力的阴影终于被驱除，此时已经接近它的尾声。提香曾把这种理想理解为一种健康的享乐精神，以哀婉动人和沉思冥想的诗意表达黄金时代的异教之梦、基督教的神秘、爱情的欢愉、死亡的仪式、阳光的灿烂和大自然的全部美丽。

这种理想的愉悦经过鲁本斯的精神传到 18 世纪的瓦托，在瓦托的《发舟西苔岛》中达到了优美的顶点，他的"优雅"的"宴乐"或田园画品使人摆脱了苦难和琐碎的生活景象，从而将情感和心灵诉诸梦境般的美好生活，人们在如画的景致中散步、集会、舞蹈。这是一个感伤的主题，带着稍有些轻浮的快乐，因而很容易使人迷惑和沉醉。实际上，古典主义者们也许不会料到，他们心中那空前完美的生活景象在他们技艺的后期已成为最后的愉快的记忆了。天空中的光线已经淡淡地倾斜、黯淡下来，暮色苍茫中的人们正匆匆忙忙结束他们在梦境中的逗留，返回到永久的现实生活，人和自然的关系正趋于松弛状态后的紧张，自然正被另一种意蕴代替——世界，世界和精神之间的相互作用代表着人对自身的反省，对凌驾于我们意识控制的、体现在自然中的心境形象的探索。

而现代主义艺术家们正忙于推倒传统艺术那已经半倾圮的墙壁,并试图给一切观念和形象贴上新的标签。莫奈首先使他的作品坦率地反映绘画的平坦表面;塞尚则开诚布公地表明自己对肖像是否酷似本人感到无所谓,他认为应该把纯主观的虚构代入自然现象中去;印象主义者们开始有意识地把画画弄得模糊不清,以前哪一代人都没有达到这种颇费心机的程度,他们尝试着把光和色打碎成一片片小点的技艺,并努力使观者意识到他们观看的是颜料而不是风景;立体主义者们选择了一种更为抽象的倒退形式,利用视觉的多义性将对绘画的读解推进为一种人工构成物——当传统技法将观察到的物体从顶部、侧面、正面、背面进行尽可能的表现时,毕加索和布拉克却努力在瞬间同时表现这一事实,同时表现事物的内部和外部;未来主义者们则试图激起更大的风波,他们激情澎湃地致力于征服速度和空间的伟大任务,用非凡的热情歌颂着一切以"运动"为核心的事件,并以绝对现代性的离奇幻想将他们的理想贯彻到一切领域中,他们满怀热情地期待人们相信"咚当!钟声之广,二十基罗米达平方"是比"广阔而深远的钟声"更好的描述方式,以及"疾走着的马的脚,并不止四只,而是二十只"——运动中的物的某些片刻的重叠,代表着机器化加给 19 世纪的主题:一切都在运动中迅速变化着奔向未来。这些态度无疑意味着对现实主义的全面抛弃，因为他们把对构图的审美要求置于对再现的语义要求之上，艺术作品便成为一种新的、独立的现实。

这无疑是一片适合各种神话生长的土壤，德拉克洛瓦那自由女神身后的硝烟仍未散去，高度机器化的时代便带给人们以太平盛世的乐观主义幻觉。然而，与此同时，人同自然的关系正在趋于蜕化，人与自然的各种不安定形象以对自我的不满——自我冲突的眼泪、饥饿和纯粹公式化的精神向往的形式被描述出来，人类对自身的进程充满了怀疑、恐惧和制造心灵分裂的幻觉。1887年，保罗·高更的一幅巨大的绘画《我们从哪里来？我们是谁？我们向何处去？》以它动荡不安的色彩和充满暗示意味的主题印证了种种共鸣的强度。这是后印象主义的典型作品，取材于宗教中的道德问题。高更一生都固执地认为他可以在高贵的野蛮人的颓废神话和《圣经》福音的道德训示中找到某些与命运息息相关的线索。从画面中心那个正摘下热带天堂树上的果实的塔希提岛的夏娃，到低声私语的人物和那个神巫般的老妇人蹲伏成秘鲁木乃伊般的姿势，一切都像一个在富有暗示性的装饰画里的长长的梦，色彩的平面图案、缠绕着的轮廓线条、人物的原始生命力和热情、象征的表达人类命运和情感的意图，使画面充斥着神秘的诘，人类的一切行为都在这里从未中断地延续着,夹杂着长长的叹息。

但是,高更描绘的天堂是虚伪的,是一个被玷污了的伊甸园。塔希提岛的欢愉不过是他的一个幻觉:一个肮脏的殖民地,充满了妓女和无精打采的酒徒、混血儿、剥削和性病,它的人口从库克时代的四万下降到高更时代的六千,剩下的,只是一些黄金时代的遗迹。高更对此是悲观而没有信心的,他开始运用"像丧钟的声响"一样的色彩,在自杀前他把全部精力和疑问放进了那幅对人类自身充满了困惑的画里。"上帝不在学者逻辑家那里,而在诗人的梦里。"他叹息着,绝望而颖悟,"一个随后产生的反思,不是画幅中的一部分,顺从着月亮,我找到标题"——我们从哪里来?我们是谁?我们向何处去?

1886年2月的一个清晨,就在高更沉浸在塔希提岛美丽少女们金色的肌肤,诱人的肉体芳香,热情洋溢的热带风情和深沉、神秘、静穆的自然力时,文森特·凡·高也准备出发了。此时,巴黎尚未从梦乡中醒来,绿色的百叶窗紧紧关闭。路灯映照如帘,乡下来的小车把蔬菜、水果和鲜花放在市场之后,又匆匆走在回家的路上了。凡·高从来没有像现在这样迫切地寻找太阳,那种炎热非常、威力无比的太阳。整个冬天,他都感到它犹如一块巨大的磁石把他向南方吸引。而巴黎的冬天使他感觉到刺骨的寒冷,这种寒气一点点浸透了他的调色板和画笔。巴黎,曾经让他倾心不已、流连不已，但是，他已经喝下了太多的苦艾酒，参加了太多的社交活动，他迫切希望独自离开，重新拿起画笔。在画了6年之后，他伤心地发现自己还没有画出一件有价值的东西。现在，他明白了，没有太阳就没有所谓的绘画，德拉克洛瓦和莫奈都在炽烈的阳光里找到了他们的色彩，他相信，他也一定能够找到属于他自己的太阳，驱散内心的寒冷，并使他的调色板燃烧起来。

亨利·德·图卢兹-劳特雷克建议他去阿尔。这个长着扁扁脑袋和萎缩的小细腿的家伙也正在用现代主义艺术家的典型方式发着疯，他只画舞女、小丑和妓女。若干年后，他在他少数的清醒的间隙里被两个强壮的精神病院护士押来同凡·高匆匆见了最后一面。

凡·高终于动身了，为心灵对艺术的投射寻找印证方式。许多年以来，他是第一个长途跋涉苦苦寻找人间天堂的艺术家。在阿尔疯狂的阳光的鞭挞下，凡·高匆匆完成的一幅又一幅冒着热气的油画开始背叛了他以前的那种明朗易懂的风格而变得更加充满热情和想象力。树开始成为盘旋上升的火焰，色彩变得更加明亮而非自然化；他的笔触愈来愈鲜明，被描绘的形状相形之下反倒黯然失色；一些几何形状如半圆、圈状、螺旋形，再加上色彩强度的增加，被用来表现他的充满了主体意识的精神状态。这些给予他的作品以一种从未有过的力度——沸腾而敏感的生命活力。

凡·高不假思索地画着,他从未遇到过这么多可以入画的东西,也从来不曾拥有过这么强烈的感动和激情。绘画是他的一个脾气不太好的情人,他为她疯狂,也为她倾注了一切——金钱、时间、热情、健康乃至生命。他拼命地购买颜料,迫不及待地把它们泼在画布上,再定制各种画框,以欣赏这些作品被完成的样子。他终于找到他的阳光,可是这阳光也深深地灼伤了他。两年后,他的精神变得狂躁而充满幻觉,医生们把这称为"日射症"。1888 年 12 月 24 日,提奥和他的妻子收到高更发来的电报,要他赶去阿尔——凡·高在极度兴奋和高烧的精神状态下割下自己的一只耳朵,并把这只耳朵作为礼物送给妓院的一个妓女。当警察发现他时,他正躺在他的黄房子的床上流着血,早已失去了知觉。匆匆赶来的提奥在医院里找到了他,一直流着泪守护着他,陪他度过了这一年的圣诞节。次年 2 月初,凡·高再次被送进医院,他认为有人要给他下毒。2 月 27 日,他又一次被送进医院,这一次是毫无根据的。阿尔市警察局根据市长收到了一份有八十多人签名的请愿书,下令把他再度监禁起来。整整一个月里,凡·高始终保持沉默,他在内心认为自己是无罪的。可是,没有人能够证明他不会因此而伤害别人,他自己也不能够。这使他忧心忡忡。他开始痛苦地承认自己的疯癫病,并把它归结于给自己造成极大伤害的生活方式。他安慰自己,许多艺术家都有疯癫病,这是无可置辩的事实,因为他们的生活使他们神魂不安。如果能够全力以赴地继续工作当然很好,但恐怕他只有永远地疯癫下去了。这种可能使他不寒而栗。

他已经有一个月没有碰过他的调色板了,此时,工作的欲望远远胜过工作给他带来的任何痛苦和伤害。因为知道毁灭的不可避免和无法挽回,他病狂地希望建造一种简单却不朽的东西的激情便更加执着和强烈。为了能够重操画笔,他努力克制自己,不顾一切地恢复冷静。终于,他被允许做短时间的创作了。他开始着手他原来从没有顾及过的那些微不足道的事物:一条盛开着粉红色花朵的栗树大道、一棵鲜花怒放的小樱桃树、一株紫藤属植物,以及明暗交杂的公园中的一条无名小路,生活中充满了这样的无名小路。对色彩的肆意挥洒让他兴奋不已,他不知道自己是不是能够就这样走向成功,但他深信,的确有一股不可抵御的力量在推动着他前进,使他试图通过一种非造作的、不完善而即兴的、信笔涂鸦的方式体会心灵世界的内涵和价值,体会生活本真的暗示。

现在,凡·高对自然世界背后的固有力量的意识是那么强烈而虔诚,从来没有人将心灵和精神的全部重量都归之于色彩。

为了表达对太阳的傲岸而无所不在的力量的理解,他将他对感情真谛的探索集中在黄色上。这是一种最难把握的颜色,因为它的明暗层次很少。20年后,另一位伟大的艺术家、精神错乱者瓦西里·康定斯基指出,黄色是最基本的暖色,是"没有多大深度"的"典型的大地色",是"具有快乐和丰富含义的颜色",它刺激和骚扰人们,使人们感到心烦意乱,显露出急躁、粗鲁的本性。他说,如果用黄色来比喻人的心境,那么它所表现的也许还不是精神病的抑郁苦闷,而是一种狂躁状态。

平涂的黄色使凡·高的画充满了阳光的气息,也充满了象征意义。色彩从描述中分离出来,画面中的各种物体的重量仿佛被色彩的活力拔了锚似的,充满了古怪的膨胀和异常的喧嚣。他的《干草堆》、他的《夕阳下的柳树》、他的《黄色的麦田》以及那些著名的《向日葵》,都是这种意义的离析,正如他短暂的生命和短暂的艺术生涯一样,这是一个抱着急切、热烈而不太牢靠的快乐面对世界的人的深思。

蓝色,是凡·高另一种常用的颜色。这种通常被用来表现安静、稳定的颜色,被凡·高糅进黄色,用来表现紊乱和动感。于是,平静的东西被一股股活力十足的激流鼓荡起来,那些被熟视无睹的东西具有了奔放不羁的力量和韵律破碎的残迹。《星月夜》记录了这种动荡:月亮正从月食里走出来,星星闪烁、有力的、流溢的颜料浆,随着画笔猛戳的轨迹画出风云涌动的旋涡,自然的一切奥秘在这里展开了它的脉络。天空的激流传给了大地,又传给了柏树,这种在凡·高看来比其他一切树种更有活力的南方的树——在传统意义上总是跟死亡与墓地联系起来——对凡·高来说有着特殊的意蕴。"那些柏树总是占据着我的思绪——从来没有人把它们画得像我看到它们的样子,这使我惊讶。柏树的线条和比例正像一个埃及方尖塔那么美丽——晴朗的风景中的黑的飞溅。"这幅画创作于1889年,凡·高正在接受治疗的那一年。看来治疗是没有什么效果的,凡·高仍旧沿着他独特的思想轨迹孤独地前进,他的孤独源于他感受而不是想象着人类心灵的本质并决定将这种本质标示在画布上。想象和感受之间的隔阂是不可逾越的,这是一个正常人与一个精神病患者的区别,也是一个生活者和一个艺术家的区别。凡·高正在试图制造一种距离,这种距离让任何人都无法完全抛弃理智而仅从感情上走进他的画幅。

也的确没有人会像他那样对一个平凡的星月夜那么敏感,这是一个暗示、一个概括、一个象征、一个可望而不可即的梦幻时刻,其为时之短暂就像黎明破晓的前一刻,像即将消退的忧伤。然而,这距离永恒的宁静还有多远,凡·高不会知道。1890年他开枪自杀时,也许没有想到他离这种永恒仅仅咫尺之隔,但他一定早有某种预感。在《星月夜》中,我们就已看到那颗凌乱的心中孕育的平衡——完全运动中的静止,无限复杂中的统一,纯粹相对中的绝对,永恒现实中的未来,在充满了喧嚣与骚动的星月夜里,显示出默然沉寂中永远不可言说的永恒存在的迹象,生活则是这种巨大的外界意识统治下的一次新画笔的作业。

凡·高是少数几个遭受极大冷漠且摆脱不掉自己的天才艺术家之一。他的躁狂抑郁症——医生们认为这是精神错乱的一种——因而成为心理学家、精神病理学家和艺术史学家们颇感兴趣的课题之一。如果把生理失调也包括在导致行为失控的范围内,他们认为,天才人物在生理和心理上的缺陷远比其他人更为常见,例如矮小(莫扎特、贝多芬、拿破仑、柏拉图、亚里士多德)、软骨症(拜伦)、消瘦(弥尔顿、牛顿、洛克)、口吃(达尔文)、惯用左手(米开朗琪罗)。许多艺术家被看成是有精神疾病的,这些人中的画家有博希、丢勒、凡·高、康定斯基,作曲家有沃尔夫、圣-桑、舒曼,作家中则更多,荷尔德林、斯特林堡、韩波、爱伦·坡、加·兰姆、斯威夫特、路易丝·卡洛、威廉·布莱克、罗特克、海明威、庞德、克兰恩、普拉斯和维吉妮亚·伍尔芙,以及患有癫痫病的陀思妥耶夫斯基。

最先检查艺术才能与癫狂之间的联系这一假说的是19世纪的精神病学专家和犯罪学专家洛姆勃罗索。他并不把自己的研究仅仅限于艺术天才,而是在好些领域内对天才进行调查,他的研究基于这样的信念:精神错乱是脑功能退化。洛姆勃罗索研究历史上留下足迹的杰出人物在心理和生理衰退时表现出来的迹象,体力的衰退被看作心理衰退的直接反映,因此它也同样是精神病趋向的一种预示。但是调查和研究的结果都证明在精神病方面天才并不显示有异常的比率。然而,精神病与天才或精神病与艺术家的联系这一课题一直是心理学和精神病理学的专家们关注的焦点。这个题目常常是以一种变形的面目出现,即当精神病发作时,这错乱是否有助于艺术活动?凡·高一直是一个让人感兴趣的著名例证。1885年,33岁的凡·高就初露了精神病症状,其时,他已创立了鲜明的风格。1888年起,他的病情开始加重。两年后,凡·高开枪自杀。在这最后两年中,他深受幻觉和妄想之苦。他的病似乎是对他产生了很重要的影响,他曾写道:"我越是神志分裂,越是虚弱,就越能进入一种艺术境界。"凡·高的病情的确影响着他创作的情感强度和速度。虽然还没有可靠的证据说明他每年能画多少幅画,但从1884年到1888年的情况来看,他平均每年作4幅画。而在1888年他画了12幅。1888年12月,也就是他的病首次急性发作的那一年,他画了46幅。这数量在第二年只是稍稍有些下降,他画了30幅,在他生命的最后半年中,他仅画了37幅。同时,在他创作多产的阶段,他的风格更加倾向于非现实化,这些非现实化的油画表明了他自身所具有的问题:意识的分离、人格的非人格化、自我的断层。这些都是他在清醒的时候试图以清醒的意志所抗拒的。

但是,所有这些能否从科学上证明凡·高的创作与他的疾病有某种关系,仍是个很难回答的问题。任何了解凡·高病情的人在判断他的作品时都会带有某种程度的偏见。作为对一个伟大的艺术家的研究,我们宁愿承认凡·高患了躁狂抑郁症,那只是回避了那颗我们至今仍难以理解他的心。他所致力的那种艺术形式,其实是一种拒绝相似的潜意识心理的表达。被他自己称为"可怕的清醒"的心境是那么高、那么孤独,直到今天,我们仍要为它负某种程度的责任,这就证明了为什么他在1888年画的那幅《向日葵》——那幅以植物为母题的《蒙娜丽莎》,现在仍然是艺术史上最受欢迎的一幅静物画。他的病没有阻碍他把世界看得清清楚楚,也没有阻碍他把他所看到的一切记录下来:雷阿米疯人院、努能的公墓教堂、蒙马特山丘、塞纳河畔的餐馆以及因他而出名的安格罗瓦桥和他居住过的阿尔的"黄房子",都和他画的一模一样。强调细节逼真的作品在许多年以后不会找到这种相似,这种精神上的相似。凡·高的疾病使他有意无意地在观察事物时避开了事物的旁枝末节,直达事物的本质。

虽然这些事物在岁月的流逝中有所损伤或毁灭,但它们的不朽的精神维持了它们在人们心灵中的存在。正是这种放纵的做法使得他打破了那种使对象从属于原型的僵化的、具体的、机械的、表面的联结,他用他内心的非现实的虚构准则支配着他的艺术,把包括他自己在内的这个大千世界的丰富多彩的原野和人群的本质表现在一个似乎是不大协调的平面上。

凡·高笔下的原野,里面从没有乌鸦,也找不出一棵果树,他摘除掉这些东西的理由很简单:这些物体有碍于整体的象征。他蔑视那种为存在的某种具体性提供美的证明的画笔。大自然必须被心灵覆盖才能生机盎然,因而艺术形象必然不等于生活原型,大自然是永远不能被完整地讲述的,试图描绘大自然的微妙和单纯必然使客观世界面目全非。艺术之所以与自然不同,就在于艺术要对自然加以改造,使存在最终渗透在作品里,而不是原封不动地再现自然界的聚合或离散。艺术能反映万事万物,但它并不与现实保持平行,正是艺术与自然的分裂、荒诞、混乱,使艺术获得了一种新的生命:艺术家只有消融了细节,才会使我们获得我们这个世界本真的意义。

保罗·艾吕雅说过:"在这个领域里,存在着另一个世界。"凡·高真切地感受并传送着这个世界。

这是一个不为我们所知或所熟悉的世界,凡·高的心是人类精神的手指,打开一切为社会习俗和历史习俗所束缚的灵魂,指出一切艺术最终达到的朴素真理:排除偶然性,并赋予无限可分的外观以不可分割的统一。零乱的意象、破碎的形象、单纯的绝对、犹豫笨拙的欢乐、迸发性的空间韵律、延长自身色彩的颤动、蜕变和混乱的动态……很难说得清楚这究竟是人类走向成熟还是走向退化的痕迹,凡·高所努力展现的正是人类心灵中被忘记的空白。

我们无法设想如果凡·高生活在一个世纪以后的今天,或被治好了病以后,他还会不会创作出他的这种独具风格的作品。他开枪打死自己时仅仅 37 岁,但就在他临死前的 1886 年到 1890 年这 4 年,他改变了整个艺术史。在自由运用色彩和视觉手段方面,他比高更走得更远,他放进一束向日葵中去的净化的激情,比高更放进一打人像中的还要多,虽然高更更加有意识、更加清醒地注意微妙的比喻和象征的意象。

凡·高曾经用纯黄色和紫罗兰色在墙上写下这样的诗句:"我神智健全,我就是圣灵。"谁能够证实不是呢?没有迹象能够证明凡·高笔下明黄色底子上的蓝色的飞溅不是他所看到的秋天的景象,也没有人能够证明这个东西能够对观众表示出它对凡·高所表示的同样的感情和意义。今天已经没有什么问题比这更不可接受得了,他几乎比我们提前整整 100 年达到我们今天的存在。

1890年7月27日，这是一个平静的日子，一切如常。此时，凡·高正躺在奥弗的一家小旅店里准备走向他生命的终点。

四个小时以前，他刚刚向自己的腹部开了一枪，但这一枪并没有立即要他的命，死神宽容地又给了他两天时间让他在病床上回忆自己的一生。在生命、脚步、性格、画风都彻底地远离了荷兰之后，他却不断地想起荷兰故乡，想起他的石楠荒原，想起某一天他在那里漫步，看到荆棘也会开出白花。记忆越过双倍幽远的距离，越过遥相暌隔的往事，追溯悠悠流逝的时光，那是一种令人心碎的感觉。

昨天，他刚刚完成了他生命中的最后一部作品——《麦田里的乌鸦》。画面被他所惯用的两种颜色——阴郁的蓝天和苍黄的麦流均匀地分割，这是他最喜爱的颜色，在那幅酷似版画的《海边的渔船》中，他曾经让这两种颜色洋溢着无比明亮、绚丽、快乐和灿烂的气息。而今，在这幅充满告别味道的作品中，那种无忧无虑的明亮已经黯淡下来，天空悄悄地压低，一场暴雨将至；在狂风席卷下的起伏的麦浪变成浓稠的黄色色块的喷射，像呼吸一样简单的线条随时充满了肆意的、不妥协的意味，缠绵而凄凉；乌鸦从压抑和绝望中惊飞，躁动不安，孤单而无助，凄惶而迷惘。凡·高是从把世界赶出他的画布开始他的艺术生涯的，现在，他把这颗孤独寂寞的心彻底地关闭了。在他的画面里，没有一丝留给别人心理回旋的剩余空间，每个角落里都填满了他的膨胀的激情。他笔下的田野里，没有一只完整的乌鸦，那些零乱的黑色斑块是他被强烈的阳光灼伤的生命的最后的瘢痕。

凡·高很清醒，他知道他的生命已经完结，并且明白这处完结意味着什么。但他并不知道，此时，遥远的北方有一个比他年轻十岁的不出名的画家正在努力将这个过程再推进一步，把被他从自然的定位中激烈地拯救出来的自我全部暴露出来。

爱德华·蒙克，这个年轻的小伙子，他和文森特·凡·高从来没有互相听说过对方，但他们之间达成了一种默契的、了不起的共识：自我是欲望的不可抗拒的力量与社会约束的不可动摇的客观进行会战的战海，每个人的命运都可以被看成是对他人的警诫——至少是一个潜在的警诫，因为包含着所有被束缚的、充满贪欲的社会动物所共有的力量。

这是1890年。18世纪早已逝去，19世纪将要逼近它的最后一个10年，上帝的城仍未来临。

18世纪是一个伟大的世纪，在乌托邦、社会运动和艺术变革方面，酝酿了各种丰富多彩的思想，这些思想是伟大的发酵剂，它们使随之而来的19世纪和20世纪的历史处于运动之中。1890年，则是其中最平凡的一年，一切都继往开来，通报世界末日降临的声音仍是那么沉重,而这个世纪正是为了断定未来是福地而诞生的。一些思想已面临它们的暮色,而另一些思想正所向披靡,谁也无法断定明天等待它们的将是什么。对于人类来说,存在的形式是如此迅捷地变化着,那么明天太阳还会照常升起吗？高更的那幅画道出了凡·高一生都为之困惑的问题：我们从哪里来？我们是谁？我们向何处去？这些问题我们至今仍无法回答。诋毁未来的形式是那么多,思索未来的形式也是那么多,以致任何一种陈述都是不完全的。因而关于凡·高或者现代主义的争论不仅是艺术上的,更是有关人类的历史、存在、观念和意义的争论。人类一切既往的、以任何方式存在的形式,都会体现在我们此时此刻、没有日期的想象中。

贾柯梅蒂：青铜魔法师

怎样用存在创造出虚无呢？

这是贾柯梅蒂一直在苦苦思考的问题,在他之前,几乎没有人做过这种尝试。五百年来,艺术家们总在试图把整个世界塞进他们的作品,而贾柯梅蒂则努力把他的作品同周围的一切隔开,他所使用的办法是限制每一根线条和每一方材料(灰泥、石料)的自由伸展,突出被表现对象的轮廓,使其只能迫于对轮廓的压力将只能自身依附在内在的平衡上。

一

1950年,巴黎,一个头发纷乱、满面沧桑的老人,茫然地面对着他的皮肤残破、孤独沉思的"女人",这是他在这一年完成的又一个同一类型的作品——"坐着的女人",也是他对这个令人骇觫不安的世界的永恒质疑和不断诘难。

这是一个高 77 厘米的青铜女人,她坐在一张只有四条腿的椅子上,瘦削赤裸,四肢细长,皮肤残破不堪。此时,这个青铜女人双手合握,垂落于膝前,由于长时间地孤坐,她的两条腿已经同椅子的前两条腿粘连在一起,远远地看去,她更像一只六足昆虫,一只长着人形的六足昆虫,孤独、深邃、冷静,充满着诡异的情调。

她是她的主人这一年创作的众多的女人雕塑之一,在此前和此后的几年中,她们以相似的面貌、不同的姿态,在同样虚无的背景中诞生、伫立和行走。

这个头发纷乱、满面沧桑的老人就是贾柯梅蒂。在纷纭繁复的艺术史中,阿尔伯特·贾柯梅蒂被更多地称为雕塑家、画家,而让·保尔·萨特却喜欢将他称为"思想者"。几乎在同一时期,贾柯梅蒂和萨特不约而同地将艺术的本质理解为"一种荒谬的活动"。正当萨特冥想着他者与自我的距离的时候,贾柯梅蒂早已开始用画笔对此进行了描述。

再过 1 年,这个老人就满 50 岁了。虽然经历了战争的风云变幻、评论界的腹诽诟议以及对未来世界的绝望和恐惧,严格地说,他还不算是老人,尽管皱纹和白发已经早早地爬上了他的面颊和双鬓。此时此刻,他正处于他创作和思想的巅峰,面对他的作品,他在苦苦思索,苦苦质问——艺术家怎样才能不加限制地对一个人进行描述呢？17年后,这个问题显然还是没有一个令人满意的答案。在经历了种种长久的颠覆和反思的努力之后,他开始在他冷峻的刀锋中加进了些许宽柔,在漠然的质询中带有越来越多的敬畏和赞美。而这一切,似乎标志着他已经做好了充分的准备,准备告别他的思想和他的创作,去追寻另一个世界的全然不同的解释。

二

艺术的背景显然不是单一的。但是,我们的目光一旦专注于艺术在社会中的成功时,艺术的独立性便似乎不值得怀疑了。社会,这个背景太广阔了,现代性的基本思想和观念——进步、演变、变革、自由、民主、科学、技术——都源于对这个背景的批判,与其说将现代主义的一切变形和变态理解为研究、创造和行动的方式,不如把它们看成是批判的产物,从对宗教、哲学、伦理、法律、历史、经济和政治的批判开始。如果没有了这些批判,现代主义将是不完整的,不过是一堆历史的混合物而已。

所有这些伟大的革命、现代主义艺术的开端,不是偶发事件,而是在18世纪的思想中孕育而成的。18世纪在乌托邦和社会改革蓝图方面，是一个丰富多彩的世纪，这些思想是伟大的发酵剂，它们使 19 世纪和 20 世纪的历史处在运动之中。乌托邦这个理性的梦想是批判的另一面。批判精神留下的所有空白几乎总是由乌托邦的建设来填补——在这里，一切被摧毁和破坏的都交付给未来，乌托邦显示了这个光辉灿烂的未来对于我们的地位：那里有一块我们应该去垦殖的土地、一座我们应该去建设的城池。

乌托邦的梦想缘于显示的无力和理性的撤退。理性的玫瑰花被钉上了十字架，历史就是这样一座十字架，这是黑格尔有名的形象。20 世纪的文化杂乱地充斥着乌托邦的设计，艺术是其中最著名的一种，它将现实以抽象的方式反映出来，正如瑞士超现实主义艺术家保罗·克利所说："这个世界变得越令人害怕，艺术就变得愈加抽象。"

1914 年第一次世界大战从根本上改变了语言的生命和艺术的形象。后现代主义艺术家巴雷特对此深表痛心，他认为第一次世界大战的爆发标志着历史的一次重要断裂。欧洲相对和平繁荣的时期宣告结束，"1914 年的秋天粉碎了那个世界的基础。它显示社会具有的表面稳定、安全和物质进步像其他事情一样都停止了。欧洲人面对面陌如路人"。战争的炮火摧毁了艺术家们罗曼蒂克的想象，使现代艺术进入了它的讽刺、厌恶和抗议的岁月。机器的诞生所带来的对一个新世纪的太平盛世转折点的希望和欢乐,为转而反对它的发明者和他们的后代的另一类机器所挫伤,在连续 40 年的欧洲和平之后,历史上最恶劣的战争抵消了对有益的艺术和仁慈的机器的信任。这种战争一度被冠冕堂皇的骑士语言描绘成一个善与恶最终决斗,意味着拔剑而起迅速挽救文明世界,建立永久的正义统治,是"结束一切战争的战争"。然而,事实不久便被揭露出来,这是一个痛苦的真理,人们相互摧毁了彼此间的乐园,没有人能有勇气重述这场战争是怎样对待文化的,艺术家们可能是在战壕里,更可能是在战场上,艺术并不能使他们躲避子弹的追杀。

这个打击太强烈了,人们在一瞬间发现以他们的思维方式突然不能再理解这个世界,政治领域的古老真理也在这种情况下变得空洞无物、濒临崩溃——这就是现代主义心理气氛的摇篮,它催生了一种用否定来解释一切的狂热,人们无法再像以往那样肆无忌惮地生活。一个著名的说法是:"奥斯威辛集中营事件以后,人们很难相信上帝了。"冯尼格特在《囚犯》中也曾说道:"我知道上帝绝不会接近集中营这种地方,纳粹也很清楚这一点,这就是为什么他们有恃无恐,敢于为所欲为。"

我们与生活本身之间的距离是永远也无法穿越的,尽管我们遥遥地和它相对峙,可我们试图接近它时,才绝望地发现:任何一方空气、一块草坪、一幢小屋、一段往事、一抹记忆……都成了对我们的阻隔——我们不得不与周围的一切事物隔开，只因为我们自己的轮廓太清晰了。

正是在这种背景下，艺术成为未完成品，艺术品不再仅仅是一些色彩的明暗、一些线条的痕迹、一些语言的线索……它们的意义冲出了画框和纸面而成为一种自在的存在，于是艺术品自身就具有了对外界的张力。一种信笔由缰的即兴表达方式是对某一瞬间人类的普遍感情的定位，传达了人类未经掩饰的共同体验，借以屏除一切因权力而造成的犹疑、躲闪、回避和误识。詹姆士·乔伊斯流亡途中在湖边写出《尤利西斯》的大部分，这部充满曲折和支离破碎的意象的小说被认为是"一幅巨大的都柏林的动态图"，就是弗吉尼亚·伍尔夫的《墙上的斑点》，也让我们看到"该死的战争"的影子，看到"惠特克的尊卑序列表"，看到一位悠闲自在的太太消极厌世的沉思。英国评论家马丁·埃斯林在谈到荒诞派作家时说，他们都在"寻找自己"，"公然放弃理性手段和推理思维来表现他所意识到的人类处境的毫无意义"，"一直试图凭本能和知觉而不凭自觉的努力来战胜并解决以上的内在矛盾"，"他们的作品都敏锐地反映了西方世界里他们很大一部分同代人的偏见和焦虑、思想和感情"。

三

阿尔伯特·贾柯梅蒂是其中之一。

贾柯梅蒂一生的大半时间都在巴黎工业区的一两间房的画室里从事创造，20世纪30年代初期，他以超现实主义画家而闻名，经过长期的摸索和实验以后，在40年代他又成为世界上最具争议的雕塑家之一。他创造出一些站立或行走的人像，他们身体瘦削，皮肤因破损而凹凸不平。这些雕塑人物形象都是孤独的，他们因孤独各自独立，但当把他们安放到一起的时候，不论怎样排列，孤独都会把他们紧紧相连，他们孤独地待在由自身的衰弱而引起的空旷的气氛中。

贾柯梅蒂有一个以一组群像为场景的雕塑作品，塑造的是一群男人正穿过一个广场，而彼此之间却感受不到他人的存在。虽然他们是一个整体，他们相互追寻但又永远相互迷失，形同路人，他们绝望而孤单地走着。

贾柯梅蒂把他对战争的刻骨铭心的印象转于他对宇宙的深刻理解。他的作品中无时无刻不充斥着对距离的感觉：他的雕像之间的距离，以及包围着一切事物的广阔无垠的空间。

"一天清晨，我睁开眼发现裤子和上衣占据了我的空间。"

有一天,他说。

这种距离是对生存空虚的疑问和困惑,因而是永远也无法穿越的,一方草坪、一个房间、一块空地、一方空气,甚至是雕像人物形象本身的某种姿势,都会成为某种试图接近的努力的重重阻隔。事物之间、人们之间都充满距离,无法沟通,任何一种生物都在创造着他自身的真空,这种像硬壳一样的虚无感常常盈溢在贾柯梅蒂的心中,他总是处处感受到淡淡的落拓情怀,尽管有时他也为此不寒而栗。

与他同时感受到这种对空虚的不寒而栗和现代人形象的破灭,并与他在同一时刻达到创作高峰的还有著名的詹姆斯·乔伊斯、T. S. 艾略特、伊兹拉·庞德、威廉·福克纳、海明威和贝克特。

怎样用存在创造出虚无呢?

这是贾柯梅蒂一直在苦苦思考的问题,在他之前,几乎没有人做过这种尝试。500年来,艺术家们总在试图把整个世界塞进他们的作品,而贾柯梅蒂则努力把他的作品同周围的一切隔开,他所使用的办法是限制每一根线条和每一方材料(灰泥、石料)的自由伸展,突出被表现对象的轮廓,使其只能迫于对轮廓的压力将只能自身依附在内在的平衡上。

贾柯梅蒂的描绘和雕塑,大多数都是对他的兄弟迭戈、妻子安妮特和对他自己的探索和研究。他在描绘他的兄弟迭戈时，将其表现为孤零零地迷失在飞机棚里，迭戈身后远处的墙壁不是作为背景被勾勒出来的，他们之间并不相互依附而存在，他在那儿，它也在那儿，仅此而已，他们之间的空间是穿不破的，这种空间就是世间万物之间的距离。一片空地充其量只能是一种空旷，而突然之间，当一个人出现在这个寂寥的空间时，虚无便作如是观。这便是贾柯梅蒂所试图创造的气氛，他使他所表现的对象的周围充满了大量的空白，并力图使我们相信：一个被特定框架限定的想象的空间是真正的虚无。

贾柯梅蒂的作品中充满了象征，同时他的临场描绘又完整地体现在每个作品的组成部分中。他的人物中没有征服者，但被征服的受难者的痛苦被一一列举出来，人们的身体里隐藏着心灵的痛苦，这是一种奇观，是完全写实的艺术和完全抽象的艺术所不能达到的，这是一个时代的肖像，一个时代的现实。

艺术家无疑是这个时代的良心，代表着这个时代的最清醒的判决，忠实地记录着当权者的种种暴虐，使后来者感受到他们无法亲身经历的切肤之痛，从这种意义上说，艺术史不仅仅是艺术史，它也应该是一部权力史、政治史、法律史、经济史、宗教史。提香是一个"叛徒"，因为他强迫自己的画笔去描摹令人安慰的恐怖、无关痛痒的苦难和生气灌注的尸体，他通过虚饰的美而出卖了人类，以换取国王的青睐；弗朗西斯科·德·戈雅则是一位不屈不挠的道德家，在油画《5月3日》中，他用鲜明的色彩描绘出战争的恐怖，他的大部分蚀刻作品如《战争的灾难》，也表现了同样的主题。两者的不同之处在于戈雅把战争看成是一次人类对自我完成的背叛，而提香仅仅把它看成一盘普通的水果来创作他的著名的静物画。宇宙之大，也许从某一个角度来看，人类的存在不过是沧海一粟，不过是白驹过隙，站在人类的立场上，人类未免有点自怜和自伤。

贾柯梅蒂，从本质上说，是与戈雅同类的对艺术和人类怀有热忱和同情的人，他代表着遭受战争摧残的一代，嘲笑文明并且对进步失去信心。他的作品，不论是绘画还是雕塑，从不试图去精确地再现那微风轻拂麦田时柔和的涟漪，而是试图完善地再现那动摇不定而又往来密切、作为世界中心的人类的存在，通过世界的每个部分去揭示他曾加以界定的人类心灵的存在。他的模特儿既非独裁者，亦非名人，而是具有缺乏吸引其他艺术家的尊严和魅力的原始人，是一个个越过地平线的颀长模糊的人影。他是一个战士，他的对手是一块石料和一个空间，他力图用一些有限的形式表现人类的痛苦和挣扎。作为一名雕塑家，他常耽于对石头的思考，耽于对那在产生自身孤寂的失落意识的过程之中的空虚的思考，他生活在一个动荡不宁、欲望横流的世界，他的环境和他自身性格的敏感使他完全将自身融化于对象的形体之中，并热烈地把这种自身的充实羽化为一个个人物形象。几乎没有人会像他那样，对面孔和姿势的魔力那么敏感；也几乎没有人像他那样，如此着迷地专心于个体的事情和个体的特征。他试图从众多的面孔和姿势中分离出一个，使其灌注着生存的种种可能和力量，他想象着人性的本质并决心将这种本质标识在普通的石料和空间上。

四

贾柯梅蒂是3000年来最有争议的雕塑家之一，也是3000年来最冷若冰霜和激情澎湃的人。

对3000年后的贾柯梅蒂来说，前人的所有作品只是一些没有深度、无精打采、死气沉沉的物体，似乎没有什么让人真正感动之处，他不是以新的作品去填充艺术陈列室，而是要以自己的创作实践去证明，雕塑艺术本身也是可能被雕塑的。

贾柯梅蒂是一个永远创作着的人，这在于他的不断被注释和读解。他的作品多是一些未完成的粗糙的砍凿物，而正是这些东西载着他走向成功。引起他的兴趣的仅仅是那些引导他更接近自己目标范围的东西，有悖于此，他便苛刻地破坏一切以重建,因而,他的作品总是介于虚无和存在之间,总是处在改变、完善、毁灭和重建的过程中。他身边的朋友经常从他毁灭的雕像中搭救出一个又一个有个性的人物,对此,他不以为然,他执着于他所创造的生命,专心致志地从事自己的事业,在15年里,他所拥有的只是一次展览会。而在他的工作室里,更引人注目的是那些涂抹着白色涂料、缠着长长的红色带子的奇形怪状的稻草人,他的思想、他的感受、他的愿望和他的梦想都凝聚在这些石膏群中,这些作品以其庄重的永恒和持续的变形表现为永久的凝固,是贾柯梅蒂对世界和自身生命的理解的新的、独特的语言方式。

对于画家们来说,在图画中,立体的虚构必须让位于平面的想象的事物来承担。在古典画派中,透视法确定了一个保持欣赏者和画面的最佳欣赏距离,这个距离是被艺术的假定性确定了的,即使欣赏者前进或后退一步,走到离这画布更近或更远的地方,也不能把对画面的欣赏距离拉近或推远。而在雕塑家看来,这个基本的事实并不存在,纵使他们的对象是虚构的,他们仍是在一块真正的石料的三维空间领域里进行创造,现实在空间和虚构的对象中产生了奇妙的结果,欣赏距离是无须确定的。对欣赏者来说,尽管原型和作品形象的存在方式不同,但两者必须以同样的力量和效果合乎逻辑地描绘这个形体。

"空间是一种剩余品。"贾柯梅蒂如是说。

绝大多数雕塑家都能容忍对象对自己的欺骗。在未开凿作品之前,他们常常被宽阔的大理石的丰腴外形迷惑住;在进入作品之际,他们则对慷慨的空间弥散困惑了,因而只在石料本身填充、浓缩或放大人类的姿势。这种思维和行为方式的结果是,实际空间的性质遮盖或掩饰了想象空间的实质,大理石的可分性破坏了人的不可分性,从而活生生的生命因为失去其存在的空间背景而成为一些无生气的肖像。

贾柯梅蒂则认为,一个活生生的人身上绝对不可能有多余的东西,一切器官都有着自己的功能,而空间是人类的一切存在的对立物,它毁灭、压缩生命,吞没一切,雕塑——贾柯梅蒂深深以为——正是这种手段,从空间中剪除了多余的东西,恢复和精炼人类的生命气息。这是贾柯梅蒂所理解的艺术的矛盾原则,他所钟情的不是拼接整个形体的——细节,而是以这些细节为借口的那些远方的明确的存在,这些存在既是每一座雕像也是整个世界得以存在的最终因素。贾柯梅蒂通过反对甚至反叛古典主义的表达方式,使自己的雕塑品进入了一个想象的、流动而不可分割的空间。

他授予自己的塑像以"绝对距离"的称号,他以他的技巧和他对空间的独特的理解方式制造了种种不可突破的距离——欣赏者和雕塑品之间的距离、人和对象之间的距离、人和人之间的距离——这是贾柯梅蒂浓缩空间的方式：一切都是可望而不可即的，这样就为人类的未来提供了一种充分的、物质的允诺方式。

贾柯梅蒂是现代主义诸多艺术家中最有争议的人物之一，他把一场哥白尼式的革命引进雕塑界，他尝试对原型人物以拉长的变形方法来传达他对那个绝对存在的理解，把对人的感官和感情上的把握变成更稳定可靠的观念上的把握。

他的塑像是一些从特殊的镜子中反射出来的人类心灵的映像，他们纤弱细长，像灵魂一样直入天空，这是一群殉难者和被大屠杀或饥荒的可怕牺牲吓坏了的幸存者。人物形体的变形象征了他们心灵的扭曲和变态，借助这种造型，贾柯梅蒂赋予他们的物质材料以真正的人的一致性——一种生存而不是生活的整体：生存是偶然的，生活则暗示着种种偶然性之间的秩序。

这正是贾柯梅蒂对艺术的认识，艺术是人和世界的全面联系，使我们在每一个十字路口都会发现它的深切的存在，它是单一的，也是绝对的。

艺术家们选择为艺术推波助澜的方式并不都是一样的。卡夫卡在临终前曾要求把自己的书全部烧掉，而陀思妥耶夫斯基在生命的最后时刻还想着写一部《卡拉马佐夫兄弟》的续集。但他们两人都未能如愿以偿。

而对贾柯梅蒂来说，见容于世也好，屡遭毁谤也好，他绝不会轻易放弃自己的追求，艺术追根溯源是"一种荒谬的活动"，因为人们所倚靠的只是空虚，而不是温暖的手臂和宽阔的胸膛，空间意味着灾难、不幸和崩溃，他的任务就是充分证明它的现实存在。

贾柯梅蒂创作于1950年前后的《笼子》很好地表达了他从一种明显的真空状态中表现实体存在本质的强烈愿望。他为自己的人物设置一个框架，使其和我们保持一定的距离，并且生存于一个由它们的框架所产生的距离构成的更为狭小和封闭的空间。通过这种方式，他努力使我们相信，雕塑品一旦相对于欣赏者便更具有其固有的、意象上的距离感，一个被特定框架限定的想象的空间是真正的虚无，必须透过种种厚密的空间层的过渡才能够理解这种透明的虚无，就像法国象征主义诗人兰波看到的在湖水中的房子。贾柯梅蒂的伤口真实地记录了其所处时代的普遍的、绝望的心理气氛，正是由于人们的犹疑和无所适从，才使这些虚无的化身获得了一种实体的存在。

五

　　森林是野蛮的原始故乡和耕耘之敌,是文明的渊薮与敌人。对于贾柯梅蒂来说,正如原始森林一样,传统也是他无限熟悉和留恋但又不得不放弃的东西。1964年秋,在一篇与大卫·西尔维斯特的谈话中,贾柯梅蒂表示了对抚育他成长的传统之根的无限怀恋,这时他已经病入膏肓:

　　　　说到雕塑,对于我来说,我首先是传统的奴隶。如同其他人一样,我们必须首先致力于现实主义雕塑,这种雕塑其实是先有一个头,一个古希腊或者古罗马的头,因而人们所见到的,恰似一个容积,一个球体,一个现实的等价物。即使是罗丹本人,在创作他的石膏像时也要先进行测量和估算。

　　在贾柯梅蒂看来,对传统的颠覆是具有真实感的。萨特是这种真实感的最忠实的观众和读者。在贾柯梅蒂的雕塑前,萨特一次一次被打动,一次一次发出无限感慨:"想使一个局部清晰而安详,我所要做的就是千万别把注意力集中在这上面。"

生活中总是重复着令人震惊的相似。近 2000 年前的某一天，一个叫安庇多克莱斯的人突然醒悟，大笑着说："我们死时灵魂会回归它的源泉——火。但是，我们的魔性——内疚加上时刻潜藏着的神性——并不是来自火，而是来自我们的前驱者。偷来的成分必得归还，而魔性从来不是偷得的，而是承继下来的，在死亡的时候又接着传给新人。这样的新人是能够同时接受邪恶和神性的迟来者。"

从颠覆、变形和残缺的地方，想象力总是不知不觉地开始着它的伸张的空间。为了排除时时困扰着的孤独之感，贾柯梅蒂拿起了雕刻刀，他准备将那些被这个世界排斥出来的人再度安放到他们的生活之中。

生活的谬误未必是生活的必要，而艺术的谬误则一定是艺术的必要。

对于贾柯梅蒂来说，由谬误开始的对现实的颠倒也许是生活最大的奢侈。贾柯梅蒂是一个伟大的魔术师，他用雕塑材料制作着他对整个世界的判断，表达着他对整个世界的演绎。从九人群像到基座上的四个女人，从戴着高冠的女人到广场上散步的人群，从站着的女人到林间的伫立者……在生存者的身后，贾柯梅蒂用他自己的方式为他们树起一块又一块虚无的墓碑，他们纤细柔弱,无所归依,像一个个灵魂的倒影,飘浮在日渐模糊的天空。

普罗米修斯的烟火耗光了,阿尔伯特·贾柯梅蒂选择了用灯火来代替。

社会的虚无本质,人类的尊严和精神向往被战争和权力所造成的损伤,改变着艺术的表现姿态,证明着保罗·克利所说过的那句著名的话:"世界变得越可怕,艺术就变得越抽象。"就像19世纪工业革命开始出现在田园牧歌式的风景中,20世纪权力意志的强烈后果也以前所未有的速度和力量渗透进艺术的角角落落,给艺术家施加压力。1848年查尔斯·波德莱尔挥舞着一支双筒猎枪,突然跳上街垒,宣称"艺术高于一切"的行为不会再发生了。1880年以前,人们认为每件艺术品都包含着自己的历史,可以与自己的历史对话,并且这种对话就是它的意义的一部分,而这被自然而然地看成欣赏能力和审美经验的背景。这种观点随着现代主义渐渐迷离的政治背景而日渐清晰,现代社会中各种权力对艺术的压制使其越来越趋于抽象,同时也越来越趋向于孤独。野兽派画家亨利·马蒂斯兴高采烈地说:"观赏一幅画时,必须完全忘记它表现的是什么。"

此时,从具象到抽象、从传统到现代,一场革命已经无声地开始很久了。

六

青草充满了,

充满了你自身。

周围的树木在为你而生长,

黑夜的整个寥廓为了你而存在,

一个横跨四面八方的自我,

你变成了充斥黑夜之四角的一个自我。

1966年,巴黎,阿尔伯特·贾柯梅蒂死于癌症。

一个时代结束了。

那色彩仿佛正在呐喊

——爱德华·蒙克和他的美学逻辑

蒙克自觉不自觉地苦苦阐述的,正是这个时代的心理特征。这是一个精神暧昧的时代,它催生了尼采,催生了詹姆斯·乔伊斯,也催生了蒙克。他们全神贯注于人的假面、人的孤独,竭尽全力地创造一种更为必要的分崩离析。

1890年,当文森特·凡·高躺在奥弗的一家小旅馆准备走向生命终结的时候,遥远的北方有一个比他年轻10岁的不出名的画家,正在努力将凡·高疯癫的隐喻推进一步。凡·高曾经用纯黄色和紫罗兰色在墙上写下这样的诗句:"我神志健全,我就是圣灵。"而这个不出名的画家,正尝试着用色彩描绘出人类灵魂深处的呐喊。

这个人,叫作爱德华·蒙克。

一

　　爱德华·蒙克,挪威表现主义画家,1863年12月12日出生于勒腾,在挪威首都奥斯陆长大,他的母亲在他5岁时死于肺结核,笃信基督教并患有精神疾病的父亲,向他的孩子们灌输了对地狱的根深蒂固的恐惧,他一再告诉他们,不管他们在任何情况下,以任何方式犯有罪孽,他们都会被投入地狱,永无宽恕之可能。这种恐惧,加上四个兄弟姐妹的相继死亡以及他自己在13岁的时候因为肺部疾病差点丧命所带来的焦虑,伴随了蒙克整整一生。也正是这种恐惧和焦虑,解释了最终走向边缘与颠覆的蒙克为什么有一个如此循规蹈矩的童年时光。

　　回到1890年,凡·高难以忍受躁狂型抑郁症的折磨,正打算开枪自杀时,蒙克还不满27岁。然而,在未来的时日里,正是与凡·高遭受了相似的精神痛苦的蒙克,将被凡·高从自然的定位中激烈拯救出来的自我,全部暴露出来。

　　时间,像流沙一般从指缝间悄然滑走。84年以后的1974年,一位叫作彼得·沃特金斯的英国导演,将镜头转向爱华德·蒙克,对准了他年轻岁月中的彷徨和苦闷。这一年,恰是蒙克辞世30周年,彼得·沃特金斯请了一些不专业的演员,他们在他的调度下，专业地表达了蒙克的成长和成熟。为了准确表达蒙克作品在问世时所处环境的艰难和所遭受的敌意，彼得·沃特金斯还特意招聘了许多不喜欢蒙克的演员，他甚至允许他们使用即兴的、长篇累牍的"对镜讲述"方式。但是，遗憾的是，正是这些演员，最后成为这部影片走进戛纳国际电影节的阻碍——评委不约而同地放大了电影细节的失误，聚焦对演员的攻讦。

这部传记电影——《爱德华·蒙克》，花费了彼得·沃特金斯不少精力，他被蒙克的画作所触动，之后用了整整3年时间来说服挪威电视台投资拍摄。长达211分钟的影片，洋溢着彼得·沃特金斯卓越的才华，充满他独特的个性。影片于1976年3月在英国BBC电视台播放之后，得到电影界的广泛褒扬。骄傲的瑞典电影巨匠英格玛·伯格曼称赞这部作品为"天才之作"。《时代》杂志甚至在评论中使用了"催眠"一词。的确，彼得·沃特金斯就像催眠大师一样，将观众拖进了19世纪末20世纪初的挪威，在30年的时间跨度中，与爱德华·蒙克一同体验他如何开启表现主义创作，如何成为欧洲北部最具有争议、最具有诽谤的画家之一。

19世纪末期，欧洲大陆的经济萧条波及挪威，支撑挪威经济的木材出口和航运业陷于停顿，为了摆脱饥荒和经济危机，挪威人不得不另寻出路。史料显示，影片所记录的30年间，有数十万挪威人离开他们祖祖辈辈居住的家园。

年轻的蒙克正是在这段时间形成了他的画风。与此同时，背离古典主义的印象派令他眼界大开，遗传自父亲的精神疾病一面困惑着他，一面让他保持异于常人的洞察力。这些因素使得他敏锐地发现了线条和色彩所包含的强大的表现力，并掌握了如何运用这种埋在灵魂深处的力量，画出活生生的人——他们的呼吸，他们的存在，他们的疾病、死亡、绝望，以及他们的受苦受难和彼此间的相亲相爱。

蒙克将被凡·高从自然的定位中激烈地拯救出来的自我全部暴露出来。在这条道路上，蒙克比凡·高走得更远。尽管45岁以后，蒙克的风格出现了变化——1908年，他的焦虑变得严重，不得不在丹尼尔·贾可布逊博士的诊所住院接受治疗，医院施行的休克疗法改变了他的个性，同时也改变了他的画风，他不再悲伤，而是变得温和而甜蜜。

如同医生做病理切片一样，彼得·沃特金斯选择了蒙克艺术生命中的黄金30年。恰是这宝贵的30年，蒙克在画作中表现出来的对心理苦闷的、强烈的呼唤式样的处理手法，深刻地影响了20世纪初期发轫于德国并迅速波及欧洲的表现主义。彼得·沃特金斯记录的30年，是蒙克画风形成的30年，他这段时间的作品，充满了世纪末的哀伤和怅惘，他的笔触色彩艳丽，大胆奔放,时时充斥着紧张不安、压抑悲伤的情绪。他看到的是人类最复杂的精神体系,他将目光投注在被人们忽略的世界,以此表现死亡、忧郁和孤独,以及由孤独引发的怀疑和焦虑。

彼得·沃特金斯用特写的方式,将蒙克的脸放大到整个银幕——他的焦虑,他的恐惧,他的疯癫,以及——他的呐喊。

二

爱德华·蒙克是现代画家中对"个性是由冲突造成的"发生兴趣的第一个人,他的兴趣是对弗洛伊德理论的艺术再版。蒙克和弗洛伊德似乎从来没有听说过对方,但是,他们之间达成了一种默契的、了不起的共识:自我是欲望的不可抗拒的力量与社会约束的不可动摇的客观进行会战的战场,每个人的命运都可以被看成是对他人的警诫,至少是一个潜在的警诫,因为包含着所有被束缚的、充满贪欲的社会动物所共有的力量。

蒙克,是一个冷血的悲剧诗人,他的始终如一的悲观主义源自他那充满恐惧和忧郁的儿童时代,因而,"疾病和疯狂是守在我的摇篮旁的黑色天使"。我们不难理解,何以他的内心总是充满了无可奈何的自卑与凄凉,充满了对神秘的、命定的秩序的一一对应。他是那么软弱和无助,甚至连对此不甘的愤怒也没有。

"你的脸含有世界上所有人的美,"他在一篇配合他的描绘夜妖莉力斯画的文字中写道,"你的唇像成熟的果子那么绯红,像是因痛苦而微微张开尸体的微笑。现在的生命和死亡握住了手,连接过去的几千代和未来的几千代的链条接上了。"

这链条,是时间的赓续,更是人类情感的绵延。1892年11月,蒙克应邀参加柏林艺术家联盟举办的画展,画展持续了一个星期。正是因为这次画展,他融入了柏林,成为一个具有先锋精神的国际文化小群体里的一员,这里面有挪威剧作家亨利·易卜生、瑞典戏剧家奥古斯特·史特林堡。此后,蒙克的一些画作引发了评论家的强烈反应,包括《风暴》《月光》《星夜》,特别是晦暗冷涩的《玫瑰与阿美莉》《吸血鬼》,甚至是以他的姐姐苏菲的死亡为主题的《病室里的死亡》。他努力发掘人类心灵中的各种状况,表现疾病、死亡、绝望、情爱,这让他的画作成为苦涩的争论对象。

蒙克的哀恸是人类的哀恸,蒙克的悲喜剧是人类的悲喜剧,对生活中阴冷一面和精神虚无主义的单调阴沉的强调恰是我们自身的一支——一种从不企图迎合讨好的反艺术,以叛逆的姿态宣告了我们现在的位置。

疏远、失落、恐惧、怀念、失望,这些是蒙克在他1893年的一幅版画《呐喊》中所记录的。当时,他正在与两位朋友在一条路

上散步:

　　我又累又病——我站住眺望峡湾那边——太阳正在落山——云被染成红色——像血——我感觉到仿佛有一声呐喊穿过自然——我想我听见了一声呐喊——我画下了这幅画——把云画得像真的血。那色彩仿佛正在呐喊。

　　画面中的人,正是蒙克。

　　可是,这个人根本不像蒙克,甚至一点也不像人。这是一个张口喊叫的厉鬼,他长着骷髅一样的头和身子,随着晚霞和峡湾里黏滞的塘水的节奏而弯曲;夕阳、河水、流云、帆船,都紧张地在谵妄中摇摇晃晃;栏杆斜穿过画面呈坚定的对角线分布——现代心理学认为,有精神分裂性情感的人往往把画面分成类似的形式,他们想通过篱笆、围墙等壁垒把自己隔离起来以保护自己,这是人类古老的、本能的抵御手段。法国社会学家迪尔凯姆和莫斯认为,把环境一分为二是人们排斥外界、同外界周旋的最原始的形式,宇宙和社会的分级、图腾崇拜也是出于同样的道理。欧根·布洛伊勒把这种精神深处的分隔称为精神分裂症。曾多次经过精神治疗的蒙克显然也具有这种倾向,他以版画的形式表现了他自身具有的问题——意识的分离,人格的非人格化，自我的断层以及丑恶、病态、怪诞、费解、平庸——这种问题也存在于我们周围并且是我们试图以清醒的意识抗拒的。

蒙克自觉不自觉地苦苦阐述的，正是这个时代的心理特征。这是一个精神暧昧的时代，它催生了尼采，催生了詹姆斯·乔伊斯，也催生了蒙克。他们全神贯注于人的假面、人的孤独，竭尽全力地创造一种更为必要的分崩离析。

伟大的波兰作家斯坦尼斯拉夫曾经说："在一场悲剧中生存下来的英雄，未必就是悲剧英雄。"这话有趣且耐人寻味。艺术家永远是他那个时代的精神秘密的代言人，不论是悲剧化生存还是悲剧性时代。

重要的是，爱德华·蒙克用他的画笔，把我们一度熟视无睹的东西，变成了现代人心中的象征性风景，把我们有意无意遗忘的东西，锻造成打开未来之门的魔法钥匙。

三

1909年，爱德华·蒙克回到他的祖国挪威。晚年的蒙克，更多地表现出对大自然的兴趣。经过长期的治疗，他的作品不再充满悲观，而是变得更富于色彩。他的疾病让他更关注人类的痛苦，他的病愈让他远离早年的疼痛，病中的蒙克是一个伟大的画家,病愈的蒙克则是一个甜蜜的老人。于他个人而言,病中的蒙克赢得了世界,病愈的蒙克开始享受世界。孰优孰劣?一言难尽。

可以看出,艺术发展到爱德华·蒙克,已经完全改变了19世纪中期由古斯塔夫·库尔贝在他的《宣言》(1861年)中提出的可以称作中立的或注重事实的牢固的写实主义原则,他将艺术关注的对象由物质的现实引向人类心灵的现实。

1855年,俄国文学理论家N. G. 车尔尼雪夫斯基在他首次发表的论文《艺术与现实的审美关系》中写道:文学艺术本质上就是写实的报告文学("艺术的首要目的即再现现实"),其次才具有"解释生活"的作用。"美存在于自然中,它在现实千变万化的形式中,都有踪可循。一旦被找到后,它就属于艺术,或者首先属于知道如何看它的艺术家。更确切地说,美是真实可见的,美本身就具有它自己的艺术表现力。但是艺术家没有权力将这一表现力扩大。除非冒险改变美的本质和时常地削弱美,他是不能触及它的,大自然赐予的美高于所有艺术家的惯例……美的表现与艺术家应具备的知觉能力成正比。"埃米尔·左拉给艺术的定义是:透过一种气质而看到自然的一个断面。

在现代主义者看来,这种自然主义和现实主义的原则——不带偏见和倾向性地反映自然的本来面目——被认为是一种不可能的(倘若不是无意义的空想)。高更和凡·高更喜欢凭直觉和情感来创作,野兽派画家马蒂斯则在1908年的《画家笔记》中写下了一段著名的话:

> 色调激励人的调和,能够引导我改变人物的形状,或者改变我的构思。我向着取得构图中所有部分和谐的目标不断努力,直到达到为止。然后,所有部分在一瞬间找到了它们固定的联系,接着,倘若不是必须完全重画的话,要我在画面上多添一笔都是不可能的。

这种态度意味着对现实主义的全面抛弃,因为它把对构图的审美要求置于对再现的语义要求之上。艺术作品成为一种新的、独立的现实,这表现在高更对欧洲文明的排斥和对动人心绪的形式及色彩所蕴含的排他性质的赞美中;恩索尔突然背弃了精致的绘画,转向一种表现惊人主题的故作惊人之态的技巧;蒙克运用幻想形象,把他个人的苦痛赋予公开的形式;凡·高狂热而有节制地对自然加以变形并强化夸张自然的色彩以创造一种表达力强大的艺术;罗丹通过形象的表面和紧张的动态有力地表现感情……自我,而不是自然,成为实验和表现的对象。

艺术的美成为隐蔽的、源于心灵的,在绝对的意义上是失真的。不难想象一眼就被看透了本质的作品,它的呆板的可视性障碍了美感的传达。当我们提起两个世纪以前的乔凡尼·安东尼奥·克雷莱托那幅惟妙惟肖的《威尼斯》时,更多的人绝不是以一种欣赏的口气来谈论它,虽然这幅画里体现了克雷莱托完美的透视法技巧,他对色彩和气氛的良好感觉和对威尼斯地形精确而虔诚的观察。当克雷莱托用他无与伦比的绘画功底和技巧把观察者排斥在想象之外时,他也把美推了出去——他的画面太真实、太包罗无遗了,已容不得人们的一丁点曲解,这就是该画失去意义的原因。

在与克雷莱托相反的轨道上,一些艺术家正试图通过种种非造作的、不完善而即兴的、信笔涂鸦的方式体会心灵世界的内涵和价值,体会生活本真的暗示。"作为青年,我们担负着未来,"表现主义画家恩斯特·路德维希·基希纳在 1925 年写的宣言中说,"我们想要为自己创造生活的自由,发起反对长期盘踞的老资格势力的运动。所有真实地、真率地显露自己的创造冲动的人都是我们的人。"

这些新艺术家试图通过解释人们的感情对线条、色彩和形式如何做出反应,而不是根据它可能与某物相似或它可能传递的世界其他地方的任何语义信息去评价艺术,这种转变的根据和诱因来自很多方面——来自陀思妥耶夫斯基书中所把握的那个痛苦的变态的情感世界;来自易卜生和斯特林堡戏剧夸张的手法和内容;来自尼采没有上帝的世界那残酷的光明影像以及他立论的挑战性措辞,"要成创造者的,必先是毁灭者,破坏一切价值";来自19世纪的,特别是神智学及鲁道夫·斯坦纳的神秘主义运动。

作为一种对现代的否定,这种传达心灵的表现方式是一团伟大的发酵剂,它使自它以后近一个世纪的艺术史都处于运动之中,这种革命不仅仅是在驾驭文字和艺术方面,而且在想象、情感、趣味和思想方面都意味深长,它包含和凝聚为一种感情、一种道德、一种政治、一种衣着方式、一种爱的方式、一种生与死的方式。在这种精神束缚的缓缓释放过程中,艺术选择自己做了这个时代的人性记录,更重要的是,它包含着一个秘密,把被冻结的多愁善感的多余的感情一一化解。

在弗洛伊德出生以前,人们业已满足于用这种理性的秘密固执地维持着他们的生存。在尼采、柏格森、弗洛伊德的唯意志论、自我中心论的反理性哲学和心理学,在弗兰兹·卡夫卡的小说和尤金·奥尼尔的戏剧和勋伯格和他的学生贝尔格的音乐,特别是高更、凡·高、蒙克甚至以后的康定斯基的绘画中,自我得到了前所未有的、神经质般的张扬,主体对世界的感情和感觉被扩张到一个相对广大、予人以强烈震惊的空间内。

1944 年 1 月 23 日，蒙克在奥斯陆附近的艾可利与世长辞。

然而，他的那些具有永恒力量的画作却仍旧震慑心灵。时间如水滴般滴滴答答逝去，在他的画作中，我们似乎还可以看见让蒙克焦虑无比的世纪末的景象，喧嚣与欲望混杂，爱恋与死亡交织，而蒙克，则在这些混杂与交织中，毫不掩饰地表达着人类心灵的丰富与驳杂。

焦虑，曾经是那个时期的主题，又何尝不是今天这个时期的话题？

拯救的艰难与延搁是不言自明的，焦虑正源于主体的这种自救和被压制的紧张关系，这种紧张关系在高更的《我们从哪里来？我们是谁？我们向何处去？》、凡·高的《星月夜》、蒙克的《呐喊》中，通过作者异常、变态、打破正常语序和逻辑的思维以一种疯狂的病态形式被表现出来，这样，艺术的重心就从外界转移到自身——

美不是艺术的对象，而是艺术自身的肌肤和骨肉。美，就是它自身的存在。

我的睡眠是长夜的清醒

——塞万提斯和他的《堂吉诃德》

我更愿意堂吉诃德是墓石压不住的堂吉诃德,他又骑上驽马难得,带着侍从桑丘,出来漫游世界,铲除不平。难道不是吗?那个落地生根的堂吉诃德,就是一个活生生的你、他、她……还有我——"众里寻他千百度,蓦然回首,那人却在,灯火阑珊处。"

有诗云:"云山苍苍,江水泱泱,先生之风,山高水长。"这是几千年来人们所向往的传统理念与人性人伦合一所达到的高度写意的大手笔。从人类有了自我意识的时候开始,我们所孜孜以求的人格终极一直是浪漫的——人品即诗品,人心即诗心。这种诗化的精神吐纳方式要求在如风如歌的人生咏叹中保留着一种更深层的慰藉——脱离尘世的喧嚣,更专注于心灵的倾听和诉说。

然而,生活毕竟不是诗,也不是歌,不如唐代诗人刘慎虚所说:"道由白云尽。"人有追求完美的天性,可世界并不完美,甚至连这种追求完美本身也并不完美。生活毕竟只是一个暂时的承诺,而不是永久的现实,"天行健,君子以自强不息"的高标自持在现实生活中从来就没有舒展开过,于是,在世道与政道高错的一刹那,输心者就有了双重的感伤。当我们从一切理想化的氛围落脚到坚实的大地上时,我们发现我们一直奉为至尊的一些优秀品质——勇敢、痴情、忠诚、坚定、严肃、认真……显得多么可笑。所以连人间信仰的庇护所——宗教,也始终带着无可奈何的失落和人间的暴戾气,于是,生活和信仰成了患得患失的代名词。

塞万提斯的《堂吉诃德》却把这种失落当作一个大大的玩笑,在种种嬉笑怒骂中他让我们看到人类精神的深处。有一位法国诗人说过:只有平庸的心灵,才会产生平庸的痛苦。在我们为一切世俗的、肤浅的痛苦、欢喜而挣脱不开的时候,堂吉诃德骑着一匹瘦马,用他那支惯指人间不平事的长矛,撩开了世俗生活的面纱,让我们看到我们自己灵魂深处茁壮、热烈、年轻、蓬勃和疯狂的一面,而这不是人类得以脉脉相传、生生不息的缘由。和同时代莎士比亚的巨著相比,《堂吉诃德》似乎少了些机智和惊心动魄,更多了些朴实和浑茂,多了些不温不火的散淡和嘲讽。塞万提斯只是在慢慢讲述一个故事,把线索抛得很远,再慢慢拉回来,于是这位奇情异想的西班牙绅士自命为骑士,骑着一匹可怜的瘦马,带着一个侍从,自17世纪以来几乎走遍了整个世界。在这个挥戈冲杀、疾恶如仇的"骑士"的一生中,我们看到他的创造者——一个历经苦难、波折、流云、失望、创伤的西班牙人,对世界的最后的思考:在他生命的尽头处,怀着深深的善意和淡淡的嘲讽俯瞰着众生——同堂吉诃德的"壮汉激烈"相比,这种略带忧伤的平和反而显得更意味深长。其实,人与人并不一定是在对峙中,往往也在包容中相互周旋——我们相信,堂吉诃德对当时的时代、社会背景、道德环境的冲杀更是出于他心底里对一种永恒的人性和首先标准的认同。生活的虚实相生、分朱布白、大起大落和稽古钩沉就在种种漫不经心中渗透出来。

堂吉诃德可以说是世界上最有名的疯子了吧?谁能说他不疯呢?西班牙一位有名的医学家曾有专著证明堂吉诃德的疯病完全合乎医理(卡瑞拉斯《塞万提斯的生平及著作》),其实,不用这些医学证明,我们也能看出他在精神上的偏执、幻视幻听。而重要的不仅仅是这些,是他一意孤行地生活在一个他苦心营造的虚幻的世界里。他从一出场,就注定是一个悲剧的开始和一个失败的结局。悲剧是什么?悲剧不是悲伤,而是一种崇高,现实生活中没有悲剧,正如书里没有的,采石场里没有雕塑作品一样。因此,现实生活中也没有堂吉诃德,他是人类精神、品性和向往的一种凝聚;对现行规矩、制度、法律、法令彻底地背叛、彻底地嘲讽和彻底地堕落，大智大慧、大愚大勇、大随大意、大执迷大醒悟、大悲伤大欢喜，让一切社会的成规在人性面前都显得苍白无力。

作为作者，塞万提斯一向声明，他写这部小说，是为了讽刺当时盛行的骑士小说。但是，不仅作品的客观效果已经超出作者的主观愿望，同时，它在文学史上的意义也远远超出了文体变革的意义。从作者的原意看，主人公堂吉诃德的确是从一开始就模仿骑士小说中的英雄，他的疯疯癫癫也确是作者用滑稽夸张式的手法讽刺骑士小说。塞万提斯处处把堂吉诃德和骑士小说中的英雄对比取笑。骑士小说中的英雄武力超人，战无不胜；堂吉诃德却是个哭丧着脸的瘦弱老头儿，每战必败，除非对方措手不及、吃了眼前亏。骑士小说里的英雄往往有仙丹灵药；堂吉诃德按方炮制了神油，喝下去却呕吐得搜肠倒胃，桑丘喝了竟大小便同时失禁。骑士小说里的英雄都有神骏的坐骑、坚固的盔甲；堂吉诃德的驽马难得却是一匹罕有的驽马，而他那副霉烂的盔甲，还是拼凑充数的。游侠骑士的意中人都是娇贵无比的绝世美人；堂吉诃德的杜尔西内娅却是一位像庄稼汉那么壮硕的农村姑娘，堂吉诃德却说她尊贵无比、娇美无比，并且那位姑娘心中压根没有堂吉诃德这么个人，可堂吉诃德却模仿着小说里的多情骑士，为她忧伤憔悴，饿着肚子终夜叹气。小说里的骑士受了意中人的鄙夷,或因意中人干下了丑事,气得发疯;堂吉诃德却无缘无故,硬要模仿着发疯,尽管他苦恼地作诗为杜尔西内娅"哭哭啼啼",他和他的情诗都成了笑柄。

应该说,《堂吉诃德》并不只是一部讽刺灭亡了的骑士制度的长篇小说,不如兰姆所说,塞万提斯创造堂吉诃德的意图是眼泪,不是笑。堂吉诃德这个人物表面上的可笑掩盖了一种能够彻底打动人心的、伟大的思想,他仗义扶贫、铲除强暴,虽然世人都明白这是徒劳无功的,他却勇往直前,因此,堂吉诃德绝不是一部喜剧中的主人公,他代表着人类自身的浪漫、幼稚、冲动、质朴的情怀,他的美德使得他频频碰壁,以致被人看成是疯子,狼狈不堪。他的故事是一切伤心人的故事、是一切故事里最伤心的故事。他要去申雪冤屈、救助苦难的人、独立反抗强权的阵营,要从外国统治下解放苦难的人民——但是,这些崇高的志愿不过是可笑的梦幻罢了,在这个意义上,堂吉诃德是一个生不逢时的、失败了的英雄,真正可悲可叹的不是堂吉诃德,而是那个时代,甚至是一切对他发出残忍的笑声的时代。

《堂吉诃德》第一部出版于1605年。那时菲利普三世接位不久,西班牙文学正当黄金时代,西班牙王朝刚由盛极转向衰微。在它最强盛的时期,西班牙是欧洲最强大的帝国,管辖大半个意大利和其他附属国,它在荷兰驻有军队,征服了葡萄牙并吞并了葡萄牙的殖民地。同时,中部美洲和南美洲全部属于西班牙,它在非洲、亚洲也拥有广大的殖民地。自从1588年它的"无敌舰队"被英国海军歼灭,西班牙不复称霸海上,在国际上的地位也渐次低落。可是这个封建王朝在国内仍然是个很强的专制政权,资产阶级刚刚兴起,封建贵族已无力和王室对抗,堂吉诃德出生的那个绅士地主阶级已是没落阶级,参加不进封建贵族间争权夺霸的战争。他们地位低,轮不到在朝廷上做官,也找不到好差事,同时他们属于剥削阶级,从来不知道劳动,只会靠家产过活,整天无所事事。在这种背景下,骑士小说正是安慰人们特别是中产阶级的一剂良药,以至堂吉诃德认为,要扫除社会不平"莫过于游侠骑士和骑士道的复活"。骑士制度是在中世纪没落的。当时为封建君主效劳的骑士,多半是凶横的强徒。教会把这些骑士招致在十字军的旗帜下,企图用骑士道,即首先骑士是基督教的虔诚保卫者,应该奋勇歼灭异教徒,以求自己的灵魂永生天国。其次,应该忠于所属的君主,为君主增光。最后,应该恭谦诗人,扶助弱小,尤其当尊敬贵妇人。为贵妇效劳,在诗人的歌谣里渐渐成为向贵妇用情,于是对情人用情专一,又成了骑士的一项重要职责和美德。但一般中世纪的骑士并不能奉行骑士道,他们恣横骄纵,这些无组织、无纪律的个人英雄,使十字军几次大败。从此,组织严密,配备枪炮的军队,取代了各自为战的骑士。到了十五六世纪,国家的强盛、中产阶级的兴起、新世界的发现等,使游侠骑士成了历史上的陈迹。但骑士道所宣扬的舍己为人的武侠精神,流传了下来。

之后的骑士小说把那些游侠骑士神活化了。他们天不怕地不怕,力大无比,而且有魔法呵护、神通广大,能长生不死,有灵丹妙药,能起死回生。他们歼灭敌人、卫国护家,斩妖魔、除恶霸,为世界上的人们造福。在堂吉诃德心目中,骑士小说里的每一个游侠骑士,都是活生生的英雄模范,所以他自负受命于天的事业,是要在他那个黑铁一般的时代,恢复原始的黄金时代。应该承认,堂吉诃德刚一出场,不仅他的面貌只有一个模糊的轮廓,他的性格也只是一个简单的框架——他是个发疯的绅士,他的疯病的症结,无非要献身做游侠骑士,济世救贫,干一番他所认为的千古流芳的大事业。不唯如此,堂吉诃德在西班牙和许多他冲杀过的地方被啐了近300年,300年来,塞万提斯也成为"不学无术"的代名词。但是,在塞万提斯改变初衷、把故事延长的同时,堂吉诃德的性格也逐渐成长、充实和生动,堂吉诃德就不仅仅是一个夸张滑稽的闹剧角色,《堂吉诃德》也不仅仅是一部夸张滑稽的喜剧作品,单纯滑稽打闹、引人发笑、鲁莽、固执、人文主义者的形象,不可能使堂吉诃德的形象持久地深入人心。塞万提斯在充实堂吉诃德的性格时,不是把他简单地写成一个举止言行颇为可笑的勇夫,来和他主观上的英勇骑士相对,而是把他写成夸张的模范骑士。凡是堂吉诃德认为骑士应有的学识、修养以及大大小小的美德,他自己身上都有,不但有得充分,而且还过度一点。他学识非常广博,常使桑丘敬佩、倾倒。他不但是武士,还是诗人;不但有诗才,还有口才,能辩论,擅说教,每每议论都滔滔不绝,振振有词。他的忠贞、纯洁、慷慨、斯文、勇敢、坚毅都超过常人。他在书中自命为疯子,不触及他心理上的症结,他和常人一样,一触及他的症结,他就疯癫气十足。堂吉诃德所携的侍从桑丘,一心指望主人做大皇帝照顾他做大官、发大财,他虽然识得风车不是巨人、羊群不是军队,他仍免不了犯傻气。尽管如此,《堂吉诃德》却绝不是一部一个疯子带着一个傻子出来胡闹,不断被人捉弄的故事。海涅和屠格涅夫对堂吉诃德的评价很高,甘心为他伤心流泪,为他震惊倾倒。的确,在19世纪的浪漫主义者看来,一个一心为着一个理想、宁愿牺牲自己的人是深可敬佩的,纵然这个理想是和现实不相容或虚无缥缈的。他们让我们看到了堂吉诃德的另一个方面——在某种意义上,堂吉诃德代表着一种主义、一种信仰,他坚决地相信,在超越了人类自身的存在之外,还有一种永恒的、普遍的、不变的东西是人类存在的价值和根本,这些东西须得一片挚诚地努力争取,方才能够获得。这样,我们就能够理解,为什么作为一个家境还过得去、满可以打猎看小说优哉游哉了度余生的绅士地主，却不甘心过闲散的日子，情愿承担起最艰险辛苦的任务，干大事，立大功，以图青史留名，这种留取千秋万岁之名的志向，是符合当时的人文主义精神的。他认为吃苦挨打，原是游侠骑士的本分，经过种种锻炼，他越发觉得自己勇敢坚定、温和有礼了。他末了虽败在别人手里，却战胜了他自己，这也是受人文主义思想的影响。

堂吉诃德虽然常惹人发笑，他自己却非常严肃，他不仅面貌严肃，而且严肃入骨，严肃到灵魂深处。他要做游侠骑士不是做着玩儿的，是死心塌地、拼生舍命地做。他表面的夸张滑稽贯彻他的思想感情，他哭丧着脸，披一身杂凑的破旧盔甲，待人接物总按照古礼，说话常学着骑士小说里人物的腔调。他思想的滑稽也和他外表的滑稽相一致。他认为最幸福的黄金时代，人类就像森林里的素食动物，饿了吃树叶，渴了饮溪水，冷了还不如动物身上有皮毛，可以御寒。他抱着他的一套理想，满腔热忱，一片苦心，尽管在现实里不断地栽跟头，却始终没有学到点乖。堂吉诃德的严肃增加了他的可笑，同时也代他赢得了更深的同情和敬意。

塞万提斯还在作品中为堂吉诃德添上一个侍从桑丘，使简单的故事变得复杂、平凡的事物变得新颖有趣。两个人物相互对照,使得彼此的言行都增添了意义。奥沃巴赫认为,堂吉诃德是有闲阶级,所以脱离实际、一味空相。因为他是没落阶级,所以想入非非要当骑士去干大事、立大功,而桑丘是劳动人民,所以脚踏实地。堂吉诃德抱着伟大的理想,一心想济世救人,一眼只望着遥远的过去和未来,看不见现实世界,也忘掉了自己是血肉之躯。桑丘则念念只在一身一家的温饱,一切从经验出发,压根儿不懂什么理想。这样一个脚踏实地的人,却会被眼望云天的幻想者煽动,跟出去一同冒险。

堂吉诃德的历次冒险,总让我们在意想不到的时候和境地,看到堂吉诃德的一些新的品质。从他的行为举动,尤其从他和桑丘的谈论里,表现出他的奇情异想,由此展现出他性格上意想不到的方面,使我们惊奇失笑。可是随着我们对堂吉诃德认识渐深,他的勇敢、坚忍等美德使人敬重,他的学识使人钦佩,他的挫折也就愈博得人们更深的同情。塞万提斯引导我们去注视他的鲁莽、荒谬、固执、一往情深,让我们发笑。这种笑不是冷冷的笑,而是温暖的笑。我们仿佛是看到了堂吉诃德的微微之处而笑他,也看到我们自身跌跌撞撞的过去和未来。

不管堂吉诃德是想做中世纪的骑士还是 16 世纪的骑士,他都不是那种意义上的骑士,他是一个真正的游侠骑士。一方面,他坚信自己的理想是济世救人,绝不计较个人利害得失;一方面,他又不是空想,为自己的理想进行无休无歇的斗争。在这两方面,他是杰出的,堂吉诃德坚信自己的理想最美、最好,是真理正义。他对待心目中的情人一心向往、坚定不二,抱定自己的信念,矢志不移。他急切地要锄强扶弱,扫除世上一切罪恶,以至出门所见,那是些为非作歹的强徒恶魔,和待他救助的落难男女。尽管他给风车的翅膀打翻在地,身受重伤;尽管尘埃落处,军队分明只是羊群,他还执着地相信风车和羊群是魔法幻术的虚象。他受尽挫折也不丧气,挨打挨揍只看作本分。他明知在发明了火药的"倒霉时代",单枪匹马的骑士比在古代冒的风险更大,成功更难,还是知其不可为而勉为其难。他虽然给人关在木笼里押送回乡,但他的信心丝毫没有动摇;对平地矛头指着他叫他投降,他宁可送掉自己的性命,绝不放弃"真理",可见他对自己信念的坚贞不二,已经达到了极点。

堂吉诃德深信自己是上帝主持公道的工具,他的手是清除世上一切罪恶的手。就是说,他不仅有理想,还是个实干家,是按照自己的理想去改造世界的战士。他的职务是一步一步地走遍天涯海角,把害人的妖魔一一找出来,和他们拼死搏斗,然后把他们一一消灭。他相信自己的力量和恒心。清闲安适的家里他待不住,富贵人家的热情款待留他不住,他宁可在荒山野地里吃苦受罪。

我的服装是甲胄,

　　我的休息是斗争,

　　我的床是硬石,

　　我的睡眠是长夜的清醒。

　　这正是堂吉诃德的写照,他看见成群挥舞长臂的巨人,毫不迟疑,马上就冲上去厮杀,准备把他们打个落花流水。他碰到凶猛的饿狮,只防着自己的坐骑害怕,从容地下马徒步,准备和狮子来一番短兵相接的搏斗。战斗是他的任务,理想给予他无尽的勇气。魔术可以夺掉他的运气,却夺不掉他的力气和胆气。他那坚定不移、为理想奋勇献身的热忱也达到了极点。

　　我们虽嘲笑堂吉诃德为虚幻的真理、正义、道德而斗争,然而真理是什么？正义是什么？道德又是什么？经过了许多个世纪无数人的探索,我们总也没有个准确的答案,真正的——也许是理想的或假设的——真理、正义、道德只不过是人们心灵深处的终极关怀,而不是人与人之间的相互设定、相互约束,而法律只不过是对真理、正义、道德无可奈何、无能为力,甚至是失败的一种手段。像堂吉诃德那样,挥舞长矛,迎着风车,为脱离现实的理想而战的人,并不罕见。

作品以堂吉诃德最终明白自己所卖的骑士小说都是胡说八道,并且否定自己的游侠经历和自我塑造的骑士形象,进而还原为从前的"善人"阿隆索·吉哈诺作为结束。对于小说的这一处理,并不能理解为作者借堂吉诃德的自我批判来否定骑士小说,如果如此,那么堂吉诃德建立在游侠过程中的热情、痴迷、执着、专注、勇敢和坚定之上的情感和行为的价值将被彻底摧毁,他的人生意义也会被完全消解。

堂吉诃德临终前的行为固然是由于他的幡然悔悟和继而产生的悔恨,但这只是他理智上的觉悟,是塞万提斯对他所作的理性宣判。其实,对堂吉诃德的致命一击是觉醒后的他在情感上的极度失落和忧郁,他终于意识到自己只不过是一个平常人,而非大英雄,他意识到自己是孤独的,自己的信仰无人理解,自己的理想无法实现。就他内心情感而言,他依然维护着自己的信仰,虽然理智和现实已宣判了这一信念的虚幻和行为的荒谬,他的临终遗言是理性的自我嘲解和内心的无可奈何的写照。这是理想主义者从理想回到现实的失落。其实,历史总是一而再、再而三地制造种种误会,既欺人,也自欺。关键在于我们知道事情真相以后的态度,在这一点上,堂吉诃德是失败的。

《诗经》有云:"君子作歌,维以告哀。"有人集注《离骚》,将这句话置于篇首,真是言简意赅。动若轰雷,息如败叶。自古以来,这早已不仅仅是战场上的成败观。然而,又唯其如此,一切挣扎、较量、执着、维持才有了分量。虽然人性往往表现为被同化和诚服,而有些时候,屈辱中方能显现人性的高贵。堂吉诃德作为一个悲剧人物的悲剧性不在于此:在他所有的智慧、所有的真诚、所有的勇敢里,最后都带有某些惶惑。这对他来说是挣脱不开的,理想迟早要撞着现实,每每倒吸一口凉气,渐渐把心冷了。

读《堂吉诃德》,感觉沉重。说"情不知何起,一往而深"是一种沉重,说"天苍苍,野茫茫,风吹草低见牛羊"也是一种沉重。那是积健为雄、化浑茫为平淡却又不知何起然而何终的沉重。说大了,这是在生与死、爱与恨、获得与失落、高屋建瓴与秉烛探幽之间的犹疑不安中挤迫出来的一声呐喊。一场风暴之后,平静纵然平静,雨停了,然而并未雾散。尽管有太多太多的无奈,人生的使命感并不因此而淡漠或断送,清风道骨依然是清风道骨,但是污浊的也许会更加污浊。人性的樊篱从来都是越不过的,谈昨天的世界只是因为它还在今天出现。历史是冷化的,它的阴影比它自身的生命还漫长,这样才有了宿命。关键在于,我们能在多大程度上看待这种宿命的分量。人类的价值,同样取决于他能在多大程度上给自己的经历打上永恒的印记。生活的底子毕竟是现实而不是浪漫的,人间的牵攫是如此痛络而又如此多情。在者情在,逝者不存。我更愿意堂吉诃德是墓石压不住的堂吉诃德,他又骑上驽马难得,带着侍从桑丘,出来漫游世界,铲除不平。难道不是吗?那个落地生根的堂吉诃德,就是一个活生生的你、他、她……还有我——"众里寻他千百度,蓦然回首,那人却在,灯火阑珊处。"